명리 혁명

The Revolution

센세이션

명리 혁명(The Revolution) 센세이션

발행일   2021년 9월 14일

지은이   허주
펴낸이   손형국
펴낸곳   (주)북랩
편집인   선일영   편집   정두철, 배진용, 김현아, 박준, 장하영
디자인   이현수, 한수희, 김윤주, 허지혜   제작   박기성, 황동현, 구성우, 권태련
마케팅   김회란, 박진관
출판등록   2004. 12. 1(제2012-000051호)
주소   서울특별시 금천구 가산디지털 1로 168, 우림라이온스밸리 B동 B113~114호, C동 B101호
홈페이지   www.book.co.kr
전화번호   (02)2026-5777   팩스   (02)2026-5747

ISBN   979-11-6539-905-4 04180 (종이책)   979-11-6539-906-1 05180 (전자책)
         979-11-6539-270-3 04180 (세트)

(주)북랩 성공출판의 파트너

북랩 홈페이지와 패밀리 사이트에서 다양한 출판 솔루션을 만나 보세요!

홈페이지 book.co.kr   •   **블로그** blog.naver.com/essaybook   •   **출판문의** book@book.co.kr

작가 연락처 문의 ▸ ask.book.co.kr

작가 연락처는 개인정보이므로 북랩에서 알려드릴 수 없습니다.

허주 명리학 시리즈
제 3 부

명리 혁명

The Revolution

허주(虛舟) 김성재 지음

센세이션

북랩 book Lab

일상으로 풀어내는 命理,
여덟 자를 운전하다

어김없이 찾아온 뜨거운 계절에 투덜대며 일찍 잠자리로 숨어들었다.

창밖의 눈부심에 문득 내다보니, 속을 꽉 채운 보름달이 환하게 인사를 건넨다. 수일 전 만났던 어설픈 반달이는 그새 모양을 갖추어 '제대로'를 뽐낸다.

'자연은 이렇게 의지의 개입 없이도 뚜벅뚜벅 제 갈 길을 따르고 있구나. 시절인연(時節因緣)을 만나면 인연 따라 흘러가면 될 것을 무엇을 그리 안달복달했던가.'

누구나 한 번쯤 삶에서 바닥을 경험한다.

그때의 내가 그랬다. 20년 가까이 의심 없이 의지하고 일했던 직장을 떠나게 되어, 배신감과 패배감으로 웅크리고 살던 그때, 느닷

없이 건강에 이상 신호가 왔고 그 뒤로 수년간 병원을 오가며 살았다.

누군가를 찾아 원망하고 싶었고 이 지경이 된 내 삶에 어쩔 줄을 몰라 헤맸다. 분노의 대상을 찾지 못한 나는, 흔히 그렇듯 '팔자타령'을 하며 명리(命理)의 길로 들어섰다. 이름난 선생님의 강의도 기웃거려보고, 명리학 분야 베스트셀러들을 사 모으며 언젠가는 내가 태어나는 순간 새겨진 여덟 자에 담긴 뜻을 찾아내리라 기대했다.

그러나 내 운명의 내비게이션은 늘 뱅글뱅글 오류가 났고 매번 재탐색을 반복했다. 그 무렵 나는 인터넷으로 이런저런 카페들을 드나들며 계속 살아야 할 이유와 공부해야 할 의지를 구걸하곤 했다.
누군가는 이론을, 누군가는 개념을, 또 누군가는 자신의 고집들을 글로 풀어냈고 그 글들에서 찾아낸 나의 대답은 늘 '그래서 어쩌라구?'였다. 그때 글 인연이 되어 만난 분이 허주 선생님이다.

처음에는 '빈 배'라는 의미의 '허주(虛舟)'라는 닉네임이 신선해서, 그 다음은 그의 글이 가져다준 위로와 격려 때문에 그의 칼럼들을 찾아 읽었다. 어렵고 현학적인 글들 속에서 만난 그의 글은 친구처럼 다정하고 편안하게 명리의 길을 산책하게 해주었다.

'이렇게 쉽게 접근할 수도 있구나.'

소소한 일상, 인간군상, 책, 영화 등에서 마주치는 순간들을 명리 언어로, 때로는 유머러스하게, 때로는 단호하게 풀어내는 그의 이야기들 덕분에 진지하고 어렵게만 느껴지던 命理의 이치를 삶 속에서 자연스럽게 사유할 수 있게 되었다.

"자연은 늘 인간에게 좋은 단서를 제공하고 영감을 주지만 그것 을 느끼고 그로 인한 발상과 영감을 얻는 이는 극히 제한되어 있 다. 이는 자연을 관찰하고 열린 생각을 하는 것이 부족했기 때문 이다." (명리 혁명 센세이션 中)

자연과 세상의 흐름을 살펴, 열린 통찰을 얻어내는 그의 '편인스 러움'이 녹아든 글들을 읽어가며 나의 시선도 자연과 일상을 향하 게 되었고 자연스럽게 음양오행을 느껴보려는 나를 발견할 수 있 었다.

그가 말하는 다가오는 시대의 대운이 '공정, 투명, 소통'이라면 그 흐름을 타는 그의 시선에 동승해 보는 것도 지혜로운 일이 아닐까 생각했다.

오랜 시간 기록된 일상의 기억들이 명리 혁명 시리즈 세 번째 책으로 엮어져 나온다니 한껏 반가운 마음이다. 벌써 그의 일간인 신(辛) 금의 섬세하고 단아한 발걸음이 뚜벅뚜벅 느껴진다. 이번 책도 많은 이들에게 선한 영향력을 끼치리라 기대해본다.

자신의 삶에서 방향을 잃고 내비게이션의 안내를 필요로 하는 분이라면, 혹은 이제 막 명리(命理)의 길을 주행하려 하시는 분들이라면 '명리 혁명 센세이션'으로 워밍업을 해 볼 것을 감히 권해본다.

문득 펼친 어느 페이지에서 운명의 신호등을 발견할지도 모를 일이기 때문이다.

2021년 미리 가을을 살고 싶은 날
블로그 '준비된 우연' 주인장 Camilla

다가오는 미래를 체감하라

2020년 전 세계를 강타한 코로나 팬데믹으로 인해서 우리의 일상의 많은 것들이 바뀌게 되었습니다. 한국전쟁 중에도 계속되었던 학교가 문을 닫고, 비대면 온라인 수업이라는 초유의 사태를 시작으로 5인 이상 집합금지, 전 국민의 마스크 착용, 불야성을 이루던 술집과 식당들이 10시 이후에는 문을 닫는, 이전에는 일찍이 경험해보지 못한 디스토피아(Dystopia)적인 세계가 펼쳐진 것입니다. 앞으로 세계는 코로나 이전과 이후로 나뉘게 될 것이라고 많은 미래학자들이 예측하고 있습니다. 다양한 백신과 치료제가 나옴에도 불구하고, 이에 대응하여 코로나도 새로운 변이를 일으키며 적응해가니 앞으로도 치열한 공방전이 펼쳐질 것으로 보입니다.

비 온 뒤에 땅이 굳어지고, 눈이 내려야 송백(松柏)의 푸르름을 안다고 했던가요? 코로나 팬데믹 속에서 타인을 배려하고 자신의 안전을 지키는 대한민국 국민들의 성숙한 시민정신은 다른 나라에 부러움의 대상과 모범사례가 되었고, 닥쳐온 어려움을 극복해 나가는 원동력이 될 것 같습니다. IMF 금융대란, 코로나 팬데믹 등 위기와 시련이 다가올 때마다 더욱 단결하고 뭉치며 기회로 바꾸어 가는 국민성을 가진 것 같습니다.

이번에 출간하는 『명리 혁명(The Revolution) 센세이션』 3권의 슬로건 '다가오는 미래를 체감하라'는 대면상담이 주종을 이르는 사주명리학계 역시 이러한 큰 변화를 맞이하여 치열한 생존경쟁 속에서 활로를 찾아가려는 모습을 설명하며 그 대안을 제시하고자 합니다. 다가오는 미래사회를 주도할 세 가지 가치관인 '공정', '투명', '소통'을 설명하면서 한국 명리학계가 나아갈 길을 제시하고자 합니다.

이러한 가치관은 현재이면서 미래의 흐름을 주도할 대운(大運)과 같고, 대운은 군왕과 같으니 반드시 따라야 하는 것입니다. 시대의 흐름을 읽지 못하는 역천자는 도태될 수밖에 없기 때문입니다. 센세이션 '다가오는 미래를 체감하라'에서는 8개의 장과 104개의 칼럼을 담고 있으며 명리 혁명의 모토인 '내용은 깊게, 설명은 쉽게, 비유는 적절하게'를 기반으로 집필되었습니다. 약 90여 개의 사진과 이미지를 삽입하여 사주 명리학을 잘 모르시는 분들의 이해를 돕고자 하였습니다.

추천사는 블로그 이웃 카밀라 선생님에게 부탁드려 따뜻하고 진솔한 느낌으로 독자들에게 다가갈 수 있게 하였으며, 칼럼 중 설강독조 선생님의 '밤이 깊을수록 별은 빛난다'와 달빛연필 선생님의 '스승님께서 말씀하시길'의 2편은 필자가 너무나 좋아하는 글이라서 독자 여러분과 같이 공유하고 싶어서 올리게 되었습니다.

아울러 2권 심화 편에 이어 전체 교정과 교열을 맡아주신 관정 이상석 선생님과 이민희 선생님, 김현주 선생님, 최지훈 선생님과 출간하기까지 많은 격려와 관심을 아끼지 않았던 제자 홍나겸 선생님과 허주명리학 카페 회원분들, 그리고 실제 사진까지 기꺼이 사랑하는 마음으로 내어주신 저의 어머니 지 여사님께도 진심으로 감사의 마음을 전합니다.

2021년 辛丑년은 명리 혁명 3권 센세이션의 출간과 더불어 허주명리학의 로고도 제작하면서 좀 더 체계적이고 구체적인 명리 혁명의 깃발을 올리는 혁명의 원년이 될 것입니다. 사주명리학계에 큰 반향과 돌풍을 예고하는 센세이션의 세계로 출발하기 위해서 돛을 올리겠습니다. 자, 안전벨트를 잘 매시고 출발합니다!

목차

1장 명리, 내 인생의 내비게이션

2장 명리, 세상 밖으로 나오다

3장 명리, 내 안의 나를 만나다

4장 명리, 어디까지 가봤니?

5장 명리, 삶 속에서 발견하다

8장 명리, 다가오는 미래를 체감하라

sensation

명리, 내 인생의 내비게이션

양(陽)이 시작하고 음(陰)이 마무리한다. 양이 왕(旺)하면 커지나 실속이 없고, 음이 왕(旺)하면 작아지나 실속이 생긴다. 천간은 동(動)하고 지지는 정(靜)하다. 천간(天干)은 드러난 마음이요, 지지(地支)는 현실이며 지장간(支藏干)은 지지 속에 감추어진 숨겨진 마음이다.

태극에서 음양이 나왔고 음양은 천간으로 오행운동(10천간)을, 지지에서는 사계절(12지지) 운동을 하니 다시 역순으로 돌아가면 10천간과 12지지는 음양이 되고 음양은 태극이 된다.

1. 명리학이 우리에게 알려주는 다섯 가지 조언

첫 번째, 자기 팔자를 남의 팔자와 비교하지 말 것을 조언해 준다.

서로의 사주팔자가 다르니 서로 다른 삶을 살아간다. 이에 좋고 나쁨이 없다. 각자의 팔자에 맞게 살면 행복한데, 자기의 팔자와 다른 삶을 살아가니 고단하고 힘들어진다. 대기업 회장의 팔자를 부러워할 수 있지만, 막상 그 위치에 서면 그 무게를 감당해내지 못하고 좌절한다. 사주팔자는 자기 그릇에 맞는 격과 삶의 무게를 부여한다.

두 번째, 남의 팔자에 간섭하지 말라고 한다.

내가 잘나가고 성공하니 너도 나같이 해보라는 식의 말은 의미가 없다. 서로의 팔자가 다르니 자기에게 맞는 방식이 타인에게 맞을 리 없기 때문이다. 잘 알지 못하면 간섭하지 말고, 잘 알아도 요청하지 않으면 간섭하지 않는 것이 좋다. 특히 자식의 팔자에 대해 태어나는 날까지 하나하나 간섭하여 진학, 취직, 결혼까지 간섭하는 부모는 자식을 망치는 명리학에서 말하는 모자멸자(母慈滅子-모친의 자애로움이 자식을 망친다)이니 명심해야 할 것이다. 자식의 팔자와 삶은 자식의 것이다.

세 번째, 절정에 오르면 반드시 내려가고, 바닥을 치면 반드시 올라간다고 알려준다.

단풍이 아름답게 보이지만 사실 늙어가고 있는 것이다. 실로 아름답게 늙는 것이 쉽지 않으니 절정에 올랐을 때 내려갈 것을 알고 대비한다면 그 끝이 아름답다. 인생이 바닥을 쳤을 때 좌절하거나 포기하지 않고 올라갈 때를 준비한다면 그 발복이 훨씬 힘차고 아름다울 수 있다. 자정이 지나 조금씩 아침으로 가고 있지만, 어둠은 더욱 짙어져 많은 사람들이 좌절을 하곤 한다. 믿음을 가지고 아침을 기다리자. 아침은 변치 않는 운명처럼 우리에게 찾아온다.

네 번째, 공성의 시기와 수성의 시기를 알려준다.

새로운 12운성은 실제 사주감명에 꼭 필요한 이론인데, 사실 상담자가 소나무이건, 고사리이건, 바위이건, 샘물이건 원국에서 타고난 격과 그릇은 크게 바뀌지 않는다. 상담자가 알고 싶은 것은 미래에 자신이 어떻게 살아갈 것인가가 궁금할 뿐이다.

새로운 12운성의 생욕대, 록왕쇠의 시기는 공성의 시기로 적극적으로 움직이며 능동적으로 추진할 것을 알려준다. 나의 활동력이 높아지고 찾는 사람이 많아지는 것을 의미하기 때문이다. 병사묘, 절태양의 시기는 수성의 시기로 이제는 퇴근을 하고 집에 들어가서 쉬면서 재충전을 해야 함을 의미한다. 섣불리 행동하지 않고 차분하게 준비하고 계획하는 것을 의미한다. 나아가야 할 때와 물러서야 할 때를 안다면 삶의 시행착오를 줄일 수 있을 것이다. 인생은 타이밍이다.

수성의 시기는 양간(甲목 丙화, 戊토, 庚금, 壬수)에게는 고통스럽고 자존심 상하는 기간일 수 있다. 그렇다고 고집과 자존심을 내세워 밀어붙이면 반드시 패가 난다.

새로운 판을 벌리지 말고 자중하면서 독서, 명상, 자격증 취득, 전문공부 등을 하며 차분하게 넘겨보도록 하자. 그렇게 절태양의 시기에 착실히 준비하고 대비한다면 새로운 공성시기가 왔을 때 큰 위력을 발휘할 것이다. 충전이 100% 된 스마트폰이라면 활동시기에 방전 없이 잘 쓸 수 있을 것이다.

다섯 번째, 균형이 잡힌 삶이 자연이 바라는 삶이라는 것을 알려준다.

사주에 나오는 삼형(三刑), 상형(相刑), 자형(自刑)의 갖가지 형(刑)은 한쪽으로 치우쳐진 삶을 수정하기 위한 자연의 노력이다. 가정을 소홀히 하고 일만 하다 보면 반드시 집안에 문제가 생긴다. 휴식 없이 일에만 몰두하면 자연은 반드시 형을 가해 아프게 하여 병원에 입원시키게 된다. 균형을 잃고 한쪽으로 치우쳐진 삶에 대해 자연은 반드시 그에 따른 수정과 개선의 의지인 형(刑)을 가하게 되어 있다. 자연의 강제적인 형에 의해서 타의적으로 수정되느니, 스스로 개선하고 수정한다면 참으로 자연스럽고 현명하지 않겠는가!

위의 다섯 가지 조언을 잘 실천한다면 우리의 삶이 보다 더 행복해지지 않을까 생각해본다.

2. 운이 좋아지는 사람에게 나타나는 7가지 공통적인 특징

자연이 순환하듯이, 운도 순환한다. 정상에 오르면 반드시 내려가야 하고, 바닥을 쳤으면 반드시 올라가는 것이 자연의 순환이며 인간의 삶도 이와 같다. 현업 역술가로 많은 사람들의 사주를 감명해 보니 운이 좋아지는 시기를 걷고 있는 분들에게 나타나는 공통적인 특징이 있어 이를 살펴보도록 하자.

1) 자존감이 높아지고 멘탈이 강해진다

어려운 시기를 겪게 되면 인간은 내성이 생기기 마련이다. 방어기제, 또는 면역이라고 해도 좋다. 어려움과 시련, 고통의 시간이 영원하지 않으니 그 시기를 보내게 되면 강한 멘탈이 생겨나게 된다. 마음에 굳은살이 생김을 의미한다.

"뭐 이까짓 어려움이야, 전에는 더했는데" 하는 마인드가 생긴다.

2) 부정적인 마인드에서 긍정적인 마인드로 바뀌어 간다

조상 탓, 부모 탓, 세상 탓을 하는 것이 의미 없다는 것을 깨닫게 된다. 위로는 받을 수 있어도 바뀌는 것은 아무것도 없다. 어차피 세상은 불공정한 룰에서 시작하니 그 안에서 내가 할 수 있는 것을 찾게 된다. 방구석 여포, 아가리 파이터가 할 수 있는 것은 정말 아무것도 없다.

3) 악연들이 사라지고, 좋은 인연들이 나타나게 된다

질병, 소송, 사기, 학폭, 왕따, 비난, 비하, 뒷통수를 때리고 자신의 마음을 아프게 했던 악연들과 정리를 하게 된다. 비우면 채워지는 것이 자연의 법칙이니 새로운 인연들로 그 빈자리를 채우게 된다. 나를 위로해주고, 나에게 좋은 영향력을 주는 사람들과 만나게 되고, 도움이 되는 인연들로 이어지게 된다. 필자는 운은 사람으로부터 온다고 생각한다.

4) 타인에 대한 의존과 집착이 줄어들고 독립적인 자아로 성장하게 된다

부모, 배우자, 자식, 친구에 대한 의존과 집착이 줄어들고 자신의 삶을 주체적으로 살아가려는 모습을 보여주게 된다. 가족을 포함하여 타인에 대한 의존과 집착이 크다면 그에 따른 실망, 원망도 크기 마련이다. 과거의 모습에서 좀 더 자유롭게 되며 자신의 길을 걸어가는 형태를 보여준다.

5) 가족의 구성과 역할에 변화가 찾아오게 된다

결혼, 이사, 집 구입, 아이의 출산, 형제의 결혼, 부모의 사망, 자녀의 독립 등 내 삶 속에서 중요한 자리를 차지한 가족과 삶의 환경에 큰 변화가 생기게 된다. 가족은 사람의 삶에 가장 큰 영향을 주는 인자다. 또한 많은 삶의 불행과 어려움, 고충이 가까운 가족에게 원인이 있는 경우가 많다. 힘들었던 운이 지나가면 이렇게 가족의 구성과 역할에 변화가 생긴다. 서글픈 이야기지만 자신을 힘들게 하는 부모의 사망도 새로운 전환의 계기가 될 수도 있기 때문이다.

6) 기호와 취향의 변화가 온다

옷, 색깔, 헤어스타일, 음식, 영화 등에 전과 다른 변화가 찾아오게 된다. 새로운 취미가 생기고, 안 하던 독서 및 공부를 하게 된다. 금 기운이 없어서 매운 것을 좋아했는데, 대운으로 금 기운이 들어오면 예전처럼 매운 음식을 덜 찾게 되는 경우도 있다. 수(水) 대운의 겨울을 걷고 있어서 블랙을 주로 입었는데, 목(木) 대운인 봄이 찾아오니 전과 다르게 밝은 컬러, 녹색, 청색, 원색의 옷들이 눈에 들어오기도 한다.

7) 생각이 과거중심적에서 미래지향적으로 바뀌게 된다

과거에 연연하기보다는 현실을 직시하고 미래에 대한 준비와 계획을 하는 시간이 많아지게 된다. 보통 상승운의 시작이라고 말하는 생욕대(장생, 목욕, 관대)는 어린이, 청소년, 신입사원의 시절이니 앞으로 가야 할 미래에 대해 더 많이 생각하고 집중하게 된다. 하루하루 의미 없이 살아가다가 미래에 대한 생각과 준비를 하는 모습인데, 어두웠던 과거의 터널의 끝이 보이게 됨을 의미한다.

"지금 당신의 운은 어떠하십니까?"

3. 남.의.팔.자.를.무.시.하.지.말.라.고

옥션 '취향존중 캠페인' 1

예전 모 인터넷쇼핑몰의 광고다. 취.향.존.중. 대한민국 사회는 전통적으로 상하구분이 뚜렷한 유교주의 성향이 강해 아랫사람의 취향이, 자식의 취향이, 후배의 취향이 무시되는 경우가 많았다.

사주 명리학을 살펴보자. 얼마나 다양한 사주팔자들이 있는가? 백만 가지가 넘는다고 한다. 취향을 존중해주는 사회로 가듯이, 서로의 사주팔자를 존중해주는 사회로 갔으면 좋겠다. 사주에 자기가 좋아하는 일을 하는 식상(食傷)이 강하면 공무원, 대기업에 들어가도 오래 버티지 못하고 나오는 경우가 많다. 왜 그 좋은 직장을 나왔냐고 외계인 처다보듯 하지 말자. 그게 그 사람의 팔자다. 빌 게이츠는 하버드 대학을 중퇴하고 자기가 좋아하는 분야의 회사인 MS를 만들지 않았던가?

부동산, 주식, 코인의 폭등으로 흥청망청할 때도 내가 가진 것을 소중히 생각하는 정재(正財)는 적금을 붓고, 알뜰살뜰 저축한다. 좀생이 같다고 비웃을 필요가 없다. 폭락기가 오면 오히려 부러워할 것이다. 크게 벌다가 때론 크게 날리기도 하는 편재(偏財)처럼 외제차 3대를 몰며 잘나가다가도 어느 순간 서울역 노숙자가 될 수도 있다. 되든 안 되든 한 우물을 꾸준히 파고드는 식신(食神)을 보고 미련 곰탱이라고 상관(傷官)이 코웃음 쳐도 최종 승리자는 식신일 가능성이 높은 것이다.

열 재주가 있는 사람이(상관) 한 가지를 잘하는 사람(식신)보다 못할 수도 있기 때문이다. 정재, 편재가 돈을 의미하니 세상에 돈 싫어하는 사람이 어디 있냐, 위선자라고 떠들어대도 그런 사람이 있다. 인성(印星)이나 편관(偏官)이 강하고 방합(공동체의 합)이 구성되면 그 사람들에겐 돈보다도 더 중요한 것이 있다. 명예고 자존심이며 가족의 사랑이다. 취향을 존중하듯 서로의 팔자를 존중해주자. 잘 알지도 못하면서 남의 팔자에 감 놔라, 배 놔라 참견하지 말자. 100% 잘 알지 못하면 참견하지 말고 100% 잘 알더라도 물어보거나 도움을 청하지 않으면 참견하지 말자. 인생은 각자의 팔자대로 살아가기 마련이다.

남.의.팔.자.를.무.시.하.지.말.라.고.

옥션 '취향존중 캠페인' 2

4. 명리학을 독학해도 되냐고 묻는 분들에게

가끔 사람들이 내게 묻는다. 명리학을 독학으로 배워도 되느냐
는 질문 말이다. 취미나 교양으로 하는 거라면 독학을 하셔도 괜
찮다고 답변을 드린다. 그러면 꼭 나중에 직업적으로 사주상담을
하고 싶다고 한다. 그럴 때면 대략 난감하다. 나 스스로가 명리학
을 독학으로 배워본 적이 없기 때문이다. 시작부터 사주타로샵을
하는 친누나에게 기초적인 것을 배웠고, 그 이후 청담역학아카데
미의 청담 선생님을 거쳐 나이스사주명리 맹기옥 교수님에게 매년
여름과 겨울방학 때마다 찾아가 특강을 듣고 가르침을 얻었다. 운
이 좋게도 좋은 선생님들을 만나게 되어 남들보다 3~4배 빠르게
달려왔다.

공교롭게도 두 분 모두 뛰어난 글 솜씨를 가진 선생님들이라 글 쓰기를 좋아하는 히주에게 선생님들처럼 좋은 명리칼럼을 쓰겠다는 동기부여와 가르침을 주셨으니 아무리 생각해봐도 내가 좋은 운을 걸고 있는 것이 맞는 것 같다.

피아노를 잘 연주하려면 피아노 학원을 가서 배워야 하고 그림을 잘 그리려면 미술 학원을 가야 한다. 자동차 정비 등의 기술자가 되려면 역시 학교나 학원에 가서 배워야 한다. 간단한 정비 등이 아닌 타인의 차를 고치는 직업으로 쓸려면 말이다.

그런데 왜 명리학은 독학으로 배워서 잘 쓸 수 있다고 생각할까? 다들 평생을 배워도 끝이 없다는 고도의 정신학문인데 말이다. 시대가 좋아져 책을 사서 볼 수도 있고, 유튜브 등의 동영상을 통해서 배울 수는 있지만 독학하면서 느끼는 의문점의 해소와 질문을 받아줄 선생이 없는데, 자신이 가는 방향이 맞다고 할 수 있을까? 더구나 이런저런 다양한 책을 읽고, 다양한 영상을 보면서 하나의 체계와 원칙을 스스로 잡을 수 있을까? 천재라면 모르지만 힘든 일이다. 아니, 천재라도 쉽지 않다. 명리학에서 중요한 것은 속도가 아니라 방향이다.

엉뚱한 방향으로 속도를 내어 가다가 잘못된 길이란 걸 알았을 때, 다시 돌아오는 길이 까마득하다. 계속 가기도, 원점으로 돌아가기도 애매한 진퇴양난에 처하게 된다. 확실한 선생님이 없이 여기서 조금, 저기서 조금 배워 5년, 10년이 되었는데, 여전히 사주가 어렵다는 분들을 주변에서 많이 봐왔기 때문이다. 오늘도 한 분에게 수업 관련 전화를 받았는데, 2년 동안 여러 명리 서적을 읽었고, 동영상도 다양하게 들으셔서 일요 전문가반에서 수업을 듣고 싶다고 하셔서, 몇 가지 질문을 드려봤다. 결과는… 민망했다.

자신감에 충만했던 상담자분은 자신의 체계와 기준 없이, 이럴 때는 A 선생님의 관법을, 저럴 때는 B 선생님의 관법으로 내게 설명하길래 날카로운 질문을 한두 개 던지니 말이 꼬이고 앞서 한 답변과 뒤의 답변이 반대가 되어 버벅거리다가 결국에는 말문이 막히고 말았다. 직업이 아닌 취미로 배우고, 흥미로 배운다면 좋은 책과 영상만으로도 충분하다. 본인에게 그림의 소질이 있어 그림을 그리고, 악기에 재능이 있어 연주한다면 그것도 괜찮다. 그러나 나중에 직업으로 생각한다면 독학은 위험하다.

돈은 들지 않겠지만 시간 낭비와, 엉뚱한 샛길로 새기가 쉽다. 프로처럼 그림을 잘 그리고 악기를 잘 연주하고 싶다면 자신에게 맞는 좋은 선생님을 선택하여 잘 배워야 한다. 눈에 보이지 않는 자연의 흐름과 기운을 배우는 명리학은 두말할 나위가 없다.

5. 손(損) 없는 날, 결혼식, 개업식 택일에 관하여

예전 80~90년대에는 소주를 마실 때 첫잔을 조금 버리고 마시는 것이 유행인 적이 있었다. 이것에 여러 가지 설이 있는데, 밖에서 고사를 지내거나 음식을 먹을 때 고수레하며 조금 뿌려서 단체의 안녕을 빌었다는 설도 있고, 소주 회사 직원의 판매량 증가 아이디어란 설도 있다. 그런데 60~70년대에 술을 마실 때, 첫잔을 조금 따라 버렸던 적이 없었다는 것을 보면 전통의 고수레로부터 온 것은 아닌 것 같고 소주 회사 직원의 판매량 증가 마케팅이란 설이 유력한 것 같다. 매출에 지대한 영향을 끼쳐서 임원까지 올라갔다는 후문이 들린다. 그 정도로 기획력, 마케팅 능력이 좋으니 가능한 이야기다. 지금은 첫 잔이나 마지막 잔을 버리는 유행은 사라졌다.

앞서 소주 이야기는 위의 주제와 관련이 있다. 이사할 때 잡는다는 손 없는 날의 손(損)은 날수에 따라 동서남북 4방위로 다니면서 사람의 활동을 방해하고 사람에게 해코지한다는 악귀 또는 악신을 뜻한다. 즉, 예로부터 '손 없는 날'이란 악귀가 없는 날이란 뜻으로, 귀신이나 악귀가 돌아다니지 않아 인간에게 해를 끼치지 않는 길한 날을 의미한다. 따라서 이날에 이사 또는 혼례, 개업하는 날로 잡는 등 주요행사의 날짜를 정하는 기준이 되고 있다.

손 없는 날에는 이사비용이 좀 더 비싸게 책정되는 경우가 있는데, 위의 소주마케팅과 별반 다를 것이 없다. 때로는 이삿날을 택일해달라는 오더를 받는 역술가의 구전마케팅일 수도 있다. 이사는 자신이 이사하기 편한 날에 가면 된다. 단, 계약 전에 집주인의 실소유 여부 등 권리유무를 확실히 확인하고, 이사 전 누수, 균열 등 문제점을 점검하고 이후에 생겨날 피해보상의 책임여부를 명확히 하는 것이 더 중요할 것 같다.

어쩌면 이사를 할때 짐정리할 것이 많으니 손(損) 없는 날이 아닌 고양이 손이라도 빌리는 손(手) 있는 날로 가는 것이 나을지도 모르겠다.

사람의 사주팔자는 10년마다 찾아오는 대운의 영향을 받고, 그 아래로는 1년의 세운, 1달의 월운의 영향을 받는다. 이사를 이틀에 걸쳐 하는 집은 거의 없으니 그저 365일 중에 하루일 뿐이다. 즉, 이사하는 날짜에 따라서 크게 좋아지고 나빠질 것이 없다는 의미다. 결혼 날도 마찬가지다. 365일 중에 두 사람과 양가가 편안한 날을 본인들이 고르면 된다. 전에 칼럼에서처럼 결혼식을 하는 부부의 70%가 택일을 받아서 한다고 한다. 그런데 이혼하는 부부의 60~70%도 택일을 받아서 결혼했다는 것을 생각해보면 별 의미가 없을 것 같다. 결혼 날짜보다는 부부의 사주팔자나 대운의 흐름 등이 더 중요할 것이다. 그 전에 서로에 대한 사랑과 배려가 먼저다. 항상 본질은 지엽에 우선한다.

개업 날도 같은 이치다. 다들 방송이나 뉴스를 통해서 알고 계시겠지만 택일을 받아 개업식을 하고 고사를 지내는 자영업자의 약 90%가 7년 내에 사라지는 비운을 겪게 된다. 개업 날짜가 잘못되어 그런 것일까? 상식적으로 생각해보면 답이 나올 것이다. 개업 날짜에 신경 쓰기보다는 개업하는 업종에 대한 미래의 흐름 및 철저한 준비기간과 목표설정을 하는 것이 더 도움이 되지 않을까 한다. 손 없는 날이라고 비용을 추가하는 이사업체나, 이삿날, 결혼 택일, 개업 날을 알려주면서 부수입을 챙기는 무속인과 역술가 분들에게 한 소리 들을 수도 있을 것 같다. 허주 네가 안 보면 됐지, 왜 남의 영업 방해하냐고….

이것은 허주의 생각이니 날을 잡고 싶은 분들은 그냥 비용을 주고 잡으시면 될 것 같다. 플라시보(위약 효과) 역시 현실에서 존재하니깐 말이다. 사람들은 자기가 믿고 싶은 것을 믿고 산다. 하지만 한 가지, 본질을 놓치고 지엽만을 보면 낭패를 보고 곤란해질 것은 자명할 것이다.

6. 당신의 인생은 항상 좋았다

초등: 유치원 시절이 좋았지
중등: 초딩 때가 좋았지
고등: 중딩 때가 좋았지
대학: 고딩 때가 좋았지
취준생: 대딩 때가 좋았지
입사 후: 학생일 때가 좋았지
은퇴 후: 직장 다닐 때가 좋았지
노인: 젊었을 때가 좋았지

이제 눈치채셨나요? 당신의 인생은 항상 좋았다는 것을….

그리고 어제 죽은 이가 그렇게 바라던 오늘을 살고 있다는 것을….

PS: 어느 카페에 멋진 손 글씨로 적혀 있는 글을 조금 수정하여 공유한다.

7. 복세편살이란?

복세편살이란 말이 있다. 명리용어 같아 보이지만 실제로는 아니면서 한편으로 명리용어이기도 하다. 그 의미는 복잡한 세상 편하게 살자는 원어적인 의미가 있지만 더 깊이 들여다보면 복잡한 세상 단순하게 보자는 의미를 담고 있다.

복잡과 단순은 음과 양의 모습이기도 하다. 때로는 복잡한 문제가 단순한 생각으로 쉽게 풀리기도 하고 또는 단순한 문제가 생각보다 복잡다단하게 꼬이기도 한다. 예전부터 추리소설을 좋아했는데, 시작은 단순하지만 그 안에 복잡하고 여러 가지로 얽힌 복선을 깔고 있는 경우가 많다. 때로는 참으로 복잡하게 보이는 밀실살인의 비밀이 단순한 방법으로 풀리기도 한다.

인간의 삶도 그러하지 않을까? 어쩌면 복잡한 문제의 답은 단순할 수도 있다. 문제가 복잡해진 것은 당신의 머리가 복잡해져서 그런 것일 수도 있다. 단순하게 생각하고, 본질이 무엇일까를 생각해 보면 의외로 답이 쉽게 나올 수 있을 것이다. 상담자분이 마지막에는 삶의 조언을 구하거나 개운법이 없냐고 묻는 경우가 많다. 이런 저런 고민과 문제가 많은 분들에게 드리는 개운법은 본인에게 맞는 운동을 규칙적으로 할 것을 권해드린다. 알다시피 음양의 가장 기본적인 모습은 들이쉬고 내쉬는 호흡인데, 운동을 하면 이런 호흡이 많아지고 늘어나게 되니 음양운동이 활발하게 된다.

그로 인해 몸이 좋아지고 좋은 체형을 갖추는 것은 물론이거니와 복잡했던 머릿속이 단순해지고 명료해진다. 운동을 하여 양(陽)인 몸을 움직이면 반대의 음(陰)인 생각이 줄어들기 때문이다. 사주에 금수(金水)가 많거나 인성이 많아 생각이 많은 분들에게 운동을 권해드리는데 인성이 강한 허주가 매일 조금씩 운동을 하는 것도 그런 이유인 것이다.

반면에 사주에 목화(木火)가 많고 식상, 재성이 많은 상담자에게는 독서와 사색을 개운법으로 권해드린다. 원래 몸의 움직임이 많은 분들이니 독서와 사색으로 음의 균형을 맞춘다면 좋을 것이다. 복세편살은 복잡하고 다변화된 21세기를 살아가는 현대인에게 또 하나의 개운법이 되지 않을까 생각해본다.

8. 최고의 부적과 개운템!

최근 국내의 크고 유명한 사주카페에서 부적과 개운템으로 인해서 사달이 난 것 같다. 원래 카페와 별도의 비공개 카페(멤버십)를 운영하고 있었는데, 두 카페에서 파는 부적과 개운템의 가격 차이가 나서 문제가 생긴 것 같다. 고소와 고발이 오가고, 피해를 본 카페 회원들은 부적과 개운템의 제작자와 제작과정, 가격차를 공개하라고 시끄러운 모습이다. 카페 운영자는 자신은 무고하다고 하며 변호사를 선임하고 해명하는 등 실로 사주카페에서 보기 드문 일들이 아수라장처럼 펼쳐지고 있었다.

운영진은 부적과 개운템 담당 스텝이 사익을 취해서 강퇴시켰다고 하며 수습을 하려고 하고 있고, 회원들은 원래 카페에서 팔던 가격과 비공개 카페에서 싸게 파는 가격을 공개해달라고 말하고 있지만 필자가 볼 때는 그게 본질이 아닌 것 같다.

고금의 어느 명리 저서와 선현들의 말씀에 부적을 팔고, 개운템을 팔라는 구절과 말씀이 있었던가? 실로 21세기 2021년에 80~90년대의 명리의 암흑기에 벌어졌던 일들이 반복되니 참으로 유감이 아닐 수 없다. 또한 부적을 한두 장도 아니고 5장, 10장을 수십만 원, 수백만 원에 사서 그것이 자신의 인생을 바꿔줄 거라고 생각하는 그 카페 회원분들도 문제가 많아 보인다.

대학생일 때 당사주를 보셨던 셋째 이모님과 우연히 종로 쪽을 갔는데 불상, 골동품을 파는 곳에서 부적을 팔기도 했다. 당시 가격으로는 1~2천 원이였는데, 그것을 이모님이 구입해서 당사주를 보시는 분들에게 3만 원, 5만 원에 파는 것을 보고 깜짝 놀랐다. 부적을 쓸 줄 몰랐던 이모님은 그것이 돈이 된다는 것을 알기에 골동품과 불교물품을 파는 곳에서 사서 상담자에게 고가에 팔았던 것이다. 가게주인으로부터 역술인과 무속인들이 단골 고객이라는 말도 들었다. 필자가 부적에 대한 좋은 느낌이 없는 것은 그런 이유도 있다. 몇 천 원 하는 개운 팔찌에 축수를 넣었다고 하여(실제로 넣은 지도 모르지만) 몇십만 원에 판다는 것은 일종의 사기다. 차갑고 어두운 힘든 상황에서 찾아온 이들에게 위안과 격려, 대안이 아닌 그 어려움을 악용하여 재물을 사취하다니 마음을 죽이는 살인(殺人)의 모습이며 실로 용납할 수 없는 일이다.

이 글을 보시는 독자들은 그러한 혹세무민에 결코 현혹되지 마시길 바란다. 이번 사건은 단순히 그 사주카페의 문제가 아니라 초학분들이나 명리를 모르는 일반인들에게 명리학이 비웃음과 조롱의 대상이 될 것이 불을 보듯 뻔하니 마음이 아프다.

차라리 허주가 좋은 부적과 개운템을 알려드리겠다. 물론 무료이며 효과도 빠르고 확실하다. 부적을 사고 개운템을 살 몇십만 원의 돈으로 1/3은 몸에 좋은 고기, 야채, 과일을 사서 드시길 권한다. 체(體)인 몸이 튼튼해진다. 그리고 또 1/3은 교양, 인문, 명리, 자기계발서를 구매하여 읽으시길 권한다. 어느 책도 좋다. 용(用)인 정신과 마인드가 채워지고 좋아지게 된다. 마지막으로 1/3은 본인보다 어렵고 도움이 필요한 주변의 이웃에게 선행을 베풀어 주시길 바란다.

내가 먹는 것이 나의 몸이 되니 좋은 것을 드시고, 건강한 것을 드시길 바란다. 내가 읽고 보는 것이 내 생각이 되고, 내 마음이 되니 좋은 것, 유익한 것, 깊이가 있는 글은 마음의 양식이 되며 나의 그릇을 키울 수 있다.

남을 돕고 선행을 베푸니 그 마음이 흐뭇하고, 도움받는 이에게 마음의 보답과 덕담을 들으니 적선지가 필유여경(선행을 쌓은 집에는 반드시 경사가 있다)으로 흘러갈 것이다. 혹시 부적이나 개운템으로 몇십만 원을 지출할 생각을 가진 독자분이 계신다면 그 돈을 자신의 몸과 정신, 그리고 누군가를 위한 선행으로 쓰셨으면 좋겠다. 그것이 허주가 생각하는 최고의 부적이고 최고의 개운템이다.

9. 명리학에서 죽음을 논한다는 것은?

예전에 명리학을 음지의 바닥으로 떨어뜨린 천박한 역술가들이 종종 이런 말을 쓰곤 했다.

"이 여자, 남편 잡아먹을 사주네."
"당신 사주 때문에 아들이 죽어, 굿하자! 아들은 살려야지."
"고생만 죽어라 하고 빛 좀 볼려니 죽겠네, 살려면 부적 하나 써야겠어."

삶의 위안을 받으려고 들어갔다가 오히려 불안과 공포, 그리고 굿을 해야 하나, 고가의 부적을 써야 하나, 때론 개명하라는 역술가의 말에 이런저런 고민으로 불면의 밤을 보내며 뒤척이다가 결국에는 이불킥을 할지도 모른다. 물론 요즘에는 정보가 많이 오픈되어서 저런 독설을 날리거나 부적, 굿 이야기를 꺼내면 사기꾼 소리 듣기 쉽다.

제대로 된 명리학에서는 음과 양의 순환을 이야기한다. 음이 강해지면 반대편의 양이 약해지고, 반대로 양이 강해지면 음이 약해지는 모습을 뜻한다. 사계절 운동을 하는 지지에서는 봄이 왕성하면, 이내 여름이 오고, 더위에 지치는가 싶으면 다시 가을이 오고, 스산한 날씨에 닭살이 돋을라치면 어느새 겨울이 오고 있다. 음과 양의 변화, 그것을 좀 더 세분하면 목, 화(양)-토(전환)-금, 수(음) 오행의 변화를 의미하고 사계절 운동을 하는 지지에서는 봄, 여름(양)-가을, 겨울(음)의 변화를 의미한다. 사람마다 누구나 80세까지 사는 것이 아니므로 언제 어디서 죽더라도 이상한 일이 아니다. 자연의 순환처럼 인간도 언젠가는 자연으로 돌아가는 것이고 또 누군가가 다시 인간의 삶을 이어주는 것일 것이다. 자연이 순환되듯이 말이다.

2020년 2월, 강남 성모병원 장례식장에 갔을 때 지하 공동 장례식장 입구에 걸린 16분의 영정사진에는 나이가 지긋하신 노인분들이 많았지만, 그중에는 30대 초반의 여자분과 6살의 해맑은 얼굴의 어린이도 보였다. 태어나는 것은 순서가 있지만, 가는 것은 순서가 없다는 말이 가슴에 와닿았다. 명리학에서 음양, 오행의 흐름과 운의 흐름을 통해서 건강에 대해 주의와 조언을 줄 수는 있지만, 그것을 가지고 죽느니 사느니 떠드는 자는 그야말로 명리학을 자기 치부(致富)를 위해서 쓰며 더럽히는 자가 아닐 수 없다. 걱정과 불안감 뒤에 이어져서 부적을 팔거나, 개명을 하거나, 심지어 굿을 하는 공포마케팅으로 이어지기 때문이다.

그런 이들을 몰아내는 방법은 단 한 가지다. 명리학을 알고 배우는 분들의 깨인 상식과 지식이 필요하다. 무지와 공포를 파고 들어가는 죽음의 장사치들에게는 제대로 된 명리의 지식과 삶의 상식이 쥐약인 것이다. 끝으로 공자님이 남기신 말씀으로 마무리 짓고자 한다.

"삶도 제대로 알지 못하면서 어찌 죽음을 논하겠는가."

살아가는 동안 자연의 흐름에 순응하면서 살아갈 뿐이다. 죽는 날을 알지 못하니 살아가는 동안 최선을 다하고, 나와 내 주변의 소중한 사람들을 아끼고 사랑하며, 행복을 꿈꾸며 살아갈 뿐이다.

10. 명리학이 책이나 동영상에만 머물러 있지 않기를

많은 분들이 물어본다. 어떻게 하면 실력이 빨리 늘 수 있냐고.

학문에는 왕도가 없다고 말하면 뻔한 답변이라고 실망할 수도 있겠다. 어쩔 수 없이 필자의 경험을 말씀드릴 수밖에 없는데, 열심히 책이나 동영상, 선생님을 통해서 배우고 익히되, 책이나 영상에서 봤던 이론이 현실에서 어떻게 나타나는지를 살피고 다시 현실의 여러 가지 현상들이나 사건, 사고가 명리학에서 어떻게 설명되는지를 살핀다면 놀랍게 진일보할 것이다.

명리학과 현실은 구분되지 않는다. 자연의 흐름과 현상을 통해서 인간의 삶의 흐름과 현상을 이해하려고 한 것이 명리학이기 때문이다. 항상 배우고 익히면서도 그 관점을 놓치지 않고 이론과 현실을 접목시키려고 한다면 놀랍도록 성장할 수 있다. 명리이론이 체(體)라면 살아가는 삶은 용(用)이 된다.

오랜 시간 책이나 동영상을 통해서 많이 배우고 알 건 다 알 것 같은데, 막상 사주팔자를 들여다보면 먹먹해지지 않는가? 그것은 이론인 체(體)에만 집중하다 보니 용(用)에 대한 운용의 묘를 놓쳤기 때문이다. 반면에 체(體)는 부실한데, 용(用)에만 집중하다 보면 바다에서 항로를 잃고 떠도는 모습이 된다.

최근 지하철에서 일어난 청소년과 노인의 싸움을 보면서 충(沖)-다툼, 형(刑)-잔소리, 그리고 세대 간의 갈등인 파(破)를 생각한다.

뉴스와 방송에 나온 정치인의 뇌물이나 독직사건을 보면서 재극인(돈 때문에 명예가 손상됨)과 지장간의 글자가 천간으로 투간되는 개고현상(대중에게 알려짐)을 생각해 보자. 연예인들의 마약사건을 뉴스로 접하면서 자묘(子卯-예의와 정도를 잃어 망신을 당함)형과 탕화살(약물등에 의한 중독)을 생각해 보자. 고속도로의 대형 충돌사고가 보도되면 이동 중에 생겨나는 충돌인 인신(寅申)충, 사해(巳亥)충, 인신사(寅申巳)형을 생각해 보자. 각종 사기 및 학위나 자격증 조작, 논문표절의 불일치를 보면서 믿었던 것에 대한 배신을 뜻하는 축술미(丑戌未)형을 생각해 보자.

책과 영상을 통해서 배우지만 그러한 모습이 발현되는 것은 우리의 현실이다. 책과 영상에만 길이 있는 것이 아니라 우리의 삶과 사회현상들이 길이고 가르침이 된다.

아! 물론 가장 위대한 스승은 자연이다. 봄, 여름, 가을, 겨울의 사계절이 바뀌고 아침, 낮, 저녁, 밤의 하루가 바뀌는 모습, 시간의 흐름에 따라 흘러가고 변하는 자연이야말로 가장 큰 가르침을 준다.

사주의 글자들은 그러한 흐름과 모습을 22개의 글자로 표현했기 때문이다. 가끔은 책을 덮으며 영상을 끄고 밖으로 나와 위대한 스승을 가끔씩 대면하는 것도 좋을 것 같다.

2장

명리, 세상 밖으로 나오다

1. 왜 나쁜 남자에게 끌리는가?

드라마 '나쁜 남자'

2010년에 방영된 드라마 〈나쁜 남자〉에서 '나쁜 남자' 김남길의 옴므파탈한 매력에 재벌가의 두 자매인 정소민, 오연수, 자신을 배신한 남자에 대한 복수를 위해 재벌가의 남자를 유혹하는 한가인 등이 사랑에 빠진다. 이 드라마 제목에 가장 걸맞은 주인공은 유부녀인 오연수다. 빠지면 안 되므로 거부하지만 어쩔 수 없는 나쁜 남자 김남길의 매력에 결국에는 무너지는 모습을 섬세하고 감성적으로 표현했다.

오늘의 주제는 여자에게 체(體)로 작용하는 남자(관성)에 관한 이야기다. 왜 여자는 나쁜 남자(편관)에게 끌리는가? 그런데 모든 여자들이 나쁜 남자에게 끌리는 것은 아니다. 자신의 사주에 편관을 가진 여자가 편관의 남자에게 끌리게 된다.

관성은 편관과 정관으로 나누어지는데, 정관은 비견에서 파생된 수성, 안정, 자의식(이성)의 개념이고, 편관은 겁재에서 파생된 공성, 모험, 무의식(감성)의 개념이라고 할 수 있다. 특히 편관은 타인을 항상 의식하고 관찰하며 타인의 입장을 잘 대변한다. 그 여자가 뭘 원하는지, 뭘 바라는지 그 여자의 내면에 있는 욕망과 갈증을 읽어낸다. 그러므로 파격적인 행동으로 여자의 방어기제를 무너뜨린다. 많은 성(城)들이 함락되는 것은 선전포고 이후 벌어지는 전쟁이 아닌 예상치 못한 기습으로 인해 무너지곤 한다. 여자의 내면 속에 있는 꿈틀거리는 욕망과 갈증을 읽어내어 도발적인 기습키스나 스킨십으로 무너뜨린다. 이는 여자의 말 한마디, 행동 하나, 몸짓 손짓 속의 신호를 예리하게 파악한 이후 도발적인 액션으로 진행되니 속수무책 당하기도 한다. 어쩌면 여자는 그 순간을 기다렸을 수도 있겠다.

"오빠, 나 아파. 감기몸살인가 봐."

애인의 한마디에 편관의 남자는 전화를 끊고 사무실을 박차고 나온다. 어딜 가냐고 물어보는 동료의 질문에 뒤돌아보지 않고 오른손을 까닥까닥하며 폼을 잡고 감기약과 꽃, 따뜻한 죽을 챙겨서 차를 몰고 서울에서 부산까지 3시간 만에 쾌속으로 달려가 애인의 눈에 눈물이 고이게 하고 감동의 메시지를 전해준다. 근무시간? 상사의 질책? 편관의 남자에게 그게 뭐가 중요할까? 이 순간 편관의 남자에겐 애인의 사랑과 감동을 얻어내는 것만이 중요할 뿐이다.

정관의 남자는 밤에 위와 같은 애인의 음성에 고민한다.

'아, 내일 출근해야하는데…'
'그래도 사랑이 먼저지. 우리 애기가 아프다는데… 그런데 밤
에 차를 몰고 가는 것은 위험한데… 사고가 날 수 있고…'

인터넷을 뒤적여 가장 일찍 출발하는 KTX를 예약하고, 아침 일찍 상사에게 결근한다는 톡을 보낸다. 코로나가 의심된다는 다소 협박의 의미를 담은 톡을 보내고 정오쯤 도착하여 약과 꽃을 사고 따뜻한 죽을 챙겨서 애인을 찾아간다. 애인은 놀라고 반가워하지만 편관 같은 감동은 아니다. 특히 편관이 있는 여자라면 더욱 그렇게 느낀다.

나쁜 남자의 김남길은 정소민, 오연수, 한가인 세 여자의 마음을

빼앗는데, 사람의 에너지는 총량이 있으니 순간적으로 빼앗을 수는 있지만 이것을 지속하기는 어렵다. 이쪽에서 걸리고, 저쪽에서 들통나니 파국에 이르게 된다. 결국에는 정소민이 쏜 총에 맞고 죽어가게 되는데, 마지막까지 정소민의 살인을 감추기 위해 증거를 숨기고 모르는 곳으로 사라져 죽는 시크한 모습으로 여성 시청자들의 마음을 또다시 사로잡게 된다.

편관 남자의 매력적이고 자신에게 헌신하는 모습에 홀딱 빠진 여자는 결혼을 하지만 그 결과가 꼭 해피엔딩이 되지는 않는다. '잡은 물고기는 먹이를 주지 않는다'라는 말은 나쁜 남자 편관에 해당되는 이야기일지도 모른다. 타인의 심리를 파악하여 인정받고 명예를 추구하는 성향이 이제는 아내에서 사회로 눈을 돌리게 된다. 편관이니 정관과 다르게 기복도 심하다. 잘할 때는 잘해주다가 차갑고 썰렁할 때는 남보다 못한 모습을 보여주게 되니 여자는 실망한다.

관성은 정관이건 편관이건 권력에의 의지를 담고 있다. 단계를 밟아 올라가는 정관은 임명직이라 승진에 집착하고, 단계를 뛰어넘어 수직상승을 꿈꾸는 편관은 선출직인 당선에 목숨을 건다. 편관의 남자는 멋있고 매력적이다. 주민센터에서 일하는 정관의 남자보다, 불길 속으로 뛰어들어 자신의 생명을 구해주는 소방관 편관의 남자가 더 감동을 주는 것이 사실이다. 그런데 편관의 남자는 위험하다. 불길을 이겨낼 수 있는 열정을 가졌지만, 때로는 그

불길 속으로 휩싸일 수도 있기 때문이다. 여성분들이 나쁜 남자, 편관의 남자에 빠지는 것은 어쩔 수 없다. 이는 내면에 잠재되어 있는 무의식의 작용이기 때문이다. 자의식(이성)으로는 밀어내야 하는데, 무의식(감성)으로는 잡아당기고 있다. 정관이 강한 여자는 충분히 밀어내지만, 편관이 강한 여자는 그 유혹에 빠져 들어가게 된다. 감성의 코드가 같기 때문이다.

영화 '나쁜 남자'

나쁜 남자에 빠져들 수는 있다. 이는 남자가 나쁜 여자에 빠져 들어가는 것과 같은 이치니 뭐라 말할 수 없다. 그런데 여성분들이 한 가지 꼭 명심해야 할 것은 있다. 나쁜 남자와 나쁜 놈은 구별해야 한다는 것이다. 나쁜 놈은 나쁜 놈이고 양아치일 뿐이다. 나쁜 남자(옴므파탈)가 결코 될 수 없다.

위 편관(옴므파탈)의 성향은 수많은 편관의 성향 중에서 일부를 발췌하여 작성한 칼럼이다. 편관의 오행이 무엇인가, 제화가 잘 되어 있는가, 어디에 위치하는가, 지지에서 합으로 구성되는가에 따라서 다르게 작용하니 그 점 감안하여 읽어주시길 바란다.

2. 혜민 스님이 욕을 먹는 이유

저서『멈추면 비로소 보이는 것들』에서 무소유를 설파했던 혜민 스님이 올해 재산축적과 언행불일치로 인해서 욕을 많이 먹고 은거에 들어갔다. 대형교회의 목사들이나 조계종의 높은 지위의 스님들은 그보다 더 큰 부를 축적하는데, 그가 가진 재산 9억 정도는 큰 재산이 아니라고 옹호하시는 분들도 많다. 서로의 팔자가

혜민 스님 저, '멈추면, 비로소 보이는 것들'

다르니 생각하는 것도, 받아들이는 것도 다른 것은 당연하다. 필자 역시 혜민 스님의 재산과 일상생활에 별 문제가 없다고 생각한다. 유명한 베스트셀러 작가이기도 한 그는 막대한 인세로 인해서 재산을 쌓을 수 있다. 신도들의 시주금을 횡령한 것도 아닌 자신의 노력의 결과이니 당연한 것이다. 또한 아직 젊은 나이니 아이팟을 쓰고 고급 노트북을 쓴다는 것이 이해 못할 일은 아니다. 옛날 스님처럼 낡은 도포를 입고 삿갓 쓰며 탁발하는 시대가 아니기 때문이다.

그럼에도 불구하고 욕을 먹는 이유는 언행불일치로 인하여 일반인과 독자들이 느끼는 배신감 때문이다. 무소유의 메시지를 설파

하여 많은 공감을 얻고 그 결과물로 막대한 인세를 받으면서 그 자신이 무(無)소유의 정반대인 풀(Full)소유를 향유하고 있다는 것은 지탄받을 만하다. 우리는 SNS, 카페, 블로그, 유튜브 등으로 누구나 자신의 의견을 개진하고 메시지를 남들에게 알릴 수 있는 시대를 살고 있다. 수백만, 수천만의 팔로워를 거느린 인플루언서의 행동 하나, 메시지 한마디에 많은 사람들이 영향을 받는다. 그러니 앞으로의 시대는 메시지(Message)의 시대가 아닌 메신저(Messenger)의 시대가 될 것 같다.

좋은 글, 감동적인 메시지가 차고 넘치는 세상이 도래했다. 그러므로 메시지를 전달하고 내보내는 메신저를 바라보게 되는데, 언행불일치의 부조화에 사람들은 분노하게 되어 있다. 현대는 CCTV, 블랙박스, 몰카, 스마트폰, SNS 등으로 과거의 악행이나 이중적인 행동들이 쉽게 드러나는 오픈된 시대를 살고 있다. 메시지와 메신저의 언행불일치를 오래 감추기는 어렵다는 이야기다. 유명해지면 유명해질수록 더 잘 노출되고 주목받기 마련이다.

명리학을 많은 이들이 활인업(活人業)이라고 한다. 그리고 많은 선생님들이 선행을 쌓는 것이 가장 좋은 개운법이라고 말씀하신다. 그런데 만약 명리 선생들이 선행을 쌓는 일에 담을 쌓고, 주변의 어려운 이를 외면한다면? 팔자에 따라, 운에 따라 살아가라고 설파하면서 스스로는 과도한 욕심을 부려서 패가망신하거나 제자나 회원들의 믿음을 악용하여 사기를 치거나 그들을 힘들게 만든다면? 명리 선생들의 가르침은 공허한 말장난에 불과하고 이익을 얻기 위한 과대 광고자료가 될 것이다.

좋은 글과 말, 영상에 걸맞은 메신저가 될 때, 그로부터 나오는 모든 것에 진실함과 공감을 끌어낼 수 있을 것이라 생각한다. 유명한 메신저들의 부정과 추문을 통한 몰락은 다시 한번 나 스스로를 점검하고 단속할 수 있는 반면교사가 된다. 그런 면에서 혜민 스님에게 고마움을 느끼고 있다. 필자는 크리스찬이므로 좋아하는 찬송가의 한 구절로 마무리를 짓도록 하겠다.

"하느님 말씀 전한다 해도 그 무슨 소용이 있나, 사랑 없이는 소용이 없고 아무것도 아닙니다."

3. 신독(愼獨), 겉과 속이 같다는 것은

사서삼경 중에 하나인 대학에 보면 신독(愼獨)이라는 용어가 나온다. 처음 들어보신 분들에게 그 뜻을 풀이해드리면 삼갈 신(愼), 홀로 독(獨)으로 자기 홀로 있을 때에도 도리에 어긋나는 일을 하지 않고 삼가다는 뜻이다. 학문을 하는 선비들이 갖추어야 할 중요한 덕목으로 삼았는데, 사실 지극히 어려운 모습이기 때문에 더욱 강조했던 것 같다. 조선시대의 유학자 중에서는 퇴계 이황 선생이 크게 강조하셨다.

박지원의 소설 『호질』에 나오는 북곽 선생처럼 남들이 볼 때는 고결한 척, 점잖은 척, 의기와 기개가 높은 대인배의 모습을 보여주다가 남들이 보지 않을 때는 온갖 추잡한 짓과 소인배의 행동을 하는 것을 경계하였다. 원래부터 소인배가 소인배의 짓을 하면 욕은 먹겠지만 그런가 보다 생각한다. 그런데 고결한 선비의 모습을 보여주다가 남들이 보지 않을 때 비열하고 추잡한 짓을 한다면 실망감과 배신감으로 더 큰 욕을 먹고 체면과 위신은 바닥으로 추락하게 된다. 학식과 명성이 높을수록 추락의 아픔도 더 클 것이다. 평소에도 왠지 그럴 것 같은 느낌의 부산의 오거돈 시장보다, 전혀 안 그럴 것 같은 박원순 시장의 비극적인 선택을 보니 오늘따라 신독(愼獨)의 의미가 더욱 생각나는 하루다.

드러나는 것이 양이고 감추고 숨겨진 것이 음인데 산이 높으면 골짜기가 깊다는 말처럼 드러나 있는 것이 크고 강할수록 드러나지 않고 숨겨진 욕망도 커지게 된다. 유흥업소의 종사자들이 가장 진상으로 보는 직업군이 의사와 검사라고 한다. 겉으로는 점잖은 듯, 사회지도층인 듯 보여지지만 음과 같은 룸살롱에서 노는 것은 동네 양아치들보다 더 지저분하게 논다고 하여 다들 고개를 절레절레 젓곤 한다. 아마도 사회적 지위가 높다는 생각에 서비스를 하는 여성들을 얕잡아 보니 그러한 행태가 나오는 것 같다. 또한 편관의 직업이라는 검사와 의사는 그만큼 스트레스가 강한데 이것을 내부에 누르고 있다가 룸살롱이라는 보이지 않는 음의 공간에서 폭발하는 모습으로도 볼 수 있다. 명리학의 개념에서 보면 그렇다. 쌓이면 폭발하고 곪으면 언젠가는 터지기 마련이다.

박원순 시장의 비극적인 선택을 보면서 그가 마지막까지도 정치적인 선택을 했다는 것을 느꼈다. 그리고 그에 대한 마지막 정까지 정리해야 할 것 같다. 유서에 자기에게 피해를 본 사람에게 진심으로 사과를 했으면 좋았으련만….

시니, 혀노의 「죽음에 관하여」란 웹툰의 내용처럼 저승에 간 박 시장은 두 발의 총알을 몸으로 받아야 할지도 모른다. 자신이 남겨두고 간 사랑하는 아내와 딸의 아픔이 총알이 되어 몸에 박히게 되는 것을 의미하는데 무척 아프고 고통스러울 것 같다.

이 바보 같은 사람아….

4. 금보라 씨가 선배 김동현 씨에게 던지는 뼈 때리는 조언

올해 방송된 TV조선 〈스타다큐 마이웨이〉에서는 김동현 씨가 금보라 씨와 만나 이야기를 나누는 모습이 그려졌다. 이날 금보라 씨는 김동현 씨에 대해 "오빠는 변해야 한다"라고 따끔한 조언을 건넸다. 이에 김동현 씨는 "나도 잘 안다. 변해야 하는데 나쁜 근성이 있어서 잘 안 된다"라고 털어났다. 그러자 금보라 씨는 "내가 할 수 없는 영역을 욕심내니까 안 되는 거다. 오빠는 연기를 제일 잘하지 않나. 근데 오빠는 다른 것에 탐을 낸다. 왜 자꾸 그 능력을 묻어버리나. 그러니 언니가 얼마나 답답했겠나. 난 언니 마음이 너무 이해가 된다"라고 말했다.

집에서 운동을 하고 있다가 TV에서 위의 대사가 흘러나오기에 아! TV에 명리학을 하는 분이 이야기를 하시나 보다 해서 가 보니 배우 금보라 씨가 오빠이자 선배인 김동현 씨에 들려주는 이야기라서 깜짝 놀랐다.

이분이 말씀하신 것이 정답이다. 배우로써 정말 잘할 수 있는 능력을 가지고, 좋은 연기를 보여준 김동현 씨가 자신이 가장 잘할 수 있는 배우를 내려놓고, 배우를 하면서 모은 돈과 대출을 받아서 이런저런 사업을 벌이다가 하는 사업마다 망해서 결국에 아내인 혜은이 씨와 이혼을 한 아픈 과거가 있다.

그럼에도 불구하고 지인이 얻어준 집에서 신세를 지고 있으면서도 여전히 사업을 하려는 그에게 금보라 씨의 뼈를 때리지만 진솔한 조언은 마치 필자가 상담자에게 들려주는 조언과도 같다.

"왜 본인이 가장 강하고 잘 쓸 수 있는 기운을 내려놓고, 미약하거나 없는 기운을 쓰려고 하는가요? 세상 속에서 경쟁하며 치열하게 살아갈 때, 나의 강력한 무기를 내려놓고 타인들이 유리한 룰 속으로 뛰어들려고 하십니까? 그것은 필패(必敗)의 지름길이며 팔자의 흐름을 역행하니 흉함이 가득할 것입니다."

명리학을 안 배워도 잘 살고 잘 처신하는 분들이 많다.

배우 금보라 씨가 그러한 분인 것 같다.

5. 누군가에게는 자신만의 지옥이 있다

최근 뉴스에서 안타까운 사연들이 눈에 들어온다. 국내 정상급 IT 기업인 네이버의 직원과 결혼을 앞둔 공군 부사관 여성의 극단적인 선택이 그렇다. 또한 심한 괴롭힘과 구타로 원치 않은 성매매를 하다가 끝내 세상을 떠난 여학생의 사연이 그러하다. 지인들과의 담소 중에 누군가가 이런 이야기를 했다.

> "아니, 그렇게 죽을 만큼 힘들고 고통스러우면 회사를 그만둬야 하는 것이 아닌가? 극단적인 선택을 하면서 지켜야 할 회사는 아닌 것 같은데… 네이버 정도 다닐 실력이면 다른 회사에 자리가 없겠어?"

그렇지 않다. 말처럼, 사람들의 인식처럼, 그렇게 간단한 문제가 아닌 것이다. 물론 허주는 동감한다. 관성(官星)이 없는 무관(無官) 사주니 이차저차 항의하고, 안 되면 상부에 보고하고, 그래도 안 되면 고소를 하든가, 턱주가리에 한 대 펀치를 날리며 침 뱉고 나오면 그만이겠지만 관성이 강한 사주였다면 다른 모습이 된다.

관성은 일간(나)을 둘러싼 울타리와 같다. 그 울타리의 보호와 통제 속에 연봉을 받으면서 삶을 영위해 간다. 보호도 받지만 한 편으로 관성의 통제와 지시에 따라야 하기도 하는 것이다. 또한 오랜 세월 관성 속에서 함께하니, 그곳이 자신의 일터이면서, 놀이터고, 생활의 공간이 된다. 일만 하는 것이 아니라, 퇴근 후 동료들과 회식을 하거나, 술을 하면서 직장인의 고충을 해소하게 된다. 그 안에 친구도 있고, 추억도 있으니 어쩌면 관성이 강한 이에게 직장이란 오롯이 자신의 세계일 수 있다. 그런 직장을 나온다는 것은 울타리에서 벗어난 고립을 의미하니 자기 세계가 붕괴된다.

오랜 세월 다녔다면 더욱 그렇고, 급여나 복지가 잘 된 대기업이나 공조직이라면 더더욱 나오기가 쉽지 않다. 그러니 쉽게 말할 수 없는 것이다. 그 사람의 입장과 상황이 아니기 때문이다. 또한 관성이 강하다는 것은 남의 시선, 눈치, 체면치레를 잘한다는 것이니 남에게 속내를 말하기도 어렵다. 위신이 떨어지기 때문이다.

사람들 중 누군가에게는 자신만의 지옥이 있다. 그것이 관성(직장, 남자) 지옥일 수 있고, 부모(인성)의 지옥일 수도, 비겁(친구)의 지옥일 수도 있겠다. 재성(돈, 여자)도, 식상(하는 일)도 모두 지옥이 될 수 있다. 누군가의 지옥에는 꼭 화염의 불길이 솟구치고, 나찰과 아귀가 희번덕거리는 일반적인 지옥의 모습이 아닐 수 있다. 잘 차려입어 지식 있고, 매너 있는 모습이지만 지독하게 괴롭히는 상사가 지옥이 된다. 나를 낳고 키우면서 사랑이란 이름으로 포장된 부모가 자식의 앞길을 막고 고통을 주니 지옥이 되기도 한다. 처음에는 가볍게 다가오고 친하지만, 점차 얕잡아 장난치고, 폭력을 행하며, 불법을 강요하는 동년배가 지옥이 되기도 한다.

이들의 지옥은 얼핏 보기에는 평범하고 정상적인 모습처럼 보이기에 잘 모르는 이들은 엄살을 떨고 오버하는 거 아니냐고 비야냥거릴 수 있지만, 정작 이들에게 필요한 것은 비야냥이나 타인과의 비교가 아닌 진정한 도움의 손길일 수 있겠다. 스쳐 지나가고 무심하면 놓치지만, 조금만 신경을 쓰고 관찰하면 그 조짐을 알 수 있을 것이다.

당신 주변의 가까운 이들의 모습과 생각에 주목해주시길 바란다. 자신만의 지옥의 화염 속에서 어쩌면 한 줄기 구원과 같은 손길과 관심을 기다리고 있을지도 모를 당신의 소중한 사람들을 생각하며…

"지옥의 화염 속에서도 그래도 나는 천국을 동경한다."

- 가스통 루루, '오페라의 유령' 중에서

6. 엄마가 묻고 명리가 답하다

엄마: 선생님, 우리 아이(초3)가 너무 산만해요. 학교 다녀와서 손 씻고 들어가라고 해도 응, 알았어 하더니 이내 방으로 들어가 버립니다. 게임을 하려 하기에 숙제 다하고 해야지

하면 yes, mom 하면서 노트를 꺼내길래 알아서 하겠지 하면서 등을 돌리면 이내 게임기를 꺼내서 게임에 몰두한답니다. 공부를 하나 안 하나 걱정되서 다시 와보면 여전히 게임기를 붙잡고 있죠. 게임에 집중하다 보니 제가 보는 것도 모르나 봐요. 어쩌죠, 우리 아이? 주위가 산만하고 엄마 말을 너무 안 들어요.

허주: 많이 힘드시겠군요. 어린아이는 기본적으로 목(木)의 시절을 살고 있습니다. 목은 오행 중에 하나인데 오행은 목화토금수의 첫 번째가 되니 시작하고, 앞서려 하고, 커지고 확산하는 기운으로 생각하시면 됩니다. 기본적으로 초등학교 3학년이면 본격적인 목의 시절을 살고 있는데 아이의 사주에 목의 기운이 많다면 더욱 그렇습니다. 아마도 자녀분의 사주에 목 기운이 많으신 것 같습니다.

목의 시절을 살고 있는데, 사주에도 목 기운이 많다면 그야말로 시작하고, 앞장서고, 나아가려는 마음이 강해서 남의 이야기를 잘 안 듣게 됩니다. 듣더라도 금방 잊어버리고 자신이 하려는 일에 몰두하게 됩니다. 엄마의 이야기도 마찬가지겠죠.

목의 시절은 어린아이와 같으니 시야가 좁습니다. 어린이 스쿨존에서 불행한 사고가 종종 발생하는 것은 아이들의 시야가 좁고 목의 기운처럼 앞만 보고 달려가니 주변의 차량을 못 보는 경우가 많습니다. 180도를 볼 수 있는 시야가 목이 강한 아이의 경우는 양 이마에 가림막이 있는 것과 같아서 바로 눈앞만 보이기 때문입니다.

자녀교육이 쉽지 않고 많이 힘드실 것 같습니다. 한 가지 팁을 알려드립니다. 목이 강한 아이는 시야가 좁고, 엄마의 이야기에 집중을 안 한다고 말씀드렸죠? 아이가 들어오면 설거지를 하시거나 청소를 하시다가도 중지하시고 아이에게 다가가 정면에서 아이의 눈을 똑바로 바라보시고 또박또박 말씀해 주십시오.

"아들, 어딜 봐, 날 봐야지. 아들, 학교에 갔다 오면 바로 손 씻고 숙제부터 먼저 하고 TV를 보든가 게임을 하든가 하는 거야. 알았지? 어딜 봐, 엄마 봐야지. 알아들었니? 엄마가 뭐하라고 했는지 말해봐."

"학교에서 오면 손 씻고 숙제부터 먼저 하고 TV를 보든가 게임을 하라고 하셨어요."

"그래, 오구, 오구, 잘했어요. 손 씻고 숙제 다하면 엄마가 간식 챙겨줄게."

아! 그런데 남편도 아들과 비슷하다고요? 휴일에 음식물 쓰레기 갖다 버리라고 하면 알았어, 하면서 밍기적 밍기적거린다고요? 어휴, 집안에 애를 2명 키우시는군요. 역시 똑

같은 방법을 권해드립니다. 남편에게 다가가 머리를 못 돌리게 두 손으로 머리를 잡고 정면으로 눈을 마주 보며 말하는 것입니다.

"여보, 아까 쓰레기 버리라고 했지? 30분이 지났어. 지금 당장 쓰레기 버리고 와, 알았지? 어허, 눈 돌리지 말고, 알았으면 눈 두 번 깜빡해봐. 그래, 잘했어."

큰아들 같은 남편에게도 아이와 같은 방법으로….

7. 내 몸을 아프게 하는 것들

아프리카 흙탕물 식수

해외 기부단체의 광고가 생각났다. 10km 떨어진 곳의 흙탕물을
엄마가 아이에게 먹이면서 흘러나온 멘트.

"이 흙탕물이 내 아이를 아프게 할 것을 알고 있지만 살기 위
해서 어쩔 수 없이 마셔야 합니다."

데자뷔.
고열량의 햄버거, 프라이드치킨, 감자튀김, 피자, 마카롱, 라면,
탄산음료….

"이 음식들이 내 몸을 병들게 하고 아프게 할 것을 알고 있지
만 입이 즐겁기 위해서는 어쩔 수 없이 먹어야 합니다."

고열량의 패스트푸드

내가 먹고 마시는 것이 내 몸이 된다. 내 건강이 된다. 천하를 얻고도 건강을 잃으면 무슨 소용이 있을까?

8. 가스라이팅하는 남자를 조심해야 한다!

가스라이팅(gaslighting)의 의미는 타인의 심리와 상황을 교묘히 조작하여 그 사람의 현실감과 상황 판단력을 흐리게 하고 이로 인해 타인의 통제력을 획득하려는 교묘한 심리적 학대를 의미한다. 서서히 시나브로 진행되기 때문에 이를 당하는 사람은 잘 못 느끼

가스라이팅의 유래가 된 동명 연극을 영화화한 '가스등'

는 와중에 서서히 잠식된다. 그로 인해 자책감이 생기고 자존감이 떨어지며 스스로의 능력과 잠재력을 평가절하 하게 된다.

가스라이팅은 패트릭 해밀턴이 연출한 1938년 〈가스등(Gas Light)〉이라는 연극에서 비롯된 정신적 학대를 일컫는 심리학 용어로, 이 연극에서 남편은 집안의 가스등을 일부러 어둡게 만들고는 부인이 집안이 어두워졌다고 말하면 그렇지 않다는 식으로 아내를 탓한다. 이에 아내는 점차 자신의 현실인지능력을 의심하면서 판단력이 흐려지고, 남편에게 의존하게 된다. 이것이 잔인한 이유는 이해관계가 없거나 적은 타인에게 받으면 기분이 나쁘고 그 사람을 상종 안 하면 그만이지만 부모, 배우자, 형제, 연인 사이에서 생겨나는 경우가 많으니 사랑이란 이름으로 포장되어서 서서히 영혼을 병들게 하고 잠식해 들어가기 때문이다.

우리나라의 경우 오랜 세월 가부장적 유교사상의 환경 속에서 살아오다 보니 남자들이 하는 경우가 더 많았다. 최근에 사회나 가정에서 눌려 지내던 여권(女權)이 신장되어 가니 이에 대해 잠재적인 두려움을 느껴 더 하고 싶었을지도 모른다. 우리는 예전에 이러한 가스라이팅의 의미를 담은 말들을 일상에서나 영화, 드라마, 소설에서 많이 듣곤 했다.

"여편네가 하라는 살림은 안 하고 뭔 일을 하겠다는 거야?"
"여자가 집에서 밥이나 하지 어디서 차를 끌고 와서… 쯧쯧"

"김 여사, 주차한 꼬라지하고는···. 쯧쯧, 여자는 이래서 안
　　돼."

　예전에 많이 들어봤던 가스라이팅의 말투다. 음주, 난폭운전을
하는 남자들이 훨씬 많음에도 불구하고 '김 여사'라고 비아냥거리
는 말투로 여성을 조롱한다. 이에 남자들은 맞다고 낄낄거린다. 개
인을 넘어선 집단 가스라이팅의 케이스가 된다.
　사주 용어 중에는 겁재(劫財)가 있는데, 일간(비견-比肩)과는 같은
오행이지만 음양이 다르다. 뿌리는 하나지만 가지는 두 갈래이니
서로의 지향점이 다르다는 것을 의미한다. 자기 중심적인 비견과
다르게 항상 타인을 의식하는 성향으로 자신과 타인과의 비교를
많이 하게 된다. 그것은 근거 없는 자신감으로 나오기도 하고, 남
과 비교하여 내가 못하다는 열등감으로도 발현되기도 한다. 모든
것에는 음양이 존재하고 긍정과 부정의 의미를 담고 있으니 열등감
도 나의 발전으로 승화시키면 좋은 결과를 낼 수가 있다.

　겁재가 있으면 위의 자존감과 열등감의 아슬아슬한 줄타기를 할
수 있는데, 식상이 있다면 그 열등감을 나의 발전으로 변화시킬 수
있다. 특히 상관은 일간(비견)의 입장에서는 상관이지만, 겁재의 입
장에서 보면 식신이 되니 꾸준하게 파고들고 집중하여 자신의 분
야에서 전문가가 될 수 있기 때문이다. 식상이 없다면 관성이라도
있어야 한다. 내 안에서 뿜어져 나오는 근자감과 열등감이 때로는

가스라이팅처럼 타인에게 마음의 스크래치를 남길 수 있기 때문이다. 자기억제인 관성이 있다면 근자감과 열등감의 부정적인 발산을 억제할 수 있다.

가스라이팅의 기저에는 이러한 타인에 대한 근자감과 열등감이 깔려 있다. 타인이 부러우면 나도 노력해서 그 위치에 올라가는 것이 가장 좋지만, 그것을 위한 노력은 싫으니 상대방을 깎아내리고, 조롱하고, 비하하여 자신의 수준인 밑바닥으로 끌어내리려는 것이다.

산업화시대에는 남자들의 사회적인 지위와 경제력이 여성들보다 우월했기 때문에 근본을 알 수 없는 근자감에 기인한 가스라이팅 말투를 많이 썼다. 그들도 그들이 비하하고 조롱하는 여자, 엄마로부터 나왔음에도 불구하고 말이다. 2000년대 이후 지식, 정보화 사회에서는 여성들의 사회적인 활동이 활발해지고 능력 있는 여성들이 다양한 분야에서 높은 직위로 올라가는 모습에 열등감을 느낀 남자들의 가스라이팅이 많아지게 된다.

올해 겨울이 끝나고 다시 겨울이 오려면 반드시 봄과 여름, 가을을 거쳐야 한다. 계절은 자연스럽게 순환하니 반드시 그 전조를 겪게 된다. 연애시절에 가스라이팅을 습관적으로 하는 남자는 결혼 이후에 더 심해질 가능성이 높다. 아직 결혼하지도 않아서 서로에게 조심스럽고 안 좋은 모습을 보여주지 않으려고 하는 연애기간에도 한다면 결혼 이후에는 말할 나위가 없을 것이다.

가스라이팅은 루저(loser) 남자들만의 전매특허가 아니다. 어느 정도 잘나가는 남자들도 한다. 물론 하는 이유는 서로 다르다. 루저(loser) 남자는 열등감으로 하고, 잘나가는 남자는 애인에 대한 통제권을 잃을까봐 두려움에 한다. 원인이 무엇이건, 한결같이 찌질한 행태다. 이러한 가스라이팅을 습관적으로 하는 남자를 주의해야 한다. 도약과 비상을 꿈꾸는 여자의 발목을 붙잡고 자존감을 떨어뜨려서 자기와 같은 밑바닥에서 벗어나지 못하게 하거나 자기 발아래 두려는 감정이 기저에 깔려 있기 때문이다.

사랑이란 모습(用)으로 포장된 치졸한 열등감과 이기심(體)으로 말이다.

> 가스라이팅은 남녀 사이, 부모, 자식, 직장, 친구 등 다양하게 생겨날 수 있다. 또한 여성들의 남성에 대한 가스라이팅의 경우도 많다. 단지, 우리나라가 유교사회, 남존여비, 가부장적인 사고방식으로 오래 살아왔기 때문에 남성들이 가스라이팅을 하는 경우가 더 많기에 기계적인 중립을 하고 싶지 않은 관점에서 쓴 글이니 이 점 양해해 주시길 바란다.

9. 쌍둥이가 쏘아 올린 작은 공

최근 세상의 가장 큰 이슈는 학교폭력(학폭)인 것 같다. 연예인, 스포츠인, 일반인을 가리지 않고 온라인을 뒤덮은 모습이다.

올해 2021년 辛丑년은 과거의 악행 등이 세상에 드러나는 해다. 丑토 속에 감춰지고 묻혀져 있는 것들이 튀어나오는 해다. 아마도 올해가 끝날 때면 가장 많이 회자될 말이 '쌍둥이가 쏘아 올린 공'이 아닐까 한다. 조세희 작가의 『난장이가 쏘아-올린

쌍둥이가 쏘아 올린 공

공』의 패러디인데, 쌍둥이 중 한 분이 SNS에 남겼던 '다 터트릴꺼얌' 이란 멘트가 마치 예언이 되고, 주문이 되어서 그것을 시발점으로 하여 이곳저곳, 성별과 분야를 가리지 않고 지뢰처럼 과거의 악행들이 터지고 드러나는 모습이다.

어떤 이는 솔직하게 사과를 하고 자중하며, 어떤 이는 아니라고 부인하기도 한다. 이 중에는 억울하게 무고를 당하는 이도 있을지 모른다. 그래도 우리나라 사람들이 예전보다는 많이 깨어서 중립 기어의 레버를 올리고 추이를 지켜보는 분들이 많이 생긴 것 같다. 전 국민이 두 눈을 부릅뜨고 지켜보고 있으니 지뢰밭처럼 터진 과거 학폭의 진실들이 차츰 드러날 것으로 생각된다.

지금까지 살아오면서 필자가 확실하게 배우고 느낀 것은 앞으로 영원한 비밀은 없다는 것이다. 과거와 달라진 환경 속에서 살아가기 때문이다. 차라리 감추고 숨기기보다는 솔직하게 사과하고 응당한 대가를 치루는 것이 더 좋은 해법이라고 생각한다. 호미로 막

을 것을 가래로 막는 어리석음을 하지 않는 것이 좋다. 이미 과거에 잘못을 했는데, 그것을 감추고 부정하다가는 더 큰 철퇴를 맞게 될 것이기 때문인데 미국의 닉슨 대통령이 탄핵을 받은 것은 도청보다는 국민들에게 한 거짓말 때문이다.

사람이니 실수할 수 있고, 잘못할 수 있다. 누구나 마찬가지일 것이다. 진심어린 사과는 잘못을 저지른 그 시점에서 바로 하는 것이 가장 좋다. 그 대상에게 잘못한 점을 이야기하며 사과하고, 그에 따른 피해보상을 명확히 하고, 재발방지를 약속한다면 용서를 받고 원만하게 넘어갈 수도 있다. 하지만 일시적으로 모면하기 위하여 거짓말을 하고 감추고 숨기려고 한다면 더 이상 헤어나기 어려운 늪에 빠지게 될 것이다. 유체이탈 화법으로 사과인 듯, 아닌 듯 하는 것도 더 큰 욕을 먹기 쉽다. 현실 속의 감옥보다 더 무서운 마음의 감옥에 갇힐 수 있을지도 모른다. 마음의 감옥에는 출소가 없기에 더욱 무서운 법이다.

수업 때 강습생 분들에게 가끔 이런 이야기를 해드린다.

"CCTV, 블랙박스, 초소형 녹음기, 스마트폰, SNS가 난무하는 무서운 세상입니다. 나중에 드러나면 창피하고, 쪽팔리고, 부끄러운 그러한 행동은 안 하는 게 현명합니다. 영원한 비밀은 없으니까요."

초등학교 때 맞지는 않았지만 필자에게서 돈을 갈취해 간 아이의 이름을 수십 년이 지난 지금에도 기억하고 있는데 하물며 폭력과 폭언, 갈취, 부모 욕, 왕따를 받은 분들은 오죽하겠는가? 본인의 잘못이 아닌데도 오랜 세월 트라우마로 고통받으셨을 학폭 피해자 분들께 심심한 위로를 드린다. 이제는 백일하에 드러나서 징벌을 하건, 용서를 하건, 괴로움과 고통의 늪에서 나오셨으면 좋겠다. 마음의 감옥에 들어갈 사람은 피해자가 아닌 학폭을 저지른 범죄자들이니까 말이다.

10. 꼰대와 라떼

며칠 전에 사주상담을 했었는데, 20대 중반의 젊은 여성분이셨다. 미리 메일로 보내드린 감명지를 같이 보면서 전화 상담을 시작했다.

"그러니까 ○○○ 선생님의 전체 원국을 간단히 설명하자면…"
"저…. 허주 선생님, 근데 저는 선생님이 아닌데요…. 그런 호칭을 쓰니깐 낯설고 당황스럽네요."
"…네, 그러시군요. 그런데 혹시 직업이 어떻게 되시나요?"
"전 회사에서 웹디자인 일을 해요. 온라인 노가다라고도 하죠."
"그러시군요. 저는 사실 웹디자인 쪽은 전혀 문외한입니다. 종종 제가 쓰는 명리 칼럼에 이미지를 넣는데 때로는 제가 웹디자인을 배웠다면 제가 생각했던 가장 적합한 이미지나 상징을 넣을 수 있을 텐데 하는 생각을 하곤 합니다. 나중에 웹디자인을 ○○님께 배우거나 도움을 받았으면 좋겠네요."

"네, 물론이죠. 늘 선생님의 칼럼을 보면서 많이 배우고 있어요. 제가 도울 수 있으면 도와 드릴게요."

"그럼, 선생님이라고 불러도 괜찮겠죠? 웹디자인으로 절 도와주실 거니까요."

"네? 듣고 보니 그렇네요."

○○○ 선생님과의 상담은 즐거웠고 진지하게 필자의 견해를 들어주셨다. 몇 가지 질문과 답변을 거쳐 1시간의 상담이 서로가 만족스럽게 종결되었다. 가끔은 20대나 30대 초중반 분들은 선생님이라는 호칭에 당황하거나 낯설어한다. 아마도 나이가 젊으니 잘 들어보지 못했을 것이다.

전작인 「사주상담의 甲과 乙」이라는 칼럼에서 논했듯이 생각 외로 갑질이 많은 분야가 사주상담이다. 일종의 상담업이고 서비스업인데, 상담받으러 온 사람에게 호통을 치거나, 반말을 하거나 갑질을 하는 곳이 이 분야다. 그래도 예전보다 많이 줄어들었지만 여전히 상존하고 있다.

무식하면 용감하고, 무식을 감추려고 상담자를 압박하며 위에서 군림하려는 역술가들이 아직도 있다. 사실 그들을 비난하기보다는 애처로운 느낌마저 든다. 호랑이는 웅크리고 있다가 한번에 달려들어 목을 물지만, 똥개는 앞에서 시끄럽게 짖어댄다. 마치 "오지 마, 나한테 덤벼들지 마, 나 무섭단 말야." 하고 짖는 것 같다.

역술인도 선생이고, 상담자도 선생이니 서로 대등한 모습이다. 마치 음과 양이 대등하듯이 말이다. 그리고 사주상담이란 분야에서는 내가 선생일지는 몰라도 디자인을 배우러 학원을 간다면 나역시 한명의 학생에 불과하다. 거기서 강사나 선생이 이런 기초적인 것도 모르냐고 무시하거나 비아냥거리고 호통친다면 나는 당장 때려치우고 한마디 쏘아붙이고 나왔을 것이다. 물론 학원에서 그런 곳은 거의 없을 것이다.

논어 「술어」편에는 '삼인행(三人行)에 필유아사(必有我師)'란 말이 나온다. 허주가 좋아하고 늘 가슴에 담는 구절인데 3명이 걸어가면 그중에 반드시 나의 스승이 있다는 의미다. 좋은 의미이건, 반면교사이건 배울 게 있다는 것이다.

누군가 명리학을 오래 배우고 선생 소리를 오래 듣다 보면 다들 나의 학생 같고, 제자 같아서 아랫사람처럼 하대하는 사람이 있을 수 있다. 강의실과 상담실을 떠나서 일반인들을 만나도 선생 행세를 하려 하고 자꾸 가르치려는 습성이 나올 수 있다. 그러다 보면 자연스럽게 '꼰대' 소리를 듣게 될 것이다. '라떼' 좋아하냐는 소리도 종종 듣게 된다.

11. 졸부와 낙하산 고위직은 귀격일까?

한 회원분이 물었다. 언행이 천박하고 시정잡배와 같이 처신하는데 어느 역술가가 그 사람의 사주가 격이 높다고 하기에 자신은 도무지 이해할 수 없다고 한다. 또 어느 역술가는 명리학은 부귀빈천을 논하는 학문이라 부자면 귀격이고 고위직에 오르면 장땡이라고 한다.

과연 그럴까? 필자는 동의할 수 없다. 왜냐하면 부귀빈천은 인간의 삶 속에서 펼쳐지는 현상일 뿐이지, 자연의 모습에 부귀빈천이 있을 수 없기 때문이다. 명리학은 자연의 모습과 흐름을 통해서 인간 삶의 모습과 향방을 예측하는 학문이다. 인간의 삶에 재물과 관직이 중요하니 가중치를 부여할 수는 있지만 그것이 본질은 아니라고 생각한다.

그 회원님에게는 다음과 같이 답변해 드렸다.

"시정잡배는 격이 높을 수가 없습니다. 격은 그 사람의 도량과 그릇, 스케일(양간), 내면의 깊이(음간)를 의미합니다. 갑자기 돈을 번 졸부나 권력자에 아부하고 기대어 낙하산으로 임명되거나 공천된 이는 그 순간만을 보면 격이 높아 보이나 이내 망가지고 추락하니 격이 높다고 할 수 없습니다. 이는 운을 잘 만나서 그렇게 된 것뿐입니다. 격의 고저는 사주원국에서 대부분 결정됩니다. 그러니 운이 불리하게 흘러서 빛을 보는 시기가 늦어질지라도 시기가 도래하면 그 빛을 발하게 됩니다. 다소 어렵게 느껴지나요? 그렇지 않습니다. 중국 후한시대의 마원은 50대 중반을 넘어 남으로는 남만을 정복하고 북으로는 흉노와 오환족과의 전쟁을 진두지휘하여 전공을 세웠는데 뒤늦게 빛을 본 케이스로 후일 '노익장'의 유래가 되기도 했습니다.

이순신 장군은 늦게 급제하여 30대와 40대 후반까지 말단 무관으로 변방을 방황했는데 그 격이 낮다고 할 수 있을까요? 50이 다 돼서야 전라좌수사가 되어서 비로소 그 그릇의 크기를 조선과 일본, 명나라까지 알리고 절체절명의 나라를 구했던 것입니다.

명리학의 이론이 중구난방이라서 졸부도 귀격이 되고, 아첨꾼 낙하산 장관이 격이 높다면 세상에 격이 높지 않은 사람은 아무도 없을 것 같습니다. 양간이면서 격이 높다면 큰 스케일로 일을 추진하여 모든 사람들이 알아볼 업적과 성과를 이룰 수 있고, 음간이면서 격이 높다면 전쟁에서 공을 세우지는 않지만 유방의 참모였던 소하총리처럼 내실을 탄탄히 다지거나 학문의 진일보를 하는 성과를 낼 것입니다. 양간은 밖으로 드러난 모습이고 음간은 안으로 갈무리되어진 모습이기 때문입니다.

또한 진정한 격의 높음은 재산, 직위인 체(體)로서가 아닌 성품, 인격, 마인드인 용(用)으로서 정해지는 것이 맞다고 생각합니다. 눈에 보이는 재산과 관직은 양(陽)의 모습이고 드러나지 않은 인품과 마인드는 음(陰)의 모습인데, 드러난 재산은 날릴 수 있고 높은 관직에서 내려갈 수 있지만, 성품과 인격, 마인드는 오래가니 좀 더 가중치를 부여하고 싶군요."

허주가 생각하는 격이 높음은 이렇습니다.

12. 연기하라! 마치 나에게 식신이 있는 것처럼

사주를 아는 분들이라면 다들 편관(偏官)을 두려워한다. 일간포함 일곱 번째 떨어진 글자로 나를 죽인다고 하여 다른 말로 칠살(七殺)이라고도 한다. 하지만 너무 두려워할 필요는 없다. 편관에 관한 여러 칼럼을 통해서 나를 힘들고 지치게 하고 스트레스를 주지만 이로 인해 나의 멘탈이 단련되고 강건해진다고 설명했다. 그리고 또 하나, 편관은 무적이 아니다. 단지 나한테 강할 뿐이지 편관에게도 천적이 있다. 그것은 나와 마찬가지로 편관에서 일곱 번째 글자인 식신(食神)이 된다. 내가 편관에게 쫄듯이, 편관도 식신을 만나면 쫄게 된다.

辛금 일간이라면 일곱 번째 丁화가 편관이 되고, 丁화 기준의 편관은 일곱 번째 癸수가 되는데 辛금 일간에게는 식신이 된다. 자연은 일방적이지 않고 생과 극을 통해서 서로에게 까다롭고 껄끄러운 칠살을 가지고 있는 셈이다. 사주에 식신이 있다면 나의 든든한 방패가 있으니 걱정 안 해도 된다. 그런데 만약 사주에 식신이 없다면… 연기를 하자! 마치 나에게 식신이 있는 것처럼… 좀 더

천천히, 느긋하게 주변을 살피면 좋겠다.

가방에 늘 우산을 가지고 다닌다면 소나기 같은 편관을 피하거나 막을 수 있다. 딴 생각하지 말고 앞으로 똑바로 걷는다면 엎어지거나 타인과 부딪치는 편관을 피할 수 있다. 운전할 때 딴 생각하거나 스마트폰을 보지 않고 집중하면 충돌이나 추돌하는 편관을 막을 수 있다. 상사의 말도 안 되는 폭언과 위협(편관)에 힘들지만 본인의 소견을 밝히거나 당황하지 않는다면 줄어들 것이다.

또는 같은 동료(비겁)와 의견을 모아서 상사에게 건의할 수도 있다. 편관의 입장에서는 일간이 편재가 된다. 편재는 재미와 흥미를 추구하니 상사의 반응에 계속 찌질한 리액션을 보인다면 그것에 재미를 붙여서 계속 힘들게 하는 것이다. 마치 영화 〈반칙왕〉에서 부하직원(송강호)의 찌질한 반응에 재미를 붙여 헤드록을 하던 상사(송영창)처럼 말이다. 당당하게 소신을 말하거나, 당황하여 난처한 행동을 하지 않는다면 편관은 흥미를 잃거나 경계를 할 것이다.

어떠한가? 본인에게 식신이 있다면 그 능력을 꺼내어 쓰면 되고…. 만약에 없다면….

연기하라! 마치 나에게 식신(食神)이 있는 것처럼.

13. 댁의 남편과 자녀는 안녕하신가요?

사람들은 참 특이한 것 같다. 아니, 어쩌면 필자가 특이한 것일지도…. 사람들은 자신에게 없는 것을 부러워하고 아쉬워한다. 뭐 사람이니 그럴 수 있지만 심하게 부러워하고, 아쉬워하며, 없는 것을 갈망하고 구하려고 발버둥치니, 오히려 그것들이 도망가기 쉬운 것 같다. 그러다가 자신이 내버려 둔 소중한 것을 잃고 나서야 땅을 치고 후회하곤 한다. 역사에서, 문학에서, 일상에서 늘 보고 듣고 했음에도 다시 반복하곤 한다.

명리학에 입문한 분들도 대개 그렇다. 자신의 사주팔자에 없는 오행을 안타까워하고 없는 십신을 그리워한다. 적당히 혀를 차고 돌아서면 좋은데, 오랜 시간 안타까워하고 갈망한다. 그 정도면 그럴 수 있는데 심지어 자신이 가지고 있는 오행과 십신을 원망하고 저주하기도 한다.

나의 음양오행, 십신은 죄가 없다. 최신 스마트폰이 있어도 쓸 줄을 모르면 그냥 작은 쇳덩어리에 불과할 뿐이다. 잘 쓸 수 있는데 그것을 제 위치에, 제 기능을 모르고 쓰니 나의 음양오행과 십신이 억울할 만도 하다. 없는 것을 부러워하고 갈망할 시간에 어쩌면 자신이 가지고 있는 것을 돌아보는 것은 어떨까 한다. 내 사주팔자 안의 오행과 십신을 100% 제대로 쓰고 있는지 생각해 볼 필요가 있다.

사주팔자를 보는 허주의 생각은 이렇다. 사주팔자 원국의 글자들은 모두 필자의 반려자이자 자식들이다. 흘러가는 대운이나 세운의 글자와는 다르게 나와 평생을 함께하기 때문이다. 없는 오행과 십신인 남의 자식을 부러워하고 남의 부인을 흘깃흘깃 엿보고 탐낸다면 내 자식과 배우자가 슬퍼할 것 같다. 차라리 내 자식과 배우자를 보듬고 아끼고 사랑하며 잘할 수 있게 재능을 키워주고 응원한다면 내 삶이 더 빛나지 않을까 생각해 본다. 허주는 지장간에도 없는 무관성, 무재성, 무겁재 사주지만 반면 내 안에 차고 넘치는 식상과 인성을 잘 도닥거리며 그들의 능력을 최대한 잘 쓸 수 있게 노력하고 있다.

하지만 살아가는 데는 재성(아내, 돈)도, 관성(직장, 자식)도, 겁재(친구, 경쟁자)도 필요한데 운으로 천간은 10년 단위, 지지는 12년 단위로 돌고 돌아 언젠가는 나에게 들어온다. 운으로 들어온 재관겁(財官劫)을 허망하게 보내지 않도록 SK-II처럼 준비하고 있다.

"놓치지 않을 거예요."

14. 아기가 단명하겠어

질 나쁜 무속인들이 가장 잘 파는 것이 자녀의 생명이다. 단명한다, 많이 아플 것이다, 크게 다친다. 거기에 한 가지 더 약을 판다. 부모로 인해 단명한다. 문 앞에서는 뭐 이따위가 있냐고 화를 내고 돌아서도 내내 마음에 걸린다. 아무리 돌팔이고, 사기꾼 같아도 실제로 그러면 어쩌나 하는 두려움에 잠을 못 이루다가 한밤중에 이불킥을 하면서 다시 찾아가게 된다. 그러면 악질 무속인은 회심의 미소를 짓는다.

'역시 시대를 떠나서 최고의 약발이군.'

맞다. 그만큼 아이는 부모에게 아킬레스건이기 때문이다. 사기꾼들은 그것을 잘 알고 있다. 약발이 잘 먹히고 그로 인해 큰 돈이 나온다는 것을 알고 있으니 자주 쓰고 잘 활용해야 한다는 것을.

한 회원분이 무속인에게 아이 사주를 봤는데 단명한다고 하면서 온갖 흉한 말로 엄마의 마음을 뒤흔들었다고 한다. 걱정이 되어서 다시 찾아가면 그들이 내미는 카드는 뻔하다. 천도제나 비방술 같은 굿이다. 질 나쁜 무속인들은 몇 만원의 점사비보다는 300만 원, 500만 원, 1,000만 원 큰돈이 되는 굿 생각으로 가득 차 있다.

필자가 3살 아이의 사주를 잠깐 살펴봤다. 현재 아프지 않고 건강한 아이다. 성인이 된 아이의 기준으로 편관이 많아서 스트레스는 많지만 청년기의 대운에는 인성이 들어와서 편관의 극함을 덜어주고 중년기 이후에는 비겁운이 들어와서 일간을 돕는 구조였다. 오행 중에 부족한 수 기운은 대운으로 찾아온다. 그래서 회원님께 걱정 말라고 달래드리고 위로해 드렸다. 그런데 화가 난다. 아직도 무속인이 하는 신점, 점사를 역술인이 하는 사주 감명과 같은 걸로 인식하는 사람들이 많으니 같이 도매금으로 매도되는 것이 화가 난다. 물론 무속인들 중에도 제대로 된 활인(活人)을 하시는 분들이 많은데, 일부 미꾸라지 같은 악질 무속인들로 인해 그분들도 큰 피해를 보신다는 것을 알고 있기에 더 화가 난다.

다들 뻔히 알고 있고 방송을 통해서 알면서도 당하곤 한다. 보이스피싱 말이다. 말도 안 되는 이야기로 폰이 고장 나서 PC로 카톡을 보내는데 공인인증서가 고장 나서 출금이 안 되니 50만 원 송금해 달라, 기프트카드 50만 원어치 사 달라… 정말 말도 안 되는데, 아들의 일이니, 딸의 일이니 곧이 곧대로 쪼르르 편의점에 가서 기프트카드 50만 원 구입하여 개별번호를 찍어 열심히 전송한다. 이는 나의 귀한 자식의 일이기 때문이다. 본인의 일이라면 속지 않을 텐데 자식의 일이라서 속곤 한다. 보이스피싱을 하는 자들도 잘 안다. 자식들이 부모의 아킬레스건이라는 것을… 그들의 악담마케팅, 공포마케팅에 속아줄수록 그들의 패악은 기승을 부릴 것이다. 명리학에서는 유튜브나 카페, SNS를 통해 정보가 많이 오픈되어서 그러한 악담마케팅, 공포마케팅이 많이 줄어들었지만 소비자보호원에 과한 비용의 굿에 대한 신고가 많은 것을 보면 명리학보다 더욱 음지인 무속에서는 여전한 것 같다.

그들의 먹이와 양식이 되지 않길 바란다. 여러분이 그 악한 세균들의 자양분이 될 때 악의 뿌리는 더욱 질기고 커져 가고 종내는 여러분을 삼키게 될 것이다.

15. 이번 재판은 꼭 이기고 싶다

국내 변호사의 수가 2011년 1만 명 수준에서 로스쿨의 도입으로 꾸준히 증가하더니 2015년 20,501명, 2020년 31,757명이며 2026년 도에는 약 4만명에 육박한다고 한다(『한국일보』 21년 6월 16일자, 기사 '변호사 수임료 300만원도 깨졌다').

소송 건수의 증가에 비해서 변호사의 수가 급등하니 암묵적, 관행적으로 받던 최저수임료 300만 원의 심리적 저지선이 깨졌다는 것을 의미한다. 대형 로펌들도 수백만 원대의 '동네소송'에 뛰어드는 판국이니 법조시장이 안정적인 관인(官印)의 시대를 지나서 치열한 경쟁의 비겁(比劫)의 시대에 접어들었음을 의미한다.

음과 양의 모습처럼, 변호사들에게는 어렵고 힘든 시절의 도래이지만, 법률서비스를 받아야 하는 일반인들에게는 선택의 폭이 넓어지고 가격이 내려가니 좋아지는 모습이다. 재판 등에서 승소를 하기 위해서는 재판을 이길 수 있는 유능한 변호사를 선임해야 함은 당연한 일이다. 그런데 누가 유능하고 누가 무능한지를 어떻게 구분할까? 물론 맡은 사건마다 법원의 후배나 동료들의 든든한 후원을 받아서 승소하는 전관예우 변호사들은 제외된다. 이들은 비싸기도 하거니와 소액사건은 잘 관여하지 않는다. 후배찬스, 동료찬스는 횟수에 한계가 있는데 남발할 수 없기 때문이다. 또한 퇴직하는 사람이 나만이 아니니 혜택을 받는 기간에도 제약이 있다. 그러면 어떤 방법이 있을까? 이럴 때 사주 명리학이 도움이 된다. 천간에서 상관패인된 구조의 변호사라면 좋다. 변호라는 것은 강의실에서, 연구실에서 옹기종기 학문을 논하는 것이 아니라 법정이라는 곳에서 판사를 앞에 두고 치열하게 법리를 다투는 행위다. 판사와 배심원, 방청객에게 자신의 논리를 펼쳐야 하니 식상이 필요하다. 그중에서도 출력전용장치인 상관이 유용하게 쓰인다. 겁재 계열인 상관은 타인의 태도와 반응에 민감하게 반응하는 십신이다. 재판관의 표정, 방청객의 반응에 따라서 팔색조처럼 법정 위에서 화려한 언변과 다양한 퍼포먼스를 통해서 카리스마 있게 리드할 수 있다.

로스쿨을 나오고 공부는 많이 해서(관성, 인성) 변호사가 될 수는 있어도 이론과 실전은 전혀 다르니 법정에서 제대로 말도 못하고 국어책을 읽듯 변론하다가 선처를 부탁한다는 감성주의로 마무리하여 의뢰인을 열불나게 하는 경우가 많기 때문이다. 법정 위에서 현란한 언변과 그에 맞는 동작 및 빠른 반박과 대처는 상관의 전매특허와도 같다. 그리고 상관은 그 자체를 즐긴다. 순발력, 배짱, 임기응변이 좋으며 관성(공권력, 검사)에 주눅들지 않고 당당하게 대처하니 변호사에 가장 최적화된 십신인 것이다. 명리 혁명 기초편에 실린 「편관은 허주를 변호인으로 선임합니다」에서 정관이나 정인의 변호사가 상관의 변호사를 따라갈 수 없다고 설명한 것은 이런 이유가 있기 때문이다. 그런데 상관만으로는 안 된다. 인성이 동반되어야 하니 고서에서는 상관패인(傷官佩印)이라고 한다. 상관이 인성의 패찰을 목에 둘렀다는 의미인데, 상관이 출력전용이라면 인성은 입력전용이니 입력과 출력이 순조롭게 이루어지는 모습이다. 배운 것을 잘 써먹는다는 의미다.

말 한 마디, 한 마디가 중요한 법정에서 인성이 없고 상관만 있다면 말실수를 하기 쉽고, 거칠고 무례하기 쉬우니 판사와 배심원에게 좋은 인상을 주기 어렵다. 브레이크 같기도 하고, 내보내기 전의 검열과 교정 같은 인성이 있어야 상관의 언변과 행동이 정제되고 순화되어 빛나게 된다.

천간의 상관패인이 가장 좋은데, 천간은 드러난 마음, 생각, 의지, 욕망으로 드러났으니 남들이 볼 수 있기 때문이다. 천간의 상관패인은 격이 높다 하고, 상관의 성격(成格) 중에서 첫 번째로 손꼽는다.

두 번째는 천간과 지지에서 상관패인된 경우다. 천간이 상관이고 지지가 인성으로 된 경우인데 월주나 년주에서 되면 좋다. 같은 기둥은 천간(생각)과 지지(현실) 같은 타임임을 의미하니 활용하기에 적절하다.

세 번째는 지지에서 상관패인된 경우다. 지지이니 겉으로 드러나지 않아서 많은 사람이 알 수는 없다. 그래도 상관의 과격함과 폭

주를 인성이 브레이크를 걸어
주니 괜찮은 인성과 인품을
지니게 된다. 법정이라는 무대
에서 나를 위해서 싸워줄 변
호사는 자신(비전)이 아닌 졉
재(의뢰인)를 위해서 뛰어난 언
변과 설득력 있는 제스처, 퍼
포먼스를 가지고 인성이라는
자기 검열 및 브레이크를 가지
고 수위조절, 속도조절, 강도
조절을 하는 섬세한 법의 아
티스트였으면 좋겠다.

영화 '변호인'

16. 날으는 로켓처럼, 쏘아진 총알처럼

쿠팡의 등장 이후 널리 퍼진 로켓배송, 총알배송!

주문을 하면 정말 총알처럼, 로켓처럼 제품이 날라온다. 게다가
배송에는 낮과 밤이 없다. 새벽에도 싱싱한 채소, 과일이 문 앞에
서 기다리고 있다. 마치 동네 마트에서 배달 온 것 같은 느낌이다.

맞벌이 부부, 청년처럼 목화의 기운이 강해 빠르게, 더 빠르게
제품을 받기 원하는 분들에게는 참 편한 세상이 왔다. 하지만 세

상은 음과 양이 같이 공존하니 이러한 신속함이 주는 편리함이 양(陽)이라면 이러한 빠른 속도를 맞추기 위한 배송관계자들의 더 힘든 근무상황이 음(陰)이 된다.

　최근 쿠팡 물류센터에서의 화재, 과로, 새벽녘 교통사고 등으로 인한 사망사건을 보면 너무 안타깝다. 영화 〈모던 타임즈〉의 찰리 채플린처럼, 소비자들이 요구하는 속도와 효율 속에서 아무런 생각 없이 기계적으로 속도를 높여서 움직일 수밖에 없는 현실이…. 그리고 2020년 기준 고용창출을 가장 많이 한 기업 중에 쿠팡이 3위라는 것이 씁쓸하다.

영화 '총알 탄 사나이'

　로켓배송!, 총알배송! 새벽배송이 주는 그 놀라운 속도와 밤낮이 바뀌는 고충을 알고 있기에 필자는 도무지 쿠팡과 마켓컬리에서 주문을 할 수가 없다.

　그 로켓에, 그 총알에 배달 노동자가 타고 있다. 어릴 적 영화에서만 봤던 로켓 탄 사나이, 총알 탄 사나이를 현실에서 만나기가 두렵다. 총알과 로켓이 어떻게 움직이는지 잘 알고 있기에 더더욱 그러하다.

17. 천하무적 촉법소년단!

대한민국에는 촉법소년법이라는 것이 있다.

10세 이상 만 14세 미만의 아이들이 범죄를 저질러도 형벌을 부여하기보다는 이들의 교화에 포인트를 맞춘 것이다. 한때의 잘못과 실수로 평생 주홍글씨를 달며 살아가다 재범을 저지를 수 있는 상황을 예방하고자 배려한 법이 된다. 그런데 그러한 선한 의지와는 정반대의 현상들이 사회 곳곳에서 벌어지고 있다. 이는 법이 사회현상을 따라가지 못하는 괴리에서 나오는 모습이다.

법은 사주의 십신에서 보면 정관이 되는데 이는 오랜 시간 협의를 거쳐 공동체가 인정하고 받아들인 것을 의미한다. 그러므로 법이 만들어지기까지는 많은 시간이 소요된다. 그런데 사회는 너무도 빠르게 변하고 달라지고 있으니 법이 사회현상을 따라가지 못하는 모습이다. 태어난 아이들은 어린 시절(년주)에는 관성(부모, 선생, 학교)의 영향권에서 살아가는데, 아직은 어리고 약하니 보호와 통제가 필요하기 때문이다. 그러다가 인생에서 세 번의 큰 변화 중에 첫 번째인 년주에서 월주로 넘어가게 된다. 양이 폭발적으로 증가하는 시기를 의미하는데 사회에서는 사춘기라고 하고, 교육학에서는 질풍노도의 시기라고 한다.

양(비겁)이 폭발적으로 증가하게 되니 음(관성)의 보호와 간섭에 불만이 생겨 전과 다르게 반항하고 대들게 된다. 비겁들(동년배) 사이에서 배운 비어나 은어, 욕을 쓰면서 부모를 기겁하게 만들기도 한다.

비겁(比劫)은 자존심, 주체성, 고집을 의미하니 부모의, 선생의, 학교의 간섭과 통제를 이전과 같이 받아들이기 어려운 것이다. 년주에서 월주로 삶의 무게중심이 이동하는 것은 대략 15세 정도, 중2가 되는 시점이 되는데, 소위 말하는 '중2병'이 생기는 시기이다. 사주에서는 10년 단위로 대운이 바뀌는 시기를 교운기라고 하며 큰 변화가 오는 것을 체감하는데 하물며 년주에서 월주로 넘어가는 시기는 오죽하겠는가? 인생의 첫 번째 큰 변화를 경험하게 되니 아이 자신도 당황하고 낯설 수밖에 없을 것이다. 물론 사람의 팔자는 각자 다르니 사주원국에 목화의 양이 강한 아이는 초등학교 5~6학년 때 오기도 하고, 금수의 기운이 강한 경우에는 느리게 진행되므로 고등학생, 심지어는 대학생 때에 찾아오기도 한다.

촉법소년의 문제는 목화의 양의 기운이 강해서 일찍 찾아온 경우에 해당되는데, 관성(음)의 통제를 거부하고 비웃으며 권위에 도전하게 된다.

이것은 비겁과 관성이 음과 양의 모습으로 서로 대칭점에 있기 때문이다. 이 시기인 10대는 생애 주기에서 비겁이 중요한 시기라서 어떤 친구를 만나고 사귀는가에 따라 인생이 크게 달라질 수 있다. 비겁은 나와 같은 오행으로 동년배를 의미하며 같이 어울려 다니면서 관성(부모, 선생, 학교)에 대항하게 된다. 그 범위와 단계가 지나쳐서 국가의 법에까지 도전하게 되는 것이다. 이는 촉법소년법 이라는 법(정관)의 허술함을 파고드는 것이다.

사주에 양의 기운이 강하다는 것은 목화의 기운이 강하다는 것 이고 다른 아이들에 비해서 빠르다는 것을 의미한다. 추운 북유럽 의 11살 소녀가 『재크와 콩나무』, 『피노키오』 동화책을 읽고 있을 때, 따뜻한 남유럽의 11살 소녀는 성숙하여 『황태자의 첫사랑』, 『트 와일라잇』 같은 로맨스 소설을 읽듯이 태양이 인간에게 미치는 영 향은 지대하다. 당연히 따뜻한 나라의 아이들이 성장도 빠르고, 이성에 눈뜨고, 빨리 어른이 되어간다.

양의 기운이 강해서 빠르게 성장하고, 조숙해져 가는 환경 속에 서 유튜브, 인터넷, SNS 등의 매체를 통해서 좀 더 일찍 세상을 만 나게 된다. 이 시기에는 좋은 것보다는 나쁜 것에 먼저 눈이 가기 마련인데, 이는 자극적이기 때문이다. 각종 폭력물, 범죄물, 음란물 에 빨리 노출되니 성인들의 행동을 모방하게 된다. 여기에 촉법소 년법이라는 보호막이 아이들의 행동에 기름을 붓게 된다. 일종의 보호막이 있으니 주저하고 망설이다가도 동년배들, 비겁의 부추김 에 허세를 부리게 된다. 그리고 나이가 들어서 후회하게 된다. 지금 은 목(木)의 시절로 앞만 보고 달려가는 시기를 살고 있으니 장래에 자신에게 얼마나 큰 피해를 줄지를 생각 못 하게 된다.

과거의 학폭이 세상에 알려져서 지탄을 받고 있는 연예인과 운동선수들도 나중에 이럴 줄 알았다면 그 시절에 그러한 행동을 자제했을 것이다.

촉법소년법의 연령은 10세 이하로 수정되어야 하는데 대략 초등학교 3~4학년의 시기가 된다. 법(정관)이 시대 상황과 현상보다 느리게 가는 것은 어쩔 수 없지만, 적절한 협의를 통해서 보완해야 한다.

이는 범죄소년에 의해서 피해를 보는 사람뿐만 아니라, 그 소년들을 위한 일이기도 하다. 허주가 늘 강조했던 더블체크를 기억하는가? 안전한 이중잠금 장치가 있다면 위협 속에서도 보호받을 수 있다.

자신이 저지른 불법을 법이 보호해주지 않는다는 것을 인식하는 그 순간부터 아이들의 불법행동은 위축될 것이다.

잘 모르고 하거나, 실수를 하는 아이들에게는 부드러운 법, 정관이 필요하지만, 불법의 의미를 알고, 무리 지어 법을 비웃고 도전하는 아이들에게는 강한 법, 편관이 필요한 것이다.

세월이 지나서 이들이 성년이 되었을 때, 더 굵은 주홍글씨로 낙인찍히지 않게 해주는 것이 이 시대 어른들이 해야 할 일일 것이다. 촉법소년법이란 느슨하고 허술한 법의 보호막에서 무소불위, 천하무적처럼 느끼며 허세를 부리는 아이들에게 환상을 깨줄 필요가 있다는 것이다.

18. 불륜(不倫)의 시대

드라마 '부부의 세계'

불륜(不倫)의 시대!

2015년 간통법이 폐지된 이후 벌써 6년이 흘러갔다.

그사이 우리 사회는 어떻게 변했을까? 개인 간의 사생활을 법으로 통제하는 것을 막기 위해 폐지했지만 현재의 시점에서 보면 폐지 이전보다 악화된 것 같아 보인다. 유부남인 지인들에게 가끔 농담 반, 진담 반인 듯한 말을 듣기도 한다.

"요즘엔 애인 하나쯤 있어야 하는 거 아닌가요? 아님 인생 너무 재미없잖아요. ㅎㅎ"

팔자가 다르니 서로 생각하는 것도, 행동하는 것도 다를 수밖에 없다. 앞서 촉법소년법이 어른들의 눈치를 덜 보고 범죄를 저지르게 하는 심리적인 울타리였다면 간통법이 불륜과 일탈을 꿈꾸는 일부(?) 어른들의 최소한의 보호막이었는데 이러한 심리적 저항선이 무너지는 것을 의미한다.

배우자를 두고 불륜을 저지르는 사람들로 인해서 배신을 당한 배우자들의 눈물과 한숨이 더 많아지고 깊어지게 되는 것은 변호사들이 만든 불륜, 상간, 이혼소송 관련 온라인 카페가 우후죽순처럼 생겨나고 커져가는 것을 통해서도 쉽게 알 수 있다. 많은 이들이 다시 간통죄를 부활하여 불륜을 저지른 유책배우자와 상대방을 응징해야 한다고 말하고 있다. 눈에는 눈, 이에는 이와 같은 고대 함무라비 법전의 부활 같기도 하다. 최근에 발생하는 살인 등의 강력범죄에 다수의 사람들이 사형에 처하라고 주장하는 것과 일맥상통한다.

그런데 그분들의 감정과는 다르게, 시대를 거꾸로 돌릴 수는 없다. 국가공권력에 의한 간섭과 통제에서 개인의 사생활, 자유권이 보장되어가는 시대의 흐름은 마치 대운과 같아서 거꾸로 돌리기는 극히 어렵다. 간통죄가 없었던 것이 아니라 오랜 세월 함께하다가 사회적인 필요(개인의 자유권, 사생활보호)에 의해서 폐지되었기 때문이다.

그런데 균형을 잃었다. 간통법 폐지에 발맞추어 유책배우자 재산의 최소 50% 이상, 최대 75% 이상을 피해를 받은 배우자에게 보상하는 당연한 법칙이 제정되지 않아 법의 폐지 이전과 달라진 것이 없으니 오히려 눈물은 많아지고, 고통이 증가한 모습이 된다. 그나마 이 억울함과 분노를 하소연할 법의 울타리마저 사라졌기 때문이다.

"사랑에 빠진 게 죄는 아니잖아!"

TV 드라마 〈부부의 세계〉에서 불륜을 한 남자주인공의 대사처

드라마 '부부의 세계' 스틸컷

럼 간통죄 폐지로 이제 죄는 아니지만 그것에 대한 대가를 치루는 것은 맞다. 음이 강해지면 양이 약해지듯이, 얻는 것(상간녀)이 있으면 잃는 것(재산, 자식, 배우자)이 있는 것이 당연하다. 그것이 자연의 법칙이고 자연의 일부분인 인간에게도 적용되는 룰이 된다. 재산과 자식을 최대한 지키고, 상간녀도 얻는 현재의 법 체제는 문제가 많으니 반드시 고쳐야 한다. 불륜을 저지르는 사람은 최소한 자기 재산의 절반 이상, 2/3를 배우자에게 줄 마음에 각오를 해야 할 것이다.

사람은 인연이 닿아서 만나고 인연이 끝나면 헤어지게 된다.
자연도 그렇고, 사람도 마찬가지다. 서로 헤어져야 하는 이들이 자식, 체면, 돈, 사회적인 위신 등으로 붙어서 산다면 그것만큼 곤혹스러운 것이 없고 심지어는 지옥 같기도 할 것이다.
일주, 시주가 서로 극하고 충, 원진, 귀문으로 구성되어 있고, 서로의 대운이 반대로 가는 경우가 그렇다. 한번 살다가는 인생인데, 지옥의 나찰과 아귀처럼 악다구니하면서 계속해서 살아야 한다는 것은 슬프지 않은가! 자식 때문에 이혼하지 못한다지만 옆에서 지켜보는 자식에게도 좋은 모습이 아닐 것이다. 허구한 날 다투고 싸우는 부모를 보느니 자신과 맞는 한쪽에서 평온하게 사는 것이 훨씬 나을 것이다.
여성의 사회적인 활동이 적었던 옛날에는 이혼이라는 것은 삶의 호구지책을 상실하는 것이니 두렵고 피하고 싶은 것일 수 있고, 현대에도 어느 정도 적용되지만 예전 같지는 않다. 사주상담을 할 때, 항상 배우자보다, 부모보다, 자식보다도 자기 자신을 먼저 생각하고 중심을 잡으시라고 조언을 해드린다.

이기주의로 가란 뜻이 아니라 본인의 중심을 잡으라는 의미이며, 가족(부모, 배우자, 자식)에 종속되어서 그들의 기준으로, 그들의 행복으로만 살아가지 말라는 뜻이기도 하다.

여자도 불륜을 하니 가치중립적으로 피해 배우자라고 쓰긴 했지만 불륜은 남자들이 좀 더 많다는 것은 주지의 사실이다. 수동적인 음보다는 능동적인 양의 성향으로 다른 여자에게 눈을 돌리고, 상상 속에서의 불륜과 일탈을 실제로 저지르는 것도 남자인 경우가 많기 때문이다. 기계적인 중립이 때로는 가식적이고 위선적이기까지 하다. 칼에 손을 베이면 반창고를 붙이고 시간이 흐르면 아물지만, 마음에 베인 상처는 깊게 각인되니 배우자의 불륜은 오래 기억하는 성향의 금(金)의 기운(천간-庚辛, 지지-申酉)이 강하거나, 지지에 진술축미(辰戌丑未)의 화개살(일종의 저장창고와 같다)이 많은 분들에게는 평생에 잊히지 않는 아픔일 수 있다. 탈무드에 나오는 한 구절로 마무리하고자 한다.

"아내를 이유 없이 학대하지 마라. 하느님은 그녀 눈물방울의 수를 헤아리고 계신다."

19. 조국의 시간! 엄마의 시간!

그간 알고 지내던 박 선생에게서 오랜만에 톡이 왔다. 책을 여러 권 주문했다고 하는데, 그중 한 권을 보내주겠다고 한다. 『조국의 시간』

출간된다는 것은 알고 있었다. 종종 온라인 서점 YES24에 들러서 필자가 출간한 명리 혁명의 기초편과 심화편의 판매랭킹을 보기 때문이다. 메인화면에 『조국의 시간』이 최근에 1위에 오르는 등 화제를 끌고 있으니 모를 리가 없다. 박 선생은 2016년 겨울 광화문 촛불 집회 때 지인 소개로 알게 된 분인데, 이번에 여러 권을 구입해서 지인들에게 돌리는 것 같다.

그의 톡은 문득, 2016년 겨울의 기억으로 나를 인도했다. 무엇이 나를 그곳으로 가게 만들었을까? 대학시절 이후 처음으로 나가보는 집회에 떨림과 두려움이 없을 수 없다. 월간의 상관이 나를 이끈 걸까? 이대로는 안 된다. 바꿔야 한다?

명리학을 깊게 이해하게 되면 의식도, 현실도 바뀌게 된다. 양이 최고조에 이르면 음으로 바뀌고, 음이 극한에 다다르면 양이 나타난다. 여당의 180석은 극한의 모습이니 점차 야당이 강해질 것인데, 음양은 자연법이니 정치도 그러할 것이다.

박 선생에게 안 보내주셔도 된다고 말씀드렸다. 네? 그의 반응에서 놀람과 의아함이 느껴진다. 동년배의 박 선생은 정치인을 꿈꾸니 정당 활동도 열심히 하며 인맥을 넓히는 그러한 정치적인 길을 걸어간다. 허주는 후대에도 기억될 명리학자를 꿈꾸며 나만의 길을 걸어갈 뿐이다. 서로의 길이 다를 뿐 각자의 영역에서 최선을 다할 뿐이다.

2021년 6월 7일, 어머님의 백신 접종날짜가 확정되었다. 접종일까지 어머님의 컨디션을 잘 챙기기 위해서 좋아하시는 소고기 등심과 전복, 멍게를 구입했다. 辛금의 기운이 깊어지는 것일까? 신축(辛丑)일주인 필자에게 올해가 辛丑 복음이라 辛금이 겹치니 강해졌다. 나의 비견을 챙기고 싶고 더 많이 생각하게 된다. 비견은 나와 코드를 같이 하는 부모, 형제, 친구, 지인이 된다. 나와 무관한 세상일, 나라 일에 관심이 적어지게 된다.

박 선생에게는 『조국의 시간』의 판매량과 인지도, 평가가 중요하겠지만 허주에게는 '엄마의 시간' 속에 엄마의 건강과 안전, 행복이 중요하다. 서로가 중요한 것을 지키기 위해 노력할 뿐이다. 팔자가 다르기 때문이다.

20. 당신 밥그릇의 크기는 어떠한가?

코로나가 찾아들 무렵 대구 지역에 알고 있는 역술인이 오프라인 사주강습을 재개한다는 것을 알게 되었는데, 그 강습료가 한 달 8시간 기준으로 100만 원 이상의 높은 금액이라서 놀랐고, 또한 1년치를 완불받고 진행한다는 것에 또 한번 놀랐다.

나는 1년 후를 예측하기가 어렵다. 1년의 시간은 내가 아플 수도 있고, 수강생이 아프거나, 이사, 이직 등으로 오프라인 수업을 듣지 못할 수가 있다. 또는 코로나가 재확산되어 끊어질 수 있을지도 모른다. 그럴 때는 환불 등의 다소 절차적인 문제가 생기게 된다. 확실한 환불정책을 세워놓지 않았다면 말이다.

천간은 마음이니 1년 내내 꾸준히 수업을 하고 싶겠지만, 지지는 현실이니 형충파해 등으로 인해서 예기치 않게 중단될 수 있겠다. 2019년부터 꾸준하게 매달 열던 일요명리 공개특강이 13회를 마지막으로 코로나의 확산에 따른 집합금지 명령으로 중단된 것처럼 말이다. 공식적으로 정해진 수업료가 없으니 각 선생들의 능력과 인지도 및 판단에 따라 각기 다른 수업료가 정해질 수 있다. 팔려는 물건의 가격을 매기는 것은 물건의 주인 마음이고, 사는 것은 구매자의 자유의지다.

사주강습은 정신적인 분야이니 구체적인 가격을 매기기가 어렵다. 그리고 비용을 떠나서 지불한 대가에 걸맞은 지식을 제공한다면 아무런 문제가 없다. 적은 비용이라고 좋고, 높은 비용이라고 나쁘다는 것이 아니라는 뜻이다. 그런데 강습단가를 떠나서 높은 강습료와 1년치를 한꺼번에 받는 이유는 살펴봐야 한다.

그분은 자신의 높은 강습료와 1년간 완불에 부담을 느껴서인지 관련 글을 남겼는데, 읽어보니 긴 한숨이 나오게 되었다. 자신의 밥그릇에 대한 이야기였다. 글의 핵심은 자신이 어렵게, 오랜 세월 심혈을 기울여서 배우고, 자기만의 독창적인 감명법을 만들었는데, 그것을 배울려면 상당한 비용을 지불해야 한다는 것이다. 또한 강의료가 비싼 이유가 나중에 자신에게 배운 사람이 자신과 같은 방식으로 배운 이론을 강의할 수 있으니 그 보상으로 충분한 비용을 자신에게 지불해야 한다는 것이 요지였다.

아! 그 글에 나는 왜 한숨이 나오는 것일까? 이는 위의 생각을 가진 역술인들이 적지 않기 때문이다. 심지어 명리학의 대선배이고 권위가 있는 선생님도 그런 이야기를 하는 것을 들었다. 명리학이 그 오랜 세월이 흘러도 공인을 받지 못하고 음지에서 미신이나 점쟁이 소리를 듣는 이유이기도 하다. 자기 밥그릇을 지키려는 마음, 자신이 오랜 세월 심득한 깨달음을 공유하지 않고 일부에게만 고가의 비용을 받고 제공하거나 중세시대의 도제처럼 자신의 수발을 들게 하고 어렵게, 야금야금 가르쳐주는 밴댕이 속같이 얕은 마음이 명리학의 발전을 더디게 하고 접근하기 힘든 폐쇄적인 학문, 음지의 학문으로 몰아넣으며 명리학을 망쳤다.

선생이란 자가, 스승이란 자가 자기의 제자와 학생들과 밥그릇 다툼을 한다면 이 얼마나 한심한 모습인가? 스승이라면 제자들의 성장과 발전을 돕고, 그들이 스스로 자립하여 직업적으로 잘 쓸 수 있게 도와주면서 자신은 더 높은 곳을 향하여 나아가는 모습을 보여준다면 어느 제자가 진심으로 따르지 않을까?

혹여 제자가, 학생이 스승보다 뛰어나다면 이를 인정하고 받아들여서 제자가 명리학계에서 큰 성과와 업적을 이룰 수 있도록 뒤에서 후원한다면 이 얼마나 아름다운가? 명성과 실력은 제자가 더 뛰어나더라도 마음공부와 인격으로는 스승이 더욱 뛰어나니 진정으로 믿고 따르는 마음의 스승이 된다.

청출어람(靑出於藍), 푸른색은 쪽에서 나왔지만 쪽빛보다 더 푸르다. 스승보다 뛰어난 제자가 나오고, 그 제자보다 뛰어난 제자가 나와야 학문이 발전할 수 있을 것이다. 스승과 제자는 일방적으로 가르치고 배우는 것을 의미하지 않는다. 서로의 질문과 답변, 자신의 견해를 피력하는 와중에 공감대가 형성되며 서로가 성장하고 발전하게 된다. 그것을 교학상장(敎學相長)이라고 한다.

공자가 수제자인 안회의 요절에 극도의 슬픔과 비탄에 잠긴 것은 자신이 뿌려놓은 학문의 씨앗을 거두고 더욱 발전시킬 지음(知音)과 같은 동료를 잃었기 때문이다. 누군가를 가르치는 선생이라면 공자의 비통함을 이해해야 한다. 누군가는 그 역술인의 행동에 공감을 하겠지만, 무관(無官)사주인 허주에게는 참으로 답답해 보일 수 밖에 없다.

당신의 격은 얼마나 작고 좁기에 밥그릇 타령하면서 그러한 논리를 제시하는가? 당신에게 배운 학문과 이론을 널리 펼치고 알려야 하는 것이지, 세상을 떠날 때 당신과 함께 사장되기를 진정 바라는 것일까? 누군가를 가르쳤다고 내 지식이 사라지는 것이 아니고, 배웠다고 금방 따라할 수 있는 것도 아닐 것이다. 사주감명만 한다면 모르지만, 강의를 한다면 역술가의 셈법보다는 선생의, 스승의 마음으로 학생과 제자를 바라봤으면 좋겠다. 당신이 그렇게 오랜 세월 심혈을 기울여서 만든 이론을 활용하면서 후일 학생들에게 가르치면서 널리 전파할 소중한 메신저로써 말이다. 밴댕이는 사이즈가 작아 속도 좁지만, 명리를 하는 사람은 천간지지, 하늘과 땅을 느끼며 공부하고 있으니 어떻게든 그대의 밥그릇과 격을 키워봄이 어떨까 권유해본다. 그러한 밥그릇 타령을 하는 선생에게 배울 것은 1도 없을 테니 말이다.

주호민 작가의 웹툰 '무한동력'에 나온 대사가 생각이 난다.

> "자네는 죽을 때 못 다 먹은 밥이 생각나겠는가? 못 다 이룬 꿈이 생각나겠는가?"

밥그릇보다는 꿈을 키우는 역술인들이 많이 나왔으면 좋겠다는 바람이다.

3장

명리, 내 안의 나를 만나다

1. 스승님께서 말씀하시길…

사주란 것이 답은 아니니
확정 지어서 말하지 말며

너무나 뚜렷하다 해도
함부로 남의 삶을 재단하려 하지 말며

상담자를 아래로 보며
도사 말투로 가르치려 하지 말며
돈이 천 원이든 천만 원이든
상담비를 생각하지 말며

앞길이 보이지 않는 사주를 보면
상담자를 불쌍히 여기는 것이 아니라
묘수를 내지 못하는 자신의 실력을 불쌍히 여기고

해도 해도 안 된다 하는 것은
이미 정해졌나니
공부를 한들 달라지겠는가?

세상은 옛날이나 지금이나 똑같나니
사람 탓을 하지 말며

남의 인생 보고 혀를 차지 말며
남의 인생 보고 슬퍼하지 말며
남의 인생 보고 부러워하지 말며
그저 그러려니 하며 넘겨라

사주 공부가 어렵더냐?
어렵다 하는 것은
사주에 부적합한 머리가 아닌 마음이니
사주 공부를 때려치우는 게 나은데
아둔한 마음으로 공부하는 족속들이 많아서
그 아둔함으로 이상한 논리를 만드나니

그런 것에 현혹되지 않으려면

공부를 하는 것이 아니라

마음을 따뜻하게 하는 것이 첫 번째이니

— 아니, 공부를 하지 말고 마음을 따뜻하게 하다니요?

— 저기 밭에 새싹이 돋아난다. 왜 돋아나는지 아느냐?

— 봄이니깐 나겠죠.

— 왜 봄이면 새싹이 나느냐?

— 따뜻하니깐요.

— 그래…. 따뜻하니까, 그 따뜻한 마음이 먼저다. 차가운 마음
으로 공부한다 한들 알면 얼마나 알겠느냐.

사람들이 꽁꽁 얼어붙은 마음으로 오는데 너는 봄처럼 따뜻
하게 감싸줘야 하지 않겠느냐.

— 대도시에 나가서 상담을 하시지요

— 내가 나가면 무엇을 얻느냐?

— 유명세와 돈입니다.

— 그걸 얻으면 내가 좋으냐?

— 좋은 집과 맛있는 음식과 비싼 옷도 입고….

— 내 마음은?

— 여기 시골에 있기에는 실력이 너무 아깝습니다.

— 여기 있다 해서 내 실력이 사라지느냐?

— 올겨울은 눈이 많이 올 것이다. 그러니 너는 겨울 동안 이곳

을 벗어나 있어라.

눈이 많이 오던 날…. 스승님은 돌아가셨다. 돌아가실지를 아셨
는지 한복을 곱게 입고 방에 누우신 채로 있었다고 한다.

달빛연필 선생님의 글에서 옮겨왔다.

2. 내 사주에 귀문살(鬼門殺)이란

귀문살(鬼門殺)은 말 그대로 귀신이 드나드는 문이라는 뜻으로 귀
문관살이라고도 한다. 귀문은 역술가에 따라서 귀문에 넣기도 하

고 빼기도 하니 약간씩 다를 수 있다. 귀문의 종류는 다음과 같다.

자유(子酉), 인미(寅未), 축오(丑午), 묘신(卯申), 진해(辰亥), 사술(巳戌)등 6가지가 되며 서로 붙어 있어야 한다. 이 중에서 자유(子酉), 인미(寅未)를 제외하면 원진과 동일하다(역술가에 따라 조금씩 달라지기도 한다). 일지, 시지에 있으면 체감적으로 좀 더 잘 느끼게 된다.

그러므로 원진과 비슷한 의미로 많이 쓰이는데, 성향도 비슷하다. 차이점은 원진이 인간관계에서 오는 것이 주라면 귀문은 그러한 것을 포괄한 좀 더 확장된 부분을 다루고 있다. 인간관계와 무관한 예민한 소음, 음향, 기감, 흔적을 파악하는 능력이 뛰어나다. 즉, 남들이 못 보는 것을 보고, 남들이 못 듣는 것을 들으니 사물을 받아들이는 감각이 남들보다 탁월하다는 것을 의미한다. 탐색, 상담, 조사, 추적, 검사, 활인업 등의 직업 쪽에 쓰면 좋다. 긍정의 모습이다.

한편 귀문이 너무 강하거나, 직업적으로 쓰지를 못한다면 편집증, 노이로제, 변태, 의처증, 의부증, 과거집착, 불평불만 등 부정적으로 쓰여질 수 있으니 늘 심신을 안정시키는 것이 좋고 직업적 물상대체가 안된다면 집중력을 필요로 하는 취미생활을 하면 좋다. 조각퍼즐, 숨은그림찾기, 추리소설, 자수, 바둑, 장기, 조각 등을 하면 귀문의 기운이 설기되니 좋다.

사주명리학에는 에너지 총량의 법칙이 있다. 물상대체, 직업대체의 기본은 그러한 과도한 에너지를 다른 쪽으로 분산 사용함으로써 폐해를 막으려는 것이다. 원진, 귀문이 강하신 분들 중, 직업대체가 안 되는 분들은 이렇게 고도의 집중력을 요구하는 취미생활 등으로 적절히 설기하시길 바란다. 정신적인 분야에서 생기는 현상이니 육체를 움직여서 땀을 흘리는 운동을 하거나 조각퍼즐을 한두 시간 걸려 다 맞추고 나면 피곤하여 층간소음 걱정 없이 편하게 단잠을 잘 수 있으니 말이다.

3. 편관, 네가 나를 죽이지 못한다면…

편관(偏官)은 일간(나)을 극한다. 아주 심하게…. 이리저리 자주 얻어맞고 극함을 당하면 아주 최악의 경우에는 죽을 수도 있다. 그러나 죽지 않는다면 멘탈이 강해지고 내공이 생긴다. 드래곤볼의 주인공 손오공이 몇 번의 죽음에 이르는 상황을 극복하고 전설의 초사이언이 되었듯이….

악어는 한 번에 수십 개의

영화 '드래곤볼 슈퍼 브로리'

알을 낳는다. 새끼 악어의 대다수는 다른 동물에게 잡아먹히고 성체로 자라나는 것은 한두 마리에 지나지 않지만 그렇게 죽음의 고비를 수없이 넘기고 어른이 된 악어는 늪과 강을 지배하는 절대포식자가 된다.

영화 아바타의 주인공 제이크 설리가 목숨을 던진 모험을 강행하여 나비족의 전설의 새 토루크 막토를 타게 된다. 목숨을 던지는 위험을 무릅쓰면 얻게 되는 크고 높은 관… 그것이 편관이 된다.

맹자(孟子)의 명언 중에는 후세 사람들의 무릎을 치게 하는 명문장들이 많다. 그중에서도 '고자하(告子下)'에 나오는 다음 글은 수많

영화 아바타의 '토루크 막토'

은 사람들이 다투어 인용한 최고의 문장이라 할 수 있는데, 마치 편관(偏官)을 설명하는 것과 같아서 놀랍다.

"하늘이 장차 그 사람에게 큰일을 맡기려 할 때에는, 반드시 먼저 그 심지(心志)를 괴롭게 하고, 그 살과 뼈를 고달프게 하며, 그 신체와 피부를 주리게 하고, 그 몸을 궁핍하게 하며, 그가 하는 일마다 잘못되고 뒤틀리게 하는데, 이는 마음을 분발시키고 성격을 강인하게 함으로써 그의 부족한 능력을 키워주려는 것이다."

대체 무슨 일을 맡기려고 그리 난리법석을 치는 걸까?
참으로 모를 일이다.

4. 누구에게나 자신만의 세계관이 있다

일요 전문가반에서 강의했던 내용 중에 같이 공유하면 좋을 것 같아서 옮겨본다.

누구나 자신만의 세계관을 가지고 있다. 허주 역시 마찬가지다. 명리학에 대해서도 동일하게 적용된다. 필자의 명리적인 세계관에 대해서 설명하고자 하는데 우리가 어벤져스를 보거나, 슈퍼맨의 영화를 볼 때 DC코믹스나 마블의 세계관을 이해하고 본다면 좀 더 영화가 재미있듯이 명리도 그러하다.

1) 음(陰)과 양(陽)은 대등하고 좋고 나쁨이 없다

음과 양은 대등하고 좋고 나쁨이 없다고 생각한다. 해자축(亥子丑) 겨울이 나쁘고, 사오미(巳午未) 여름이 좋고 그런 것은 없다.

물론 사주의 구성과 본인의 성향에 따라서 여름을 더 좋아할 수도 있고, 때로는 겨울을 더 좋아할 수도 있다. 이는 개개인의 기호에 따른 차이일 뿐이다. 해자축(亥子丑) 30년간 겨울의 환경 속에서 사는데 이를 거부하고 피한다는 것은 옳은 방법도 아니고 운을 맞이하는 자세로는 힘들고 고통스러울 뿐이다. 자신에게 찾아온 그런 환경의 변화를 받아들이고 그 안에서 자신의 포지셔닝으로 있으면 편하고 자연스럽다.

병(丙)화, 무(戊)토, 계(癸)수 일간에게 해자축은 새로운 12운성으로 절지, 태지, 양지가 되니 그러한 모습으로 있으면 좋다(화토동법-火와 土-戊토는 비슷하다). 임(壬)수, 정(丁)화, 기(己)토 일간에게 해자축은 새로운 12운성으로 건록, 제왕, 쇠지가 되니 그러한 모습으로 있으면 좋다(수토동법- 水와 土-己토는 비슷하다).

병(丙)화, 무(戊)토는 양간의 성향인 드러난 모습으로 외형을 키우고 확산하는 것을 좋아하니 많이 답답할 수 있지만 그렇다고 튀어나가서 새로운 일을 벌이고, 확장하면 흉함이 가득할 것이다. 병(丙)화, 무(戊)토에게 해자축은 십신으로는 관성이 되고, 재성이 되니 그러한 환경 속에서 재충전하고 준비하는 자세로 있어야 한다.

정(丁)화, 기(己)토는 음간의 성향인 감추어진 모습으로 외형을 줄이고, 실속을 챙기는 것을 좋아하니 잘 맞을 수 있다. 정(丁)화, 기(己)토에게 해자축은 십신으로 역시 관성이 되고, 재성이 되니 그러한 환경 속에서 건록, 제왕, 쇠지의 모습으로 활약하면 삶이 편안하고 자연스럽다.

2) 체(體)와 용(用)의 이치를 잘 이해하면 명리학은 쉽다

명리학은 쉽다. 자연의 흐름과 모습을 천간, 지지 22글자로 표시한 것인데, 그러한 자연의 모습에 인간의 삶을 대비한 것뿐이다. 자연은 어렵지 않다. 봄이 지나면 여름이 오고, 여름이 지나면 가을, 그리고 겨울이 온다. 계절은 지구 공전의 모습이고 사주의 년주와 월주와 관련이 있다. 공전이니 사이즈가 크다고 할 수 있다.

아침이 지나면 낮이 오고, 낮이 지나면 저녁이 오고, 밤이 찾아온다. 하루는 지구 자전의 모습이고 사주의 일주와 시주와 관련이 있다. 자전이니 사이즈가 작다고 할 수 있다. 크게 나누어서 자연의 모습은 체(본질)가 되고, 인간의 삶은 용(쓰임)이 되는데, 인간도 자연 속의 일부분이기 때문이다. 자연의 모습(음양오행)을 살핀 후 인간의 삶(십신, 12운성)을 대비하면 인간의 삶의 흐름과 변화를 잘 이해할 수 있다.

우리가 속거나 사기를 당하는 것은 겉모습(십신)만 봤기 때문에 그렇다. 속 모습(음양오행)을 알고 있다면 결코 속거나 사기를 당할 일은 없을 것이다.

3) 인간의 삶은 근묘화실에 따라 년주, 월주, 일주, 시주로 흘러간다

초급자라도 다들 알고 있는 내용일 것이다. 그런데 다들 알고 있고 배우기는 하지만 잘 쓰지 않는 경우가 많다. 쓰지 않고 활용하지 않는다면 그것은 잘못된 이론이거나, 배울 가치가 없는 잘못된 것일 것이다. 천간의 글자는 드러난 나의 생각, 마음, 의지, 욕망, 욕심이다. 지지의 글자는 내가 살아가는 현실이며 무대와 같다.

년주는 어린 시절의 나의 마음과 현실이다. 그러니 그 시기에 나의 마음과 현실을 보려면 년주를 봐야 한다. 월주는 청년 시절(미혼 시절)의 나의 마음과 현실이다. 일주는 부모의 품을 떠나 배우자를 만나서 하나의 가정을 이루어 독립생활을 하니 후반전이 열린 모습이다. 시주는 나의 노년의 모습인데, 마치 년주에서 내가 부모의 보호와 통제 안에 있었듯이, 시주의 시기에는 내가 자식의 보호와 통제 속에 있는 모습이다. 사람이 늙으면 애가 된다는 말과 다름 없다.

이는 사람마다 상황과 환경이 다르니 일률적으로 나눌 수는 없다. 그래서 감명할 때 그 사람의 환경과 상황을 물어보아야 한다. 70이 되어도 여전히 경제력을 가지고 있고, 그 기반으로 자식들이 나의 눈치를 본다면 아직 시주의 시기로 간 것이 아니다. 12살 어린 나이지만 조실부모하여 알바를 뛰어서 돈을 벌고 살아간다면 이미 년주의 시기를 벗어나 월주의 시기를 살아가는 모습이다.

일주가 대체로 삶의 중심인 것은 맞다. 년주+월주의 부모님 그늘 아래의 전반전을 지나서 본격적인 후반전의 시기이기 때문이다. 하지만 모든 것을 일주만으로 본다면 어려움에 봉착하게 된다. 이는 그 사람의 나이, 환경, 상황을 반영하지 못하기 때문이다. 천간은 모두 나의 마음이고, 지지는 모두 나의 현실이다.

이것이 허주의 명리세계관이다.

4) 사주만으로 모든 것을 알 수 없고 모든 것을 맞출 수 없다

사주만으로 모든 것을 알 수 있다고? 귀신처럼, 도사처럼 맞춘다고? 허주는 귀신도, 도사도 아니다. 그렇게 되고 싶은 생각도 없다. 가끔 역술인 중에는 신이 되고 싶어 하는 분들이 계신 것은 맞다. 자신 있게, 당당하게 마치 상담자의 모든 것을 알고 있다는 듯이, 미래를 꿰뚫고 있다는 듯이 말하는 분들이 있다. 아니 상당히 많다. 그런 분들에게서 필자는 불안감과 두려움을 느낄 수 있다. 인간이면서 신의 모습을 뒤집어쓰려는 이가 느끼는 두려움을….

사주는 운명론이 아니다. 통계학도 아니다. 자연의 모습과 흐름을 살펴서 인간의 삶에 대비하여 앞으로 살아갈 인생에 대한 조언이고, 시간표이고, 내비게이션과 같다. 이것에는 인간의 자유의지가 들어가 있으니 동일사주라도 비슷하지만 다른 삶을 살아가게 된다. 또한 어떤 부모 아래 태어났는가, 어떤 배우자를 만나는가에 따라서 삶이 크게 달라진다. 일란성 쌍둥이의 사주도 결혼 전에는 비슷하게 가다가 배우자를 만나고 자식이 생기고, 사는 곳이 다르면 달리 가게 된다.

5) 명리를 통해 얻은 많은 것을 공유하고 나누고 함께하려고 한다

사주에 식상이 많은 탓일까? 년월주가 임자(壬子), 임자(壬子)로 식상혼잡이다. 아래로 흘러가는 수의 기운이라서 더욱 그런 것 같다. 어쩌면 필자가 크리스찬이라서 그럴지도 모른다.

예수님이 말씀하신 '낮은 데로 임하소서'란 구절이 가장 와닿는 것은 아마도 사주 속의 필자의 성향과 같기 때문이다. 매년 명리를 통해서 벌어들인 돈의 일부를 복지회에 기부하고, 무료사주상담을 하며, 자연에는 비법이 없으니 공유할 수 있는 책을 써서 좀 더 많은 분들이 자연과 인간의 삶을 이해하길 바라는 마음이 있다.

추후 강의 동영상을 만들어도 상당수는 무료로 배포할 예정이다. 친한 선생님들이 말리지만 필자의 의지이기 때문이다. 책보다는 동영상이 더 빠르고 확산속도가 빠르니 명리학의 양지화에 큰 도움이 될 것이라고 생각한다. 구독자가 늘어도 광고를 붙이지 않을 생각이다. 필자 역시 다른 선생님의 동영상을 보다가 광고가 나오면 맥이 끊어지기 때문이다.

허주는 무재(無財)사주다. 지장간에도 없는 천지무재사주다. 대운에서도 노년에나 찾아오니 어차피 재성과는 깊은 인연이 없는 것과 같다. 그래도 필자의 대운은 사오미의 여름 속에 있고 乙목 편재는 여름에서 장생, 목욕, 관대로 강해지니 이러한 공유경제, 공유명리학의 편재성이 강하게 작동하는 것 같다.

누구에게나 자신만의 세계관이 있고, 필자에게도 명리에 관한 필자만의 세계관이 있다. 어벤져스를 보거나, 슈퍼맨의 영화를 볼 때 우리가 DC코믹스나 마블의 세계관을 이해하고 본다면 좀 더 재미있듯이 말이다. 필자의 수업을 듣거나, 무료 및 유료사주상담을 신청하거나, 혹은 '명리 혁명'을 통해 공부하시는 분들이 최근 들어 부쩍 늘어서 이 글을 쓰게 되었다.

솔직담백하게 필자의 명리적인 세계관을 표방하니 이를 잘 이해하신다면 얻어 갈 것이 더 많아지지 않을까 하는 마음이다.

5. 맷집이 강해진다는 것은

대대로 필자의 집안은 사주명리학과 인연이 깊은 것 같다. 필자의 아버님은 명리학을 공부하신 분이다. 셋째 이모(당사주), 외삼촌(옥수동에서 철학관 운영), 셋째 누님(건대 사주카페), 둘째 매형(한의학), 대학 때부터 사주 공부를 하셔서 사주를 볼 줄 아는 넷째 누님까지, 필자의 집안은 명리학과 인연이 깊은 것 같다. 물론 어려서는 그 모든 것이 싫었다. 필자가 태어났을 때를 살펴보니 지장간에도 없는 천지무재사주라서 아버님께서는 이름을 성재라고 지어주셨다. 成 이룰 성, 財 재물 재 그 덕분인지 큰 재산은 아니지만 그렇게 돈 걱정은 안 하고 사는가 보다.

허주라는 호(號)는 필자가 지었다. 虛 빌 허, 舟 배 주이니 빈 배라는 뜻이다. 사주의 격으로는 상관격이니 다른 명리하는 분들과 이견이 있을 것을 알고 있다. 장자(壯子) 외편 산목편의 虛舟의 의미처럼 그 배에 아무도 없다면 아무도 화를 내거나 성내지 않을 것이다.

그러한 빈 배처럼 다른 선생님들의 반론과 이견을 겸허하게 수용하고자 하는 마음이다. 사주팔자가 다르니 서로 생각하는 것도 다르고, 배운 것도 다르니 이견이 있을 수 있다. 모두들 명리산(命理山)의 정상에 오르고자 하지만 그 길은 한 가지 길만 있는 것이 아님을 알고 있기 때문이다.

이름과 호(號)에는 그런 힘이 있는 것 같다. 아는 선생님이 새롭게 호(號)를 정하셨는데, 돌아가신 아버님 생각도 나고 해서 가벼운 글을 쓰게 되었다. 이쪽 저쪽에서 필자가 쓴 칼럼에 대해 예의를 갖추어 물어보시는 분들도 많지만 일부는 무례한 말투나 비아냥거리는 뉘앙스의 쪽지나 댓글을 보면 필자 역시 사람인지라 화가 나지만 그럴 때마다 처음 虛舟라는 호(號)를 정할 때의 초심을 상기하며 마음을 가라앉히게 된다.

음간의 운동성과 방향을 정확하게 제시한 새로운 12운성과, 어린이나 미혼인 분은 삶의 중심인 년간이나 월간을 중심으로 하여 감명하는 근묘화실관법, 수토동법의 적용, 동지세수력의 지지 등 기존의 이론과는 다른 글을 여러 카페에 쓰다 보니 오늘도 허주는 이쪽, 저쪽에서 짤을 맞고 있다.

때로는 운영자의 생각과 다른 글을 남겼다고 강퇴를 당한 곳도 대여섯 군데가 되어 간다. 2020년에도 전용게시판이 있어 오랫동안 칼럼을 꾸준히 썼던 '삶과 易' 카페에서 강퇴를 당했는데 그래도 강퇴사유를 '허주님 더욱 발전하시길 바랍니다'라고 써주셨다. 그러니 피식 웃을 수밖에 없었다. 역학○○카페 이후 오랜만에 느끼는 씁쓸함 같다.

그런데, 그렇게 거세게 반박하시고, 이견의 댓글과 쪽지를 보내주시는 분들도 소중하다. 음과 양이 공존하듯이 칭찬만 있고 공감만 있는 것도 이상한 모습이니 악플이 무플보다 나은 이유다. 명리학을 양지의 학문으로 만들겠다는 필자의 작은 소망은 이를 공감해주시는 많은 선생님, 회원분들과 반드시 함께 해야 함을 알고 있기에 때로는 굴욕감을, 때로는 비루함을 이겨내고 태연스러운 얼굴로 사주카페에 줄기차게 칼럼을 쓰고 있나 보다. 사주 명리학을 공인받는 양지의 학문으로 세우려면 정확한 저울과 자가 필요하기에 늘 고민하고 그 기준을 자연의 모습과 흐름에서 찾으려 하고 있다. 인간도 자연 속에 포함되어 있는 존재이기 때문이다.

강퇴를 당하고 무례함과 비아냥에 점점 아무렇지도 않고 태연스럽게 대처하니 아마도 허주의 맷집도 점점 강해지고 있나 보다.

6. 명리 고수의 단계

자연과 인간의 삶에 음양오행이 항시 있듯이 명리학을 배우는 과정에도 음양오행이 존재한다. 따라서 명리학에 대한 수양의 깊이에 따라서 각자가 처한 모습이 다르게 나타난다. 박청화 선생님은 명리 고수의 단계를 1단계 칼잡이, 2단계 해머, 3단계 번갯불에 비유했지만, 다소 거칠고 살벌한 느낌이어서 받아들이기에 부담스럽고 마음에 들지 않아 필자만의 기준을 정해보았다. 이것은 자연의 모습을 기준으로 한 것이다.

木의 단계

명리학을 배우려고 시작하면 그것은 목의 기운이다. 목의 기운처럼 새싹이 매일 자라듯이 실력이 쑥쑥 늘어가며 새로운 선생님과 도반들을 알게 되는 설렘이다. 미래에 천하제일의 술사를 꿈꾸기도, 강단에서 수많은 학생들 앞에서 멋지게 강의하는 명리학자를 꿈꾸기도 할 때다. 성장하는 목의 꿈과 이상은 하루하루 영글어 간다.

火의 단계

실력이 늘어나고 기본 이해가 깊어지면서 자신감이 붙어 이분, 저분의 질문을 들어주고 상담한다면 그것이 화의 기운이다. 확산되고 퍼져 나가는 화의 기운처럼 더 많은 사람들과 관계를 맺어가고 늘어가는 실력에 자신감이 넘치고 정열적이지만 아직은 실전에 뛰어들기엔 미숙한 점이 많은 모습이다. 확산하는 火와 같이 인맥과 실력도 커져 간다.

土의 단계

명리학에 정진하다 보니 묵직한 중량감이 생기고 이 이론과 저 학설을 서로 비교하고 차이점을 알아볼 수 있는 중용의 덕이 생기면 그것이 토의 기운이다. 중간에서 음과 양을 같이 볼 수 있는 토의 성향처럼 말이다.

오랜 시간 다져진 학식과 내공을 갈무리하면서 명상과 사유의 시간을 통해 잠시 동안의 정적이 필요하며 목화의 시절보다 언행이 신중해지며 도반들의 신뢰를 받는 단계다. 음양을 같이 볼 수 있는 토의 기운처럼 균형 잡힌 좋은 상담을 통해서 길을 잃고 헤매는 이들에게 방향을 제시하고 믿음을 주는 그런 모습이다.

金의 단계

명리학의 깊은 이해로 그동안의 수행에 결실을 맺고, 배워왔던 이론들을 재해석하며 진체(眞體)를 향해가는 것이 금의 기운이다. 다양하게 배우고 적용했던 여러 이론들 중, 근거가 빈약하고 자연의 이치에 맞지 않는 학설은 가차없이 베어내어 확실하게 정립하고, 실전 사주감명에서 해박한 이론(體)과 다양한 현장경험(用)을 적용하여 만족스런 상담으로 이어지는 것, 그것이 금 기운의 단계다. 분별심을 발휘하여 자신의 학문에 대한 정체성, 체계와 시스템을 구축하는 모습이다.

水의 단계

깊고 깊은 명상과 사유로 명리학의 정수(精髓)를 깨달아가고 이로 인해 새로운 시대에 맞는 이론과 학설을 체계화시키며, 술사가 되고, 도사가 되고, 명리학자로서의 완성으로 가는 길…

눈을 감고 밤하늘에 사주팔자와 대운의 열 글자를 흩뿌리면 글자들이 유영하다가 서로 생을 하기도, 극을 하기도, 합치기도, 충하기도 하는 그런 찰나의 번뜩임으로 머릿속의 공간이 광활한 우주처럼 확산되는 느낌… 다시 눈을 뜨면 현실 세계로 돌아와 눈앞에 펼쳐진 사주팔자와 대운의 글자가 어딘가 낯설게 느껴지는 그런 정적인 느낌… 이것이 수의 모습이다. 의식과 무의식을 관장하는 10개의 십신들이 뇌리 속을 번갯불처럼 스쳐 지나가고 삶과 죽음의 경계선에서 혼돈이 눈 뜨며 각성(覺醒)이 찾아오는 그 순간이다.

명리학을 배우고 수양하는 길에도 음양과 오행의 기운이 존재한다. 그럼 더 얼마나 많은 음양과 오행이 우리의 삶에 영향을 주고 있을까? 우리의 모든 행동과 말에도 수십 개, 수백 개의 음양과 오행이 담겨 있다고 생각한다.

이 글을 읽고 있는 당신은 지금 어디에 계시는가?

7. 밤이 깊을수록 별은 빛난다

밤이 깊을수록 별은 빛난다 1

걸어가야 하는 세상의 간격은
항상 일정치는 않습니다.

성큼성큼 걸을 만큼 넓기도 하다가
어느 샌가 촘촘해져 답답하기도 합니다.
그걸 어느 철학자는 부조리, 불합리라고 부르기도 하며
또 어떤 운동가는 사회의 모순과 부패라고 말하기도 하겠지요.

밤이 깊을수록 별은 빛난다 2

우리가 걸을 수 있는 보폭은
사람마다 똑같지 않습니다.

넓은 보폭을 가진 이들은
좁은 걸음으로 걷는 이들을 게으르거나 무능하다고 비난도 하기에

조급한 마음에 마구 길을 재촉하다 보면
뛰듯이 걷다 못해 지쳐 쓰러집니다.

누군가의 보폭이 좁은 것이 아니라
저마다의 보폭이 다른 것이기에

최선을 다하지 않는 것이 아니라
최선의 정도가 다를 뿐이라는 겁니다.

밤이 깊을수록 별은 빛난다 3

정체되고 늦추어진 길에서
비로소 주변을 돌아보게 됩니다.
저 멀리서 새로운 인연이

땀을 흘리며 다가오기도 합니다.

우리에게는 각자의 길이 있고

또 저마다의 보폭이 있습니다.

밤이 깊을수록 별은 빛나고

속도를 늦출수록 비로소 주변 풍경이 눈에 들어옵니다.

원문: 설강독조(https://blog.naver.com/jklopt/222244055184)

허주가 애독하는 설강독조 선생님의 글을 허락을 받아 옮겨 본다.

8. 명리학이 내게 들려주는 소근거림은

사주 상담을 많이 하다 보면 어느새 사주 이야기보다는 다른 이야기를 할 때가 종종 있다. 역술가가 사주 이야기를 안 하고 다른 이야기를 한다? 그냥 사람이 살아가는 이야기다. 사주를 통해서 모든 것을 알 수는 없다. 내가 살아가는 환경, 풍수도 중요한데, 인간도 자연 속의 일부분이기 때문이다. 나에게 큰 영향을 주는 부모, 배우자, 자식은 더 중요하다. 명리학은 기(氣)의 학문이니 서로에게 많은 기운을 주고 받으며 살아가기 때문이다. 새로운 운(運)이 온다는 것은 새로운 사람과 환경이 온다는 것과 다름 없다. 더 중요한 것은 삶에 대한 마음가짐과 처신이다.

지지에서 생겨나는 대부분의 일들은 원인을 가지고 있다. 길을 가다가 넘어질 수 있지만, 그것은 앞을 보지 않고 폰에 집중하거나 다른 생각에 몰두하다 보니 그런 것이다. 때론 누군가와 부딪쳐서 서로 감정이 상할 수도 있겠다. 그러고는 오늘 일진(하루의 운세)에 충(沖)이 있었네, 형(刑)이 있어서 그렇네 하며 일진 탓을 할 수도 있겠다. 본인이 전방을 소홀히 하면서 걸었다는 원인을 잊은 채 말이다. 공부를 안했다면 아무리 좋은 인성운이 원국에 있고 대운으로 흘러도 시험에서 좋은 결과를 볼 수 없다.

바르고 성실하며 선하게 선업을 쌓으면서 살아가는 것이 중요하다. 남을 원망하고 비난하기에 앞서 나 스스로 고칠 것은 없는지, 부족함이 무엇인지를 알아간다면 어제보다 나은 오늘이, 오늘보다 나은 내일이 준비되어 있을 것이다. 적선지가 필유여경(積善之家 必有餘慶)이란 말을 늘 마음속에 새기고 있다. 어려운 곳에서 봉사를 하는 분들을 몇 분 알고 있는데 그분들이 하시는 말씀이 자신이 도와주는 것이 아니라 오히려 도움을 받는다고 한다. 마음의 평온과 행복을 얻어 가시는 것 같다. 존재의 기쁨, 도울 수 있다는 행복….

그럼에도 사주 명리학을 배우는 것은 좀 더 현명하게 나의 시간표에 맞게 살아가기 위함이다. 착하고 성실하지만 힘든 삶을 사는 분들을 보게 된다. 착하고 성실하게 살아간 것이 잘못된 것이 아니라, 지혜롭지 못하여 힘들어하는 것이다. 나아갈 때와 물러설 때, 도전할 때와 포기할 때를 종종 헷갈려 낭패를 보곤 한다. 명리학을 배우는 이유는 그러한 지혜를 배우기 위함이다. 그리고 스스로를 알아가는 여정과 같다. 자신이 무엇을 좋아하고, 무엇을 잘할 수 있고, 자신이 무엇이 약하고, 자신에게 지나친 점이 무엇인지를 안다면 좀 더 지혜롭고 현명하게 살아갈 수 있을 것이다. 왜 명리학을 배우는가는 테스 형이 일찍이 알려주셨다.

"너 자신을 알라"

필자는 이 말을 자신에 대한 공부를 통해 자신의 본성을 이해하여 운에 맞게 행동하고 처신하라는 뜻으로 받아들인다. 착하게 성실하게 살아오신 분들은 명리학을 통해서 지혜를 배우면 좋겠다. 그렇지 않게 사신 분들은 명리학을 통해서 절제와 자기관리를 배우면 좋겠다. 세상에는 명리학을 모르고도 인생을 성공적으로 살고, 현명하게 처신하는 분들이 많다. 오히려 그런 분들에게 많은 것을 배우게 된다. 자연스러운 삶이란 물 흐르듯이, 바람 흘러가듯이, 스스로의 능력과 성향을 이해하여 흘러가는 운과 자연스럽게 맞추어가는 모습이며 그러한 것이 명리학이 우리에게 주는 가르침이 아닐까 한다. 과도한 것은 절제하고, 부족한 것은 조금씩 채워가면서 균형을 갖출 때 우리가 바라는 행복한 삶을 살아갈 수 있지 않을까?

필자는 오늘도 사주명리가 들려주는 소근거림을 듣고 있다.

자연스럽게 살아가라는….

9. 이제 링 위로 올라오라!

명리학을 오랜 세월 공부하고 음양오행의 흐름과 12운성, 십신의 쓰임을 아는 역술인이라면 이제 링 위로 올라오라!

그대에게 필요한 것은 더 이상의 학습이 아니다. 피가 튀는 실전이 필요할 뿐이다. 서바이벌 게임 100번 하는 것보다 진짜 총알이 날아오고 피가 튀는 전쟁터에서의 한 번의 경험이 그대를 각성시킬 것이다.

더 이상 링 밖에서 저 선생님이 잘 설명한다느니, 저 선생님이 잘 본다느니 구시렁구시렁 하는 관중에 머물러 있지 마라. 그리하면 그대는 영원히 관중에 머물러 있게 될 것이다. 단돈 오천 원, 만 원을 받아도 무조건 돈을 받고 사주감명을 하길 바란다. 없던 책임감과 집중력이 생기고, 봐달라는 사람도 적은 돈이지만 그 돈에 대한 정당한 대가를 요구할 것이다.

이제 그만 링 위로 올라오라! 아직 준비가 덜 되었다고? 아직 배워야 할 것이 남아 있다고? 아직 자신감이 없다고? 그런 마인드라면, 10년이 지나도 자신감은 여전히 없을 것이요, 10년을 수양해도 준비는 여전히 부족할 것이요, 10년을 공부해도 배워야 할 것은 여전히 남아있을 것이다. 깨지는 것을 두려워 마라! 아프락사스, 세상 밖으로 나가기 위해서는 알을 스스로 깨고 나와야 한다. 정말 배워야 할 것은 실전에 있다. 피 튀기고 진땀이 흐르며, 늦가을 서릿발 같은 살벌함을 느끼지 못한다면 각성의 시기는 한없이 늦춰질 것이다.

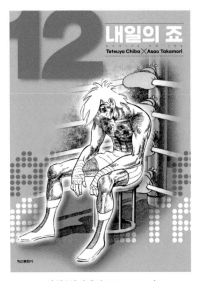

만화 '허리케인 죠(내일의 죠)'

더 늦기 전에 이제 그만 링 위로 올라오라! 단순히 돈을 벌기 위함이 아니다. 긴장감 넘치는 현장과 돈이 오고가는 프로의 세계 속에서 깨달음이 찾아온다. 이건 수업이 아니고, 강의도 아니다. 연습도 아니고, 장난은 더더욱 아니다. 내가 돈을 받고 정확하게 감명을 하고 상담을 해줘야 하는 프로의 세계인 것이다. 프로의 세계 3년차와 아마추어 10년차와 비교할 수 없다. 당연히 프로가 이긴다. 3년을 해도, 5년을 해도, 10년을 해도 늘 제자리 걸음인 것 같은 도반은 반드시 링 위로 올라오라! 칼날 위에 서 있는 긴장감이 그대의 느슨해진 머리를 차갑게 냉각시키고 심장을 쿵쾅거리게 할 것이다.

그대를 각성케 하리라….

명리학에 입문하고 4개월쯤 지나 가르치는 선생님과 사주&타로샵 사장님의 테스트를 거쳐 건대 카르마 사주&타로샵에 첫 현장실습을 뛰었을 때 기록표다. 이 시기 이전과 이후로 허주는 확연히 달라지게 된다.

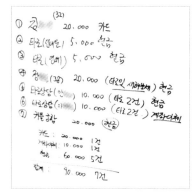

실전 첫날의 매출전표

10. 명리학을 배우려는 분들께

많은 역술인분들은 상담자가 "선생님, 저도 명리학을 본격적으로 공부해보면 어떨까요?" 물어보면 흔쾌히 배워보라고 한다. 그것은 상담을 한 자신에게 배울 확률이 높기 때문인데, 필자 역시 배워보라고 말씀드린다. 명리학을 알아두면 유용한 점이 많고, 배움이 깊어지면 좀 더 자연스러운 삶을 살아갈 수 있기 때문이다. 하지만 걱정거리도 있다. 잘못 배우거나, 어설프게 배우면 각자의 사주팔자에 따라서 병이 되기도 한다. 모르는 것이 약이라는 문구에 해당하는 분들이 그렇다.

"내 사주가 나쁜 사주였네. 아! 이번 생은 망했어."

"2년 후에 형과 충이 오는데 어떻게 살아야 하나."

"나 때문에 남편 사업이 망하고, 아이들이 아프다는데 괴로워서 죽고 싶어요."

그러한 생각에 명리학을 괜히 배웠다고 푸념하고 걱정하시는 분들도 더러 있는데, 이는 명리학을 잘못 이해했기 때문이다. 또한 그것은 그렇게 가르친 선생의 잘못이기도 하다. 명리학의 본질은 사주의 성향과 대운, 세운의 흐름을 살피면서 자기 스스로를 돌아보고 앞으로 나아갈 방향성과 흐름을 맞춰가면서 자연스러운 삶을 살기 위함이다.

세상에 나쁜 개는 없듯이, 세상에 나쁜 사주는 없다. 여러 가지 요인으로 인해서 팔자의 흐름대로 살아가지 않기 때문에 어려움이 도래한 것이다. 무관성 사주라서 직장이 없고, 무재성 사주라서 돈이 없고, 무인성이라서 도움 주는 이 없고, 지지에 형과 충이 많아서 죽고 싶다고 말씀하시는 분들에게 이런 말씀을 드리고 싶다. 허주도 지장간에도 없는 무재성 사주이고, 무관성 사주이며, 무겁재사주이기도 하다. 살아가야 하는 데 필요한 재성(돈, 배우자)도, 관성(직장, 자식)도 없다. 겁재(경쟁자)도 없으니 도전정신이 부족할 수도 있겠다. 사주팔자에 이미 없는 것을 어디서 만들어 와 공수할 수도 없으니 없는 대로 자분자족하면서 살아갈 뿐이다. 그래도 자연이 순환하듯이 운도 순환을 하니 운으로는 들어올 수 있다. 대운으로 와준다면 고마운 것이고 대운으로 안 들어온다면 세운으로 들어올 때 감사히 생각하면서 잘 쓰면 될 것 같다. 필자의 지지 글자가 축(丑)토와 자(子)수만 있으니 한 학생분이 너무 심심할 것 같다고 한다. 움직임이 적은 겨울의 글자며 서로 붙어있는 글자이니 실제로도 여행을 좋아하지 않고, 움직이는 것도 좋아하지 않으니 아마도 우스갯소리로 심심하다고 하신 것 같다. 그런데 그냥 만족한다. 움직임이 적으니 책을 보거나 공부할 시간이 많아서 좋다. 그냥 그렇게 쓰면 될 것 같다.

본인이 가지고 있는 글자의 성향을 잘 이해하고 잘 쓰시면 좋겠다. 사람은 자신의 능력을 채 20%도 못 쓰고 살아간다고 한다. 사주 명리학을 배우는 이유는 내 사주팔자의 글자들을 어떻게 하면 잘 쓸 수 있을까의 고민이다. 쉽게 설명하면 스스로를 잘 이해하고, 지지(현실)를 통해서 본인이 무엇을 잘할 수 있는지, 천간(마음)을 통해서 무엇을 꿈꾸고 바라는지를 알아가는 과정이며 나를 알아가는 긴 여정과 같다고 생각한다. 그 과정의 끝은 자기의 능력을 잘 쓰면서 행복하고 평온하며 자연스러운 삶을 살아가는 것이다. 필자는 명리학을 배우면서 마음에 평온을 얻었다. 그리고 늘 자연스러운 삶은 무엇일까를 생각하게 되었으며 늘 허상보다는 본질을 생각하게 되었다.

우리는 왜 명리학을 배울까? 각자의 팔자가 다르니 그 목적도 다를 수 있겠지만 본질을 놓쳐서는 안 될 것 같다. 인생을 한탄하고 팔자를 원망하는 것이 아닌 자신의 본성과 성향, 지향점을 알아서 평온하고 행복한 자연스러운 삶을 살아가고 싶다는 본질 말이다.

11. 허주쌤, 감명이 아니라 간명이라니깐

"허주쌤, 감명이 아니라 간명이라니깐, 자꾸 잘못 쓰네…"

제자인 홍나겸 선생의 짜랑짜랑한 목소리가 나의 고막을 심하게 린치한다. 다들 간명지, 사주간명으로 쓰는데 허주 혼자 감명이라고 쓰니 틀렸다고 알려주고 고쳐주려 한다. 예전에 '허주작명원(作名院) 오픈하는 날' 칼럼에서 그런 이야기를 했었다.

제대로 된 이름을 불러주면 그것이 실체가 되고, 실체는 우리의 머릿속에 의식이 되고 의식은 관념으로 남게 된다고….

사주간명의 간은 볼 간(看)의 뜻이고, 명은 다들 아는 목숨 명(命)이 된다. 타인의 운명을 본다는 의미다. 몇 년이 지나도 타인의 사주를 볼 때는 조심스럽고 경이로운 생각이 든다. 가급적이면 목욕재개하고 월지 子수와 일지 丑토의 기운을 가진 허주라서 자정이나 새벽의 정신이 가장 맑은 시간에 보려고 했었다.

감명의 뜻은 살필 감(監), 명은 그대로 목숨 명(命)이 된다. 타인의 운명을 본다는 간명보다는 살피는 감명의 의미가 더 좋아서 처음에는 간명을 썼다가 지금은 감명으로 쓰고 있다. 아무리 학식이 높고, 실전 경험이 많더라도 인간이므로 누구나 실수를 할 수 있고 허주 역시 마찬가지다. 많은 역술가들이 도사가 되고 싶고, 신선이 되어 신의 영역을 초월하고 싶지만, 그것은 불가능하다. 기독교를 믿고 있는 허주에게는 그렇게 신과 대등하고 신을 초월하고 싶은 마음이 애당초 없었으니 앞으로도 교주나 도사 행세는 하지 않을 것이다.

단지, 신 앞의 한걸음 낮은 곳에서 당신과 대화를 나누고 가르침을 받고 싶을 뿐이다. 그러하니 앞으로 10년이 지나고, 20년이 지나도 타인들의 사주를 볼 때는 자세히 살피고 깊게 고찰하는 감명(監命)을 계속 쓸 것이다. 명성과 권위가 높아질수록 나의 말 한 마디, 감명지의 글 한 줄이 타인에게 더 큰 영향을 미치기 때문에 스스로를 삼가고 경계하며 잘 살피고 재검토해야 하는 것이 맞다. 그것이 여전히 감명(監命)이란 용어를 쓰는 이유이고 스스로와의 약속이기도 하다.

12. 끝날 때까지 끝난 것이 아니다

1982년 MBC청룡 팬이 된 이후 39년 동안 LG 팬이었다. 90년 우승, 94년 우승의 감동을 맛본 후 이렇게 오랜 세월 우승을 하지 못하리라고는 아무도 생각 못했을 것이다. 27년의 세월들…. 참으로 길기도 길다. 한국 프로야구팀이 미국의 MLB처럼 30개 팀이 되는 것도 아닌데…. 한화 팬도 마찬가지고, 롯데 팬도 마찬가지다. 오랜 세월 우승을 하지 못한 아쉬움과 한이 있을 것이다.

우승은 재성(財星)과도 같다. 아무리 식상(食傷)활동을 활발히 해도 결과물에 해당하는 재성으로 이어지지 않으면 의미가 없다. 오랜 세월 강팀으로 존재해도 우승을 하지 못한다면 그 반대급부로 감독은 교체가 된다. 식상만 많고 재성이 전혀 없는 허주도 마찬가지다. LG가 27년 우승을 못한 거나, 오랜 세월 결혼을 하지 못한 거나 매한가지다. 체(體)로써 식상활동의 결과물인 재성은 결혼이 된다. 결혼과 더불어 한 일가를 이루면서 본격적인 일주의 시기가 펼쳐진다. 자식이 생기면 시주까지 본격적으로 활성화된다. 인생의 후반전이 본격적으로 열리는 것이다. 물론 결혼을 못했다고 일주의 시기가 열리지 않는 것은 아니다. 밝음에 떠밀려 아침이 오듯이, 장강의 앞 물결이 뒷 물결에 밀리듯, 세월에 떠밀리고 떠밀려 늦게나마 일주의 시기로 가게 된다. 그럴 나이가 됐다. 내가 원하든, 원치 않았든, 그것은 자연의 현상이니 어쩔 수 없다.

그래도 늘 아쉬움은 남는다. 무사 3루에서 홈으로 귀환하지 못한 주자처럼….

원고 수정에 이어서 디자인 수정까지 마쳤다. 며칠 후 명리 혁명 기초편의 최종본이 출판사에서 오면 컨펌 후 출간될 것이다. 생애 처음 내가 출간하는 서적, 이것이 나의 재성이 된다. 상관의 대중성과 식신의 전문성으로 집필한 책이 된다. 그 식상활동의 결과물이 나온다고 하니 설렘과 두려움이 교차하는 것은 사실이다. 쉽지 않다. 출간은 생애 처음이라….

명리 혁명 기초편의 내용은 사주카페에 모두 올려져 있으니 사실 책을 사지 않아도 문제가 되지는 않는다. 일부 수정한 부분도 들어있지만 90% 같으니 카페에서 읽어 보면 될 테니 말이다. 지인 선생님이 책의 일부만 올리라고 했지만 그러지 않은 이유는…. 명리 혁명을 고서(古書)로 만들고 싶었기 때문이다.

나는 다 읽어봤지만 소장하고 싶은 책!
누군가 명리학을 입문하려는 이에게 추천하고 싶은 책!
비용과 시간의 문제로 독학을 하려는 이에게 권할 수 있는 책!
오랜 세월이 흐르고 흘러도 스스로 존재하는 책!

그런 책을 쓰고 싶었다. 최종원고를 수정하면서 늘 아쉬움이 남는다. 추가하고 싶은 부분, 대거 수정하고 싶은 부분의 아쉬움을 남긴 채 최종 원고를 넘겼다. 마지막 오탈자 하나하나를 식신의 마음으로 수정하고 교정하여 넘겼다. 그 아쉬움은 내년에 출간될 명리 혁명 심화편에서 보충하기로 다짐하면서….

루비콘 강을 건너는 시이저의 마음처럼 주사위는 던져졌고 재성이 의미하는 결과와 결실에 만족할 것이다. 명리 혁명 기초편의 마지막에 서자평 선배와의 인터뷰 2를 배치한 것은 상당한 의미가 있는데 서자평 선배의 마지막 멘트는 내 스스로의 다짐이자 각오와도 같다.

"허주야, 끝날 때까지 끝난 것이 아니란다."

허주명리학 카페에서 칼럼을 써주시는 손하정 선생님이 남겨주신 댓글 '허주쌤은 재성이 없으니 재성을 만들고, 관성이 없으니 관성을 만들어 간다'라는 글이 마음에 와닿는다. 내 안에 미약한 기운이지만 조금씩 키우고, 확장시키면서 세운으로 들어올 날을 오늘도 준비하며 기다리고 있다. 사막에서 추위와 바람을 견디며 꼬박 밤을 지새운 낙타처럼 눈은 퀭해지고 뺨은 가냘퍼졌지만 눈빛만은 빛나고 있다.

이제부터가 본격적으로 시작인 것이다.

> 2020년 명리 혁명(The Revolution) 기초편의 집필을 마치고 출판사에 최종원고를 넘기고 난 후의 소회를 적었던 글이다. 그 떨리고 흥분되었던 시간 이후 2부 심화편, 3부 센세이션의 출간까지 숨가쁘게 지내온 것 같다. 확실히 이후의 출간에는 이날과 같은 흥분과 떨림은 덜하지만 4부 명리 혁명 리로드(2023년), 5부 명리 혁명 리부트(2024년)까지 갈 길이 먼 것 같다. 우보천리(牛步千里)의 마음으로 한걸음씩 꾹꾹 눌러 밟고 가겠다는 신축(辛丑)일주 허주의 다짐이다.

"이놈의 게으른 허주야! 재 너머 사래 긴 밭을 언제 갈려 하느냐, 어여 가자."

4장

명리, 어디까지 가봤니?

1. 선생님! 저의 용신(用神)은 뭔가요?

바람아 구름아 용신 소식 전해다오.
용신이 계신 곳 예가 거긴가.
용신 보고 싶어 빨리 돌아오세요.
아- 외로운 길 가도 가도 끝없는 길 삼만 리

오늘도 카페에서 한 회원이 내게 묻는다.

"선생님! 저의 용신(用神)은 뭔가요?"

지겨울 만도 한데 그래도 질문을 받으니 답변을 해드린다. 그런
데 좀 까칠해지긴 한다.

"선생님에게 행복은 어디 있나요? 하늘 속에? 산속에? 아니면 바다 저편에?"

사주를 공부한 분들이 많이 쓰고 있는 용신은 뭘까? 글자 그대로 해석해보자. 쓸 用, 귀신 神이니 쓰는 귀신일까? 뭐에 쓰는 귀신일까? 神은 존칭의 뜻이다. 고대는 자연적인 현상을 두려워하던 시절이니 그것이 신이건 귀신이건 두려웠을 것이다. 그러한 존재에 대해 존칭을 붙여주었다. 존칭이니 큰 의미는 없다.

쓸 用에 주목해보자. 누가 쓸까? 내가 쓰는 것을 말하니 말 그대로 내가 쓰는 것이다. 사주팔자의 글자 중에서 내가 쓰는 오행을, 십신을 의미한다. 글자 그대로 해석이 이러하다. 자기가 쓰는 것을 뜻하는데, 왜 그것을 역술가에게 물어보고 찾을까? 그것이 참으로 아이러니하다.

사주에 수 기운이 강하면 수 기운을 쓰면 되고, 그것이 인성이라면 인성으로 쓰면 된다. 사주에 목 기운이 강하면 목 기운을 쓰면 되고, 그것이 재성이라면 재성으로 쓰면 된다. 가장 강한 기운은 나에게 익숙한 기운이고 가장 잘 쓸 수 있다. 그러니 그것이 용신이된다. 사주에서 가장 강한 기운을 쓰는 것이 좋다. 왜? 가성비가 좋기 때문이다. 100을 써서 150, 180을 얻을 수 있는데 왜 다른 것을 쓰겠는가? 약한 기운을 쓰면 50을 투자해도 30, 20도 얻기 힘들 수있다. 그런 것을 보고 사람들은 말한다. 참, 세상 힘들게 산다고….

하고 싶은 일을 하고 살아가는 것이 세상에서 가장 행복하다. 그런데 만약, 재능이 없다면? 위의 말처럼 세상 힘들게 살 것 같다. 자신은 그럭저럭 행복할지는 모르지만 그의 배우자와 자식들이 힘들어지게 된다. 노력 대비 결실이 보잘것없음을 의미하기 때문이다. 반면에 자기가 잘할 수 있는 일을 하고 사는 사람은 어떠할까? 잘할 수 있다는 것은 재능과 소질이 있다는 것을 의미한다. 하고 싶은 일이 아니니 재미가 덜할 수 있다. 그런데 재능이 있고 사람들에게 인정을 받으니 그에 따른 결실과 반대급부가 있다. 그러므로 그의 배우자와 자식들이 의식주가 넉넉할 수 있을 것이다.

혼자서 산다면 재능은 없지만 자신이 하고 싶은 일을 하고 사는 것도 나쁘지 않다. 그런데 배우자와 자식이 있다면, 그것은 지지 속의 현실을 의미하니 현실을 직시해야 한다. 꿈만 먹고 살 수는 없기 때문이다. 자기가 좋아하는 일을 하면서 재능도 있다면 더할 나위가 없다. 허주가 생각하는 용신은 그러하다. 내가 쓰는 것, 내게 강한 에너지로 존재하여 내가 잘 쓸 수 있는 것, 그것이 용신이 된다.

사주에 오행이 골고루 분포되어서 뭔가 뚜렷하고 강한 기운이 없는 사람도 많다. 그런데 비슷비슷해 보여도 그나마 강한 기운이 있다. 또한 대운으로 들어와서 사주에 고만고만한 기운 중에서 힘을 받는 기운이 있다. 그것을 쓰면 된다. 그것이 용신이 된다.

천간으로 들어오는 기운과, 지지로 들어오는 기운이 다르면 또 고민을 하게 된다. 어느 것을 써야 합니까? 마음(천간)과 현실(지지)이 다르니 따로 국밥 같은데… 역술가의 조언은 이럴 때 필요하다.

"가능하면, 아니 그냥 지지의 기운을 쓰십시오. 천간으로 들어온 기운으로 지지의 현실을 바꿀 만한 강철 같은 의지와 슈퍼 히어로급의 존재가 아니라면 말입니다. 그런 부류를 빼고는 인간은 현실을 무시할 수 없기 때문입니다. 극히 일부는 환경을 바꾸고, 현실을 지배하지만 대부분은 현실이라는 파도 속에 띄운 조각배에 몸을 맡기기 때문입니다."

오늘도 수많은 도반들이 용신을 찾아서 하늘로, 땅속으로, 바다 삼만 리로 헤매고 있다. 사실 용신은 가장 가까운 곳에 있는데도 말이다. 사주원국에서 자신이 가장 잘할 수 있고 가장 잘 쓸 수 있는 기운이며 타고난 재능과 소질이라는 것에, 테이블 위에 걸린 내 모든 칩과 내 손모가지를 걸어보고 싶다. 이것은 절대 질 수 없는 게임이기 때문이다.

용신 찾아 삼만 리는 이제 그만하자. 자기 내면에 있는 것을 모르고 산으로, 바다로 가서 찾는다고 그게 찾아질 수 있을까? 용신도 행복도 다 내 안에 있는 것이다.

2. 허주 작명원(作名院) 오픈하는 날!

명리학계에 깨인 선생님들이 오랫동안 전해 내려온 길신과 흉신이 말 그대로 선과 악의 이분법이 아님을 칼럼과 동영상에서 열심히 강조하고 계신다. 자연에 선과 악이 어디 있겠는가? 인간의 편의와 개인의 팔자구성에 따라 길신(吉神)과 흉신(凶神)으로 구분했을 뿐이다. 또한 그런 기준도 영원하지 않고 대운의 흐름에 따라서 길신이 애물단지가 되고, 흉신이 좋게 작용하기도 한다. 현대 명리학의 이름으로, 시대와 상황에 맞는 감명으로, 침을 튀겨가면서 열변을 토하는 동영상이 많다.

뭘 그러는가? 그냥 용어를 바꾸면 그 노력은 안 하셔도 될것을…. 길신(吉神)? 수성의 모습이고 음양이 갖추어져서 정도껏, 눈치껏 살아가니 부드러운 유신(柔神)이라고 부르겠다.—비견, 식신, 정재, 정관, 정인이 된다. 흉신(凶神)? 공성의 모습이고 음양이 한쪽으로 쏠려 강한 에너지를 가졌으니 파워풀한 강신(强神)이라고 부르겠다.—겁재, 상관, 편재, 편관, 편인이 된다. 이렇게 부르면 굳이 흉신이라고 다 나쁜 것이 아니라거나 길신이라고 다 좋은 것은 아니라는 것을 입 아프게 강조할 필요가 없지 않은가? 부드러움과 강함이니 가치중립적인 모습이다. 왜 많은 사람들이 개명(改名)을 하는가? 그것은 자신의 운명을 고쳐보려는 눈물겨운 노력 아닌가? 길신과 흉신에게 선과 악, 좋고 나쁨의 단순한 이분법적인 작명을 떠나서 그들의 본질적인 성향에 맞는 이름을 작명해주자. 제대로 된 이름을 불러주면 그것이 실체가 되고, 실체는 우리의 머릿속에 의식이 되고 의식은 관념으로 남게 된다.

2023년도에 출간 예정인 명리 혁명의 5부작의 4부인 리로드

(Reload)는 오행 중에 네 번째인 金기운의 성향으로 쓰이게 될 것이며 본질에 맞지 않는 용어와 개념을 재정립하는 것을 의미한다. 명리학이 양지의 공인된 학문이 되려면 교육체계, 기본 용어와 개념이 어느 정도 수렴되고 통일되어야 한다. 고등학교, 대학 정규과정이 되려면 그러한 과정이 반드시 필요하기 때문이다. 개명이 큰 의미 없고 불필요하다고 늘상 말하던 허주가 작명원을 오늘 오픈했다. 허주가 하고자 하는 것은 개개인의 작명과 개명이 아닌 명리학의 잘못된 용어와 개념의 작명을 의미한다. 많은 관심과 응원 부탁드린다.

PS: 개인의 개명 및 신생아 작명신청은 사양하겠다. 화환도 사진으로 대체하니 역시 사양하겠다.

허주 작명원 오픈하는 날

3. 명리학은 복잡하거나 어렵지 않다

명리학은 계절학, 절기학이라고 한다. 격국을 주로 보는 자평진전이건, 강약왕쇠를 살피는 적천수이건 월지, 즉 태어난 달의 중요성을 강조한다. 궁통보감(난강망)은 더욱 그렇다. 子월에 甲목, 丑월에 甲목처럼 태어난 달을 기준으로 10천간을 대비하여 120가지 조합으로 그 모습을 살핀다. 인간의 모습은 제각각이고 다양하니 복잡할 수 있다. 그러한 모습을 먼저 공부하면 다양하고 복잡한 모습에 길을 잃기가 쉽다.

송대 이후 지금까지 천 년이 넘는 세월 동안 명리를 공부한 이들이 제각각의 이론을 펼치고 주장하며 자기 이론이 맞다고 하니, 이 말을 들으면 이 말이 맞는 것 같고 저 이론을 들으면 저 이론이 맞는 것 같다. 명리학은 태어난 시기의 자연의 모습과 움직임을 사주팔자 8글자로 옮겨왔고 대운과 세운은 봄, 여름, 가을, 겨울로 흘러가는 모습을 살펴보는 것이니 자연의 모습과 흐름을 먼저 살피는 것이 중요한데 이를 체(體)라고 한다. 그러한 후에 이를 기반으로 인간의 다양한 삶을 살피면 좋은데 이를 용(用)이라 한다. 자연이라는 기준(음양오행)을 확실히 한 연후에 인간의 삶(십신, 12운성, 12신살, 형충회합과해)을 살핀다면 그러한 복잡다단함에 대한 혼돈이 사라질 것이라고 생각한다.

자연은 단순하다. 하늘은 오행운동을 하고 땅은 사계절 운동을 한다. 봄이 가면 여름이 오고, 여름이 가면 가을이, 그리고 겨울이 온다. 이러한 자연스러운 변화는 오랜 세월 변함없이 순환되어 오고 있다. 각 계절의 코너에는 진술축미(辰戌丑未)를 넣어서 계절의 전환을 돕는다. 봄과 여름에는 만물이 확산 상승하며 성장하고 외형이 커지며 무성해지고 가을과 겨울이 오면 만물이 응축 하강하며 만물이 작아지고 쪼그라들게 된다.

누가 옳고 누가 그르고 따질 필요도 없다. 자신만의 기준을 가지고 자신만의 정확한 자와 저울로 상담자의 사주팔자를 재면 될 것이다. 이론의 정확성과 실제는 상담자들이 평가를 해주는 것이라 생각한다.

사주가 모든 것을 말해줄 수는 없다. 사주로 내일의 날씨까지 맞추려는 욕심을 버려야 한다. 내일 비가 올지 안 올지를 고민할 필요 없이 가방에 늘 우산 하나 챙기면 든든하다. 삼라만상을 꿰뚫어 보고 한 사람의 과거와 현재와 미래를 모두 맞추겠다는 오만함을 버리면 명리가 편해진다. 사주는 길고 긴 인생의 주어진 시간표 같기도 하고 내비게이션과 같으니 팔자대로 살지 않아서 길을 잃고 헤매거나 고민하는 이에게 이정표를 제시해주면 될 것 같다.

그 알려준 길로 가든, 가지 않든 그것은 상담자의 선택일 뿐이다.

명리학은 어렵지도 복잡하지도 않다.
다만 사람의 머릿속이 복잡하고 어지러울 뿐이다.

4. 명리학으로 모든 것을 알 수 있다?

동영상이나 책을 보면 명리학으로 마치 모든 것을 알 수 있듯이 말씀하시는 선생님들이 있다. 하지만 명리학으로 모든 것을 알 수 있는 것은 아니다. 지나친 자기 확신이고 오만이다. 명리학으로 상담을 하지만, 꼭 명리학을 알아야만 상담을 할 수 있는 것은 아니다. 명리학을 모르고도 상담을 잘하시는 정신과 의사, 심리치료사, 음악치료사, 미술치료사, 체육치료사 분들이 계시기 때문이다.

명리학을 오래 했다고 해서 마치 도사인 양, 신선인 양, 삼라만상을 모두 꿰뚫어본다고 말하는 이를 경계해야 한다. 사기꾼일 가능성이 높다. 인간은 신이 아니기 때문이다. 그러나 오랜 세월 명리학을 깊게 수양하고 진체(眞體)에 접근한다면 많은 것을 느낄 수 있고 지혜가 생길 수 있다. 자연의 흐름과 성향, 인간의 삶의 모습들, 인간과 인간의 관계를 관찰하는 명리학을 통해서 삶의 지혜를 배울 수 있고, 타인을 포함 세상과 좀 더 좋은 관계를 형성할 수 있기 때문이다.

자연과 인간을 잘 이해할 수 있다는 것은 세상을 살아가는 데 큰 힘이 될 것이다. 특히 우리는 인간 관계(부모형제, 배우자, 자식, 동료, 친구, 지인들)로 인해서 고통을 받거나 아픔을 겪는 경우가 많기 때문이다. 지피지기면 백전불태란 말처럼 자기 자신을 이해하고 타인과의 관계를 정립하고 대처해 나간다면 그러한 고통과 아픔을 아예 없앨 수는 없지만 상당 수준 줄일 수 있을 것 같다.

명리학을 단순히 올해 시험 합격, 불합격, 올해 돈을 벌고, 못 벌고, 올해 애인이 생기고, 안 생기고로 단순하게 보지 말고 더 크고 넓게 봐주시면 좋을 것 같다. 자연과 인간, 우주와 땅의 흐름과 이치를 알아가는 명리학을 내일 하루, 한 달, 일 년의 길흉화복을 점이나 치는 작은 학문으로만 쓴다면 명리학의 가치가 초라해질 것 같다.

10만 명의 사주를 감명한다고 고수가 되는 것은 아니다. 마치 나이가 많고 노련하다고 하여 대통령이 되는 것이 아닌 것처럼 말이다. 문제가 어려울수록, 복잡할수록 답은 오히려 쉽게 찾게 되는 경우가 많은데 사주 명리학이 그렇다. 자연이 복잡할 리가 없기 때문이다.

아침, 낮, 저녁, 밤이 어려울까? 봄, 여름, 가을, 겨울의 변화가 예측하기 힘든 것인가? 사람의 욕심과 고집, 주변의 상황들이 삶을 어렵고 복잡하게 만드는 것뿐이다.

5. 욕쟁이 할머니의 탄생

"할머니 저희 백반 주세요."

"이놈아, 내가 왜 할머니야? 아직도 밖에 나가면 남정네들이 졸졸 따라오는 거 몰라? 암튼 겨들어 왔으니 밥이나 든든히 먹고 가!

삐쩍 골아가지고 그래 가지고 밤일 허것냐?"

욕쟁이 할머니의 가게가 한때 유명했었다. 지금도 욕쟁이 할머니 보쌈, 순두부집, 추어탕집 등 전국에 욕쟁이 할머니 ○○집으로 널리 퍼져 있다. 한마디로 식당에 가서 밥도 먹고, 욕도 먹고 온다는 것이니 원 플러스 원이다. 욕쟁이 할머니의 사주에 십신은 어떤 구성일까?

일단 식상이 강하다는 것을 알 수 있다. 식상(식신+상관)은 일간 (나)의 표현력을 상징한다. 상관이 강하니 손님들에게 핀잔도 먹이고 반말도 하며 걸쭉한 욕도 하곤 한다. 식신도 있다면 양도 푸짐하고 맛도 있다. 식신은 타인에게 넉넉히 베푸는 마음이다. 관성과 재성이 강하다면 욕을 하지 않는다. 관성은 타인을 의식하고 예의와 절차를 갖추는 것이니 안 할 것이고, 재성은 돈을 벌려는 사람이 자신에게 돈을 벌어주는 손님에게 거칠게 말할 이유가 없다.

인성은 어떨까? 인성도 없거나 약할 수 있지만 없지는 않을 것이다. 인성이 없다면 욕을 하는 그 순간 손님들에게 역습이 올 것이다. 인성은 손님들에게 있다. 할머니가 욕을 해도, 반말을 해도 받아들이는 그것이 인성의 모습이 된다. 할머니라는 성별과 나이도 인성이 된다. 인성의 큰 범주가 윗사람으로부터 내려온 것을 의미하기 때문이다. 욕쟁이 할머니는 있어도 욕쟁이 총각, 욕쟁이 아저씨가 없는 것은 그런 이유다.

식상이라도 상관만 있거나 식신만 있으면 욕쟁이 할머니가 될 수 없다. 식신이 없다면 욕을 하고 반말하는데 음식은 맛이 없거나, 양이 적어서 불만이 쌓여 갈 것이다. 상관이 없다면 욕을 하더라도 감칠맛이 나지 않고, 순발력이 떨어지니 형편없는 애드립에 욕맛(?)이 없을 것이기 때문이다. 재성은 강한데 식상이 약하면 어떨까? 식상생재를 하더라도 주도권은 재성이 가지니 손님들에게 친절하고 서비스를 잘할 것이다. 그런데 식상이 약하니 맛이 없다. 가끔 그런 집이 있다. 주인은 친절하고 서비스가 좋은데 깍쟁이 같아 별로 가고 싶지 않은 식당 말이다. 그런데 아무나 욕쟁이 할머니의 식당에 가는 것은 아니다. 사주에 인성이 강하거나 관성이 강하다면 그런 식당이 불편하다. "아니 내가 왜 밥 먹으러 와서 모

영화 '헬머니'

르는 사람한테 욕을 먹고 반말을 들어야 하지?" 하는 생각에 불쾌해지기 때문이다.

재미를 즐기는 편재가 강한 사람이라면 즐겨 찾아갈 수 있다. 또한 무인성의 사람도 좋아할 수 있다. 자랄 때 인성의 영향력이 적었다는 의미이니 할머니의 욕과 반말이 구수하게 들릴 수 있으며 돌아가신 할머니나 어머니를 생각

할지도 모른다. 어젯밤에 잠이 안 와서 봤던 영화 속에 김수미 선생님의 맛깔나는 욕드립이 생각나서 한번 끄적여봤다.

6. 대운 10년을 천간 5년, 지지 5년으로 본다고?

강의 시간에 대운의 10년을 천간 5년, 지지 5년으로 보는 것이 맞냐고 물어보신 분이 있었다. 그래서 아니라고 말씀드렸다.

아마도 예전에 어느 유명한 역술가가 위와 같은 주장을 했었나 보다. 어느 분인지는 잘 모르겠다. 그리고 요즘에는 위와 같이 주장하는 책이나, 동영상을 찾아보기 힘든 것 같다. 역술가들이 서로의 이론과 학설을 주장하여 충돌할 때, 손을 잡고 밖으로 나와서 자연을 같이 보는 것이 좋다고 말씀드렸다.

대운 10년은 같이 간다. 달리 간다면 대운수를 같이 쓰는 것이 아니라 천간과 지지를 따로 썼을 것 같다. 자연의 모습을 살펴보면 아주 쉽고 간단한데, 자연은 보지 않고 뇌피셜로 이론을 만드니 이로 인한 어지러움이 있다.

우리는 어릴 적 지구과학 시간에 이런 것을 배웠다. 태양이 지구에 가장 강한 빛을 보내는 것은 12시지만 가장 덥게 느끼는 것은 2~3시가 된다고···. 태양빛을 지구가 흡수하여 다시 복사열로 지상에 올리니 가장 덥게 느껴지는 것이다.

또한 寅월의 시작인 입춘은 약 2월 4일이지만, 어떠한가? 2월초는 아직도 춥고 심지어 눈이 내린 적도 있다. 봄의 시작은 맞지만 그것을 체감하는 데는 조금 더 시간이 필요한 법이다. 입춘이지만 아직 겨울의 여운이 가시지 않은 탓이다. 천간은 오행운동을 하지만, 지지는 사계절운동을 하니 천간의 작용이 지지에서 실현되는 데 일정한 차이가 생기는 것은 확실하다.

그런데 그것을 크게 확대해석하니 대운의 작용을 천간 5년, 지지 5년이라는 참으로 독특하고 괴이한 이론이 생겨난 것이다. 잠시 밖에 나와서 자연을 살펴봤으면 생겨나지 않을 이론이다.

천간은 마음이니 뭔가 마음이 생겨야 현실에서도 실행되곤 한다. 오래 사귄 애인과 헤어질 마음이 들어도, 현실에서도 바로 헤어지기는 어렵다. 잠수, 카톡 이별, 문자 이별이 욕을 먹는 이유가 그렇다. 마음이 정리되었지만, 현실에서 정리하는 데는 기본적인 예의와 수순을 밟아야 하기 때문이다.

오래 다닌 회사를 그만 두려는 마음이 들어도 현실에서는 인수인계, 퇴직금 문제, 진행 중인 프로젝트의 종결 등 실제로 그만두는 데는 약간의 시간이 필요하다. 지지는 현실이기 때문이다. 어쩌면 그만 헤어지고 싶어도 이런저런 이유로 이별을 못하는 연인이나, 사장이나 동료들, 배우자의 만류로 차일피일 사직을 미루는 경우는 우리 현실에서 얼마든지 찾아볼 수 있는 것 같다.

갑인(甲寅)이나 병오(丙午)처럼 천간과 지지가 같은 글자로 구성된 경우라면 속전속결로 이별하거나 퇴사하기 쉽지만 모든 이들이 위와 같은 사주가 아니니 그 시간차가 생기는 것은 당연하다. 이는 자연의 모습이기도 하거니와 우리 삶의 모습이기도 하다. 자연과 삶의 모습이 다르지 않기 때문이다.

7. 인성 선생 VS 식상 선생

사주 명리학을 가르치는 선생님들 중에는 인성(印星)을 강하게 쓰는 분들과 식상(食傷)을 강하게 쓰는 분들로 나눌 수 있다. 비겁, 식상, 재성, 관성, 인성을 모두 구분할 수 있지만 차차 하기로 하고 오늘은 먼저 인성 VS 식상으로 나누어서 살펴볼까 한다. 놀이터의 시소와 같이 인성과 식상은 서로 반대편에 있으니 그 성향에서 대칭이 선명하게 드러나기 때문이다.

인성이 강한 선생은 먼저 고서(古書)를 자주 언급한다. 적천수, 자평진전, 궁통보감(난강망)과 같은 3대 고서를 비롯하여 이전에 쓰여진 옛 선현들의 고서를 인용하거나 언급을 하면서 설명하는 경우가 많다. 물론 이러한 고서를 많이 공부하고 자구나 문구 정도는 줄줄 외우는 경우가 많다. 그리고 뿌듯해한다. 마치 그 표정이 '나는 이런 어려운 문구와 자구를 줄줄 외고 있다, 너희들은 이런 거 처음 들어보니?' 하는 듯 하다. 그리고 가르치는 이론의 근거와 정당성을 여러 고서에 쓰여졌던 이론에서 찾으려고 한다. 반드시 3

대 고서라는 적천수, 자평진전, 궁통보감을 가르치려고 하니 인성이 강한 선생님의 커리큘럼을 마스터하려면 몇 년 이상 걸리는 경우가 많다.

고서의 가르침에 어긋나는 질문을 하면 분위기가 싸해진다. 옛사람들의 가르침을 금과옥조처럼 생각하듯이 본인의 가르침에 이견을 제시하면 역시 분위기가 싸해진다. 다소 불합리하게 보이지만 그래도 일관성이 있는 모습이다. 그래서 많은 사람들이 수업을 들어도 질문이 적거나 없다. 학생들은 다들 노트 필기하고 선생님의 금과옥조 같은 가르침을 받아 적기에 급급하다. 인성의 특징인 옛날부터 내려오는 것을 전승하고 지키려는 성향이 강하기 때문이다.

식상이 강한 선생은 우선 고서와 옛날 명리이론의 불합리함을 학생들에게 강변한다. '천 년 전의 통변과 이론이 오늘날의 상황에 어찌 맞겠는가?' 그러면서 새로운 이론, 새로운 학설을 제시하고 자신의 학문은 이전의 명리학과 차원이 다르다고 강변한다. 인성이 강한 선생은 전통이론이나 고서를 중시하므로 고지식하고 권위주의가 있을 수 있어도 사기꾼은 적지만, 식상이 강한 선생들 중에는 그 배움의 깊이가 짧은 경우에는 사기꾼이 생길 수 있다. 하지만 배움이 깊다면 기존의 명리학의 모순과 부조리한 점을 날카롭게 파고들어 보완하거나 혹은 새로운 이론을 창안할 수 있다. 새로운 것을 만들고 창안하며 기존의 것에 대한 문제점과 모순을 빠르게 캐치하고 새로운 것을 창조하고 만들어가는 식상의 성향이 잘 발현되기 때문이다. 그래서 다소 파격적으로 보일 수 있다.

중국 선종 임제선사의 '공자를 만나면 공자를 죽이고, 부처를 만나면 부처를 죽이고, 선사(先師)를 만나면 선사를 죽여라'라는 말을 즐겨 쓴다. 그리고 식상의 마음으로 가르치는 학생들에게 더 많은 것을, 더 좋은 것을 알려주려고 최선을 다한다. 자신의 밑천이 털리는 것을 아까워하지 않는데, 베풀고, 키우고, 양육하고, 보살피는 것이 식상의 마음이기 때문이다. 질문을 하고 받는 것을 좋아하고 토론하는 것을 즐긴다.

명리학에서는 기본적으로 인성이 강한 선생들이 많은 편이다. 학문을 배우고 익히는 데 기본적인 성향이 인성이기 때문이다. 식상이 강한 선생은 두 가지 부류로 나뉘는 경우가 많은데, 어설픈 실력이 상관으로 그럴싸하게 잘 포장된 쭉쟁이 선생과, 식신의 마음으로 깊게 파고들어서 인성의 선생들을 뛰어넘는 진짜 선생이 있을 수 있다. 어느 정도 수준에 오르면 이들을 구별할 수 있지만 입문자들은 실로 구별하기가 힘들다. 우리가 간혹 광고나 홍보에 속아서 형편 없는 제품을 구입하듯이 말이다.

인성으로 치우치건, 식상으로 치우치건 너무 한쪽으로 치우쳐서 균형감각을 잃은 선생을 만나는 것처럼 참담한 비극은 없다. 어린

시절의 상처가 트라우마가 되듯이, 처음 만나거나 오랜 시간 배운 선생이 인성이건, 식상이건 치우쳐 있다면 학생은 균형적인 생각을 갖추기 어렵기 때문이다. 또한 본인의 성향과도 맞아야 한다. 식상이 강한 학생이 권위적인 인성이 강한 선생을 만나면 시시각각 다투고 불화가 있기 마련이고, 반면에 인성이 강한 학생도 식상이 강한 선생의 경박한 행동이나 말투에 불쾌감을 느낄 수 있기 때문이다.

인성이 강한 선생은 운으로 식상을 만나서 그 완고한 인성을 중화하면 좋고, 식상이 강한 선생은 운으로 인성을 만나서 그 품격과 언행에 깊이를 더하면 좋다. 그 모든 것이 음양의 조화를 의미한다.

그러면 우리는 어떻게 그 조화를 알 수 있을까? 여러분은 명리학에서는 초보일 수 있지만 10대, 20대가 아니라면 그래도 30년 넘게 사회생활을 해온 사회인으로의 기본적인 의식과 가치관을 가지고 판단하면 된다. 선생이 치우침이 없는지, 균형감각을 가지고 있는지를 말이다. 명리학 입문자로는 초보지만 삶을 느끼고 살아왔던 한 사람으로는 초보가 아니기 때문이다. 본인들이 살아온 인생의 경험치와 판단을 믿어보시길 바란다.

8. 비겁 선생 VS 재성 선생

사주 명리학을 가르치는 분들 중에는 비겁(比劫)이 강하신 선생이 있고, 재성(財星)이 강한 선생님이 있을 수 있다. 어떠한 차이점을 보일까?

일단 비겁이 강한 선생은 많은 사람들이 따르며 충성도도 높다. 비겁은 나와 같은 오행이고 음양이 같거나 다른 이들을 의미하니 남녀노소 할 것 없이 배우고자 하는 많은 학생들과 함께 한다. 비겁이 강하다는 것은 자신의 학설, 의견, 사주를 보는 관점에 대한 강한 자신감과 확신이 있어 그 주장이 강렬하고, 힘이 있어 리더십이 강하니 많은 사람들이 따르게 된다. "이것은 이렇게 보는 것이 맞다", "그런 방식은 잘못된 것이다"라고 강렬한 메시지를 전달하니 두리뭉실하게 설명하는 선생에 비해 카리스마와 자신감이 넘치게 된다.

재성이 강한 선생은 이론 쪽보다는 현장에서의 경험을 강조한다. "인생은 실전이고 사주감명도 실전이 중요하다", "실제 통변에 유용하고 잘 써먹을 수 있다"라는 멘트를 자주 날리는 분들이다. 또한 강단에서 오래 강의하시는 분들이 아닌 현업에서 오랜 임상경험을 통해서 얻어진 데이터를 많이 적용한다. 연역법과 귀납법이 있다면 귀납법을 즐겨 쓰시는 분들이다.

그리고 재성이 강하니 다양하게 재성을 얻을 수 있는 방법을 취하는 경우가 많다. 또한 다양한 강습체계 및 마케팅, 자기홍보를 잘하시는 분들이 많다. 같이 강습홍보를 해도 남들의 이목을 끌고 관심을 받는 글과 공지를 올리는 분들이다. 글을 하나 올려도 조회와 클릭 수가 많은 제목을 잘 선정한다. 글의 수준과는 무관하게 말이다.

비겁이 강한 선생은 많은 사람들과 함께하는 것을 좋아하고 학생들에게 잘해주지만 자신에게 도전하거나 반론을 제기한다면 이내 얼굴 색이 변하고 호의가 경계와 적의로 바뀌는 경우가 많다. 다수가 영향을 받을 수 있다면 가차 없이 내치기도 한다. 재성이 강한 선생은 현실적인 감각이 뛰어나서 추상적인 이야기보다는 현실적이고 돈이 되는 사례와 강의를 좋아한다. 현실감각이 뛰어나고 이재가 발달하니 학생 관리를 잘하고 적절하게 응대를 잘한다.

비겁이 강한 선생이 그 학문적 깊이가 뛰어나다면 자신의 이론과 통변을 강력하게 주장하니 배우는 이로 하여금 믿음감과 자신감을 넣어줄 수 있다. 반면에 학문의 깊이가 짧다면 이론과 통변에 문제가 생기고 그릇된 지식을 주입시키려고 하니 문제가 생긴다.

재성이 강한 선생이 그 학문적 깊이가 뛰어나다면 이론을 현실에 잘 적용하니 뛰어난 선생이 될 수 있지만 학문적 깊이가 낮다면 단순한 돈벌이 수단으로 악용할 수 있고, 선생에 대한 권위와 존중을 기본으로 생각하는 학생들에게 금전적, 시간적인 피해를 줄수 있다.

비겁과 재성은 음과 양의 모습이고 시소의 반대편과 같은 대칭점에 있으니 어느 쪽이 강한가에 따라서 서로 다른 모습으로 나타나게 된다. 역시 비겁과 재성의 균형 잡힌 모습이 좋지만 각 사주원국의 구성과 운의 흐름이 다르니 이러한 점을 살펴보고 자신이 오랜 시간 배울 선생을 선택하는 것이 좋겠다.

선생님을 선택할 때는 이것저것 학문적 깊이 및 자신의 성향, 수업 스타일 등을 꼼꼼히 따져보고 결정하는 것이 좋고, 결정한 후에는 믿고 따르며 한 우물을 파고 들어가는 것이 좋다. 마치 결혼 전에는 배우자의 이모저모와 성향, 성격, 기질, 재산규모, 장래성을 꼼꼼하게 따져보지만 결혼 후에는 믿고 따르며 함께하려는 마음이 중요한 것처럼 말이다.

결혼 후에도 다른 이성에게 눈길을 주고 관심을 보인다면 그 결혼이 파경이 되기 쉬운 것처럼 자신이 배울 선생의 선택 이후에도 이쪽, 저쪽의 선생들에게 눈을 돌리고, 집중을 못한다면 배움의 성취는 더디게 되고 죽도 밥도 아닌 요상한 음식이 결과물로 나올 것 같다.

9. 왜 쌍둥이의 삶은 달리 가는가?

일란성 쌍둥이라는 것은 사주팔자가 같다는 것을 의미한다. 몇 분 사이로 태어나니 생년월일시 사주팔자가 같고, 같은 성별이니 대운도 같이 간다. 그러므로 일반인분들은 쌍둥이들이 같은 모습으로 살아가야 하는데 서로 다른 삶을 살아가니 사주 명리학에 문제가 있는가 하는 의문을 제기한다. 이는 잘못된 지식과 정보로 오해한 탓이다.

쌍둥이는 부모라는 큰 환경 속에서 인생의 전반전인 년주+월주를 같이 살아가게 된다. 의식주가 같이 가는데, 같은 사주이니 서로 기질과 취향, 선호도가 같은 경우가 대부분이라 부모는 같은 음식, 같은 옷을 입혀도 쌍둥이는 불만이 없으니 양육하는 데 효율성이 있는 모습이다. 그러다가 쌍둥이가 유치원, 초등학교를 거쳐서 중·고등학교까지 같이 간다면 모르지만 서로 다른 중·고등학교를 간다면 조금씩 달라지게 된다. 이는 서로가 만나는 친구가 다르기 때문이다. 10대는 비겁의 시기라고 하는데, 친구와 동료를 의미하는 비겁이 가장 중요한 역할을 하고, 많은 영향을 주게 된다. 우리 학창시절을 생각해 보면 쉽게 이해가 된다. 그 시절 항상 친구들과 적게는 서너 명, 많게는 대여섯 명이 어울려 다니며 놀기도 하고 공부를 했었다. 시야가 좁은 10대의 시기에는 친구들이 가장 큰 영향을 주니 왕따를 받거나 소외를 당한 아이들이 극단적인 선택을 하는 것은 아이들의 눈에 비친 세계가 전부이기 때문이다.

무엇을 먹는가에 따라서 내 몸이 달라지듯이, 누구를 만나고 어떤 영향을 주고 받는가에 따라서 사람도 달라진다. 서로 다른 대학을 간다면 좀 더 커진다. 대학은 더 많은 지역에서 더 다양한 학생들이 모인 것이니 생각의 폭도 넓어지고, 사람들을 보는 관점도 달라진다. 그래도 미혼 시절에 조금씩 나타나는 차이점은 다시 집에 귀가하여 가족과 함께하는 것으로 동화되어 덜 두드러지게 된다. 대학, 사회생활이 用이라면 가족은 體의 모습이니 강한 합력으로 약간의 이질감과 차이점을 융화시켜 버린다.

쌍둥이의 삶이 결정적으로 달라지게 되는 것은 인생의 2번째 큰 변화이며 내 삶의 무게 중심이 월주에서 일주로 넘어가는 때다. 소위 인륜지대사라고 하는 결혼을 의미한다. 일주의 시기로 넘어간다는 것은 국가나 사회에서 하나의 온전한 구성원으로의 인정을 의미한다. 배우자를 만나서 일가를 이루게 되니 본격적으로 세금도 내면서 사회구성원으로의 역할을 수행하게 된다.

사람이 살아가면서 인륜지대사라고 불릴 만한 것은 결혼밖에 없다. 그러므로 어떤 배우자를 만나느냐는 그만큼 중요한데, 일주+시주의 후반전을 시작하는 데 있어 가장 중요한 파트너이자 동료이기 때문이다. 같은 집에서 살다가 나와서 각자의 보금자리를 꾸미니 사는 곳의 환경이 크게 달라졌다. 먹는 것도 각자 해먹으니 달라졌다. 내가 먹는 것은 내 몸을 구성하니 서로 다른 변화가 찾아오게 된다. 배우자의 취향과 기호에 따라서 입는 스타일도 변화가 오니 입는 것도 달라지게 된다. 무엇보다도 중요한 것은 부모의 영향력이 점차 약해지고, 배우자, 그리고 태어날 자식의 영향력이 커진다는 것을 의미한다.

내 마음속에 중요한 사람 1순위가 부모나 형제에서 배우자나 자식으로 바뀐다는 것은 의식의 변화이니 천간의 변화를 의미한다. 생각이 바뀌면 현실도 바뀌게 된다. 결혼을 했다고 해서 금방 바뀌지는 않지만, 시나브로 변하게 되고 어느 덧 세월이 흘러가면 서로 많이 달라진 서로의 삶의 모습과 행태를 발견하게 된다.

똑같은 사주인 일란성 쌍둥이로 태어나도 누군가는 행복하고, 누군가는 불행할 수가 있는데, 이는 내가 어떤 배우자를 만나고, 어떤 자식을 낳고 어떻게 서로 영향을 주고 받는가에 따라서 달라진다. 대운이 겨울의 亥子丑으로 흘러가는데, 따뜻한 배우자를 만나면 추운 겨울, 집에서 오손도손 군밤을 까먹으면서 행복을 느낄 수 있다. 반대로 차가운 배우자를 만나면 안 그래도 추운데, 더욱 냉랭하고 썰렁한 사이로 불행함을 느낄 수 있다.

외국에서도 쌍둥이에 대한 연구가 활발하게 이루어지고 있다. 서양이나 동양이나 궁금한 것은 매한가지인가 보다. 최근 연구 자료를 보면 일란성 쌍둥이라서 비슷한 성향과 기질, 취미, 기호를 가지고 살아가다가 대략 38~39세를 전후하여 차이점이 생기고 세월이 흐르면 점차 두드러진다는 리포트가 있었는데, 이는 월주의 시기에서 일주의 시기로 완전히 넘어갔음을 의미하고, 자녀의 탄생과 함께 시주가 본격적으로 활성되어 감을 의미한다.

높은 곳, 한 장소에서 생겨난 냇물은 처음에는 한 줄기, 같은 방향으로 흘러간다. 그러다가 어느 시점이 오면 갈림길에서 각기 다른 방향으로 흘러가는데 이와 같은 모습으로 생각하면 이해가 쉽다. 일란성 쌍둥이로 태어난 형제자매가 죽을 때까지 같은 인생을 살아야 한다는 것은 초년의 당신이 청년, 중년, 노년이 되어도 변하지 않고 같은 인생을 살아야 한다고 주장하는 것과 다름 없다. 근묘화실에 따라 의식의 흐름은 년간-월간-일간-시간으로 무게중심이 옮겨 간다. 현실의 모습은 년지-월지-일지-시지로 바뀌어 간다.

　역학의 易은 日+月의 만남으로 태양과 달이 시시각각 변하고 바뀜을 의미하고 있다. 계절에 따라서 산은 각기 다른 모습으로 우리를 맞이한다. 일란성 쌍둥이도 이러한데, 왜 나와 사주가 같은 사람은 성공하여 잘살고, 나는 힘들고 못 사는가는 더 말할 나위가

쌍둥이 연예인 윙크 자매

쌍둥이 연예인 이상호, 이상민 형제

없다. 사주의 모순을 논하기 전에 당신이 무슨 생각을 하면서 사는 가를 살피고, 당신의 주변에 어떠한 사람들이 있는가를 살핀다면 답을 찾아갈 수 있을 것이다.

윙크 자매(38세), 이상민·이상호 형제(41세)는 연예계의 대표적인 쌍둥이 자매와 형제인데 모두 미혼이니 좀 더 함께 갈 것으로 보인 다. 이분들은 연예인이라 결혼 이후 삶의 흐름을 살펴볼 수 있으니 일란성 쌍둥이의 사주를 이해하는 데 도움이 될 것이다.

10. 당신은 편인(偏印)을 가지고 있는가?

십신의 하나인 편인은 일간을 생해주는 오행 중에서 일간과 음 양이 같은 것을 의미하는데, 음이면 음, 양이면 양 한쪽으로 치우 쳤기 때문에 偏(치우칠 편), 印(도장 인)이라고 한다.

甲목을 설명할 때 항상 乙목과 더불어 설명하듯이 편인을 설명 할 때는 항상 정인을 같이 설명하는 것이 이해하기 쉽다. 甲과 乙 은 목운동에서 음과 양의 모습이듯, 편인과 정인은 인성에 있어 음 과 양의 모습이기 때문이다.

편인의 성향은 참으로 다양하다. 음양오행에 따라 10가지나 되 는 편인이 있기 때문이다. 그중에서 편인의 대표적인 성향인 몰입 과 자아이탈에 관한 깊은 이야기를 하고자 한다.

인성이라는 것은 나에게 들어오는 지식, 정보와도 같은데 한쪽으로 치우쳤다니 인성을 제어해주는 재성이 없다면 자신이 보고 싶은 것만 보고, 수용하고 싶은 것만 받아들임을 의미한다. 그렇게 받아들인 것에 몰입하고 심취한다. 다단계에 잘 빠지는 것은 편인의 아이고, 종교에 심취하는 것도 편인의 아이다. 옆에서 이것은 사기라고, 이것은 사이비라고 말려도 듣지 않으니 설득하는 데 어려움이 있다.

편인의 아이는 몰입과 심취를 한 이후에는 자유롭게 자아이탈을 한다. 눈을 감으면 프로야구 선수도 되고, 어벤져스의 슈퍼히어로로도 된다. 액션배우였다가, 장면은 순식간에 공포영화의 미장센으로 바뀌기도 한다. 바다 끝 해저 2만 리를 떠돌다가, 우주비행선을 타고 무중력에서 우주를 유영하면서 '희미한 파란 점' 지구를 내려다볼 수도 있는 것이 편인의 능력이다.

이러한 몰입과 자아이탈이 잘 발현되는 분야가 연기이고 코미디다. 예전 봉숭아학당에서 이창훈 씨가 연기한 맹구나 심형래 씨가 연기한 영구가 그런 모습이다. 요즘에 부캐라고 하는 것은 편인의 영역이다. 내가 아닌 다른 사람의 모습과 동작을 태연스럽게 연기하는 것을 의미한다.

다양하고 멋진 코스프레로 유명한 방송인의 사주인데, 戊토 일간에게 丙화가 편인이 된다. 월지, 일지의 寅목속의 지장간 중기가 모두 丙화 편인의 모습이 된다. 밝게 드러나고 남에게 보여지는 丙

유명 방송인 사주

화 성향의 편인이니 남들에게 보여지는 코스프레에 잘 맞는다. 대운도 드러나고 확산하는 여름의 巳午未로 흘렀으니 더욱 그렇다.

예전에 십신분석 칼럼을 쓸 때 편인의 몰입과 자아이탈을 설명하면서 귀신 영화를 찍은 후, 우울증과 공포로 만우절에 투신자살을 해서 우리를 놀라게 했던 홍콩 배우와 배트맨의 조커 연기 이후 불면증으로 과도한 약물복용 및 부작용으로 세상을 떠난 히스레저를 예로 들었는데 문득 생각이 나서 외국배우의 사주를 찾아보게 되었다.

월지와 년지가 申酉 방합의 모습으로 가을의 기운이 강한 사주다. 가을에는 庚금이 대장이니 편인의 모습이 강하게 나온다. 서로

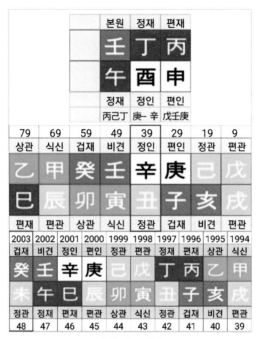

		본원	정재	편재			
		壬	丁	丙			
		午	酉	申			
		정재	정인	편인			
		丙己丁	庚- 辛	戊壬庚			

79	69	59	49	39	29	19	9
상관	식신	겁재	비견	정인	편인	정관	편관
乙	甲	癸	壬	辛	庚	己	戊
巳	辰	卯	寅	丑	子	亥	戌
편재	편관	상관	식신	정관	겁재	비견	편관

2003	2002	2001	2000	1999	1998	1997	1996	1995	1994
겁재	비견	정인	편인	정관	편관	정재	편재	상관	식신
癸	壬	辛	庚	己	戊	丁	丙	乙	甲
未	午	巳	辰	卯	寅	丑	子	亥	戌
정관	정재	편재	편관	상관	식신	정관	겁재	비견	편관
48	47	46	45	44	43	42	41	40	39

홍콩 배우 사주

섞이지 않는 燥(조-마르다)한 기운의 편인이 년지와 월지를 차지하니 쉽게 바뀌지 않는 자기만의 세계와 영역을 차지하고 있다. 영화나 드라마 속에서 나와 다른 연기를 완벽하게 소화하기 위해서는 자아이탈의 매개체인 편인이 필요하지만 너무 깊은 몰입을 하다보면 그 세계에서 빠져나오는데 오랜 시간이 걸리거나 자칫하면 갇혀버리는 경우도 생긴다.

배우들이 영화를 찍고 나서 한동안 휴가나 여행, 칩거로 쉬는 것은 그 기간 동안에 맡은 역의 캐릭터를 버리고 본연의 자신으로 들어오는 중요한 기간이 되는 것이다.

　배트맨 시리즈 최고의 걸작으로 남은 〈다크 나이트〉에서 조커 역할을 맡아서 극찬을 받은 히스 레저도 마찬가지다. 조커에 몰입하여 자기 씬이 끝나도 조커의 분장을 하고 촬영장을 돌아다니는 모습과 행동에 스태프들도 마치 실제의 조커인 것처럼 오싹했다고 전해진다. 얼마나 대단한 연기를 했는지는 영화를 통해서 확인해 보시길 바란다. 지금 다시 봐도 좋은 희대의 명작이다.

　우리나라 배우 중에서도 독특한 이력의 소유자가 있다. 멜로드라마나 영화를 찍으면 희한하게도 그 파트너 배우와 사랑에 빠지는 케이스인데 강한 편인의 성향을 보여준다.

　甲목일간인데 월지가 亥월이 되니 편인의 아이다. 초겨울 속의

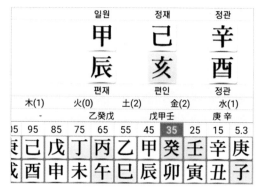

유명 배우 사주

편인이니 생각이 많고 자기만의 세계에 빠지기 쉽다. 월주는 명주의 사회적인 활동, 직업의 자리인데 월지에 편인이 자리 잡고 있는 모습이다. 깊은 몰입력은 드라마, 영화 속의 사랑을 진짜라고 생각하게 된다. 영화나 드라마가 끝나도 그 몰입에서 빠져나오지 못하니 진짜로 마법 같은 사랑을 하게 된다. 하지만 영화와 현실은 다르므로 언젠가는 그 마법이 풀리면 현실로 돌아오게 되니 연애와 이별을 반복하게 되는 모습이 된다.

최근 자녀의 교육과 부모의 역할에 대한 칼럼을 몇 개 썼는데 한 회원분이 댓글을 달아주셨다.

"아니, 허주쌤은 미혼이신 걸로 아는데 어떻게 부모보다 더 부모 같은 생각을 하시나요?"

그렇다. 허주도 몰입과 자아이탈의 아이콘인 편인의 아이다. 일지의 丑토와 시주의 己丑은 辛금 일간에게 편인이 된다. 자녀교육에 관한 칼럼을 쓸 때는 허주도 부모가 되기도 하고 자녀가 되기도 한다. 부부 사이의 갈등과 분쟁에 관한 글을 쓸 때는 허주가 남편이 되고 때로는 아내가 된다. 부모의 입장에서 생각하고, 자녀의 관점에서 무엇이 힘들었고, 무엇이 아쉬웠는가를 생각한다. 남편의 입장에서 무엇을 잘못했고, 아내의 입장에서 무엇이 서글프고 속상했는지를 생각한다. 글을 쓰는 그 순간에는 나를 잊고 새로운 캐릭터에 몰입함을 의미한다.

편인도 음과 양의 모습인데, 적당히 균형 잡힌 정인보다 장점과 단점이 선명하다. 사람들은 보통 잘한 일보다는 잘못한 일에 더 주목하고 비난하듯이 편인의 단점이 더 부각되어 옛날 사람들에게 흉신 중에 하나로 불리었지만 음과 양은 대등하니 장점도 단점만큼이나 많다는 것을 잊지 않았으면 좋겠다.

오늘 밤도 허주는 이상한 나라의 폴처럼 이제 눈을 감고 나만의 세계로 가게 될 것이다. 타인들은 모르는 사차원 세계이며, 내가 만든 세계이므로 그곳에서는 허주가 신(神)이 된다. 하늘을 날기도, 빛의 속도로 달리기도, 타노스 같은 무적의 파워가 다 내 것이 된다. 그곳은 자의식의 현실보다도 광대하고 끝을 알 수 없는 무의식의 세계라는 것을 센스가 있는 분이라면 눈치채셨을 것이다.

"당신은 이러한 편인(偏印)을 가지고 있는가?"

11. 당신은 상관(傷官)을 가지고 있는가?

상관(傷官)은 내가 생하는 오행 중에 음양이 다르다. 내가 辛금이라면 金이 생하는 오행인 水에서 음양이 다른 壬수가, 지지에서는 亥수가 상관이 된다. 傷은 상하다란 뜻이고, 官은 벼슬 관이라는 뜻이니 벼슬을 상하게 한다는 뜻인데, 식상 중에서도 상관이 대표적으로 官을 상하게 하는 성향을 갖는다(명리 혁명 기초편, 「이놈은 뭐하는 잡놈인고」 中에서).

내가 생하는 것으로 겁재그룹(겁재-상관-편재-편관-편인) 중에서도 가장 개인의 능력, 적성, 취향, 기질과 관련이 깊다. 상관을 간단히 설명하자면 양면의 칼날과 같다. 잘 쓰면 유용하고 든든하게 세상을 살아가는 무기가 되지만 잘못 쓰면 남을 해하고, 자신도 다치며 법과 질서를 깨트리는 흉기가 되기도 한다.

편인이 독창적인 생각과 아이디어로 새로운 것을 창조하는 힘이 있다면 상관은 기존의 가치관과 질서를 바꾸고 변화시키는 힘을 가지고 있다. 앙시앵 레짐(구체제)을 무너뜨린 프랑스 대혁명, 의회민주주의를 정착시킨 영국의 명예혁명, 중국의 근대화를 이끈 신해혁명, 미국의 독립운동은 그러한 상관의 기운들이 단결하여 문제가 많은 구체제를 무너뜨리고 새로운 체제로의 변화를 이끌었다.

상관도 음양오행에 따라 10개의 상관으로 나누어진다. 10천간의 성향이 각기 다르듯이 10개의 상관도 다르다. 불길처럼 뜨겁게 타오르며 빠르게 세상을 바꾸는 화의 상관이 프랑스 대혁명이라면 차분하면서 침착하게 서서히 단계적으로 세상을 바꾸는 수의 상관은 영국의 명예혁명과도 같다.

상관에는 반드시 인성이 필요하다. 인성은 상관의 행동력과 방향에 대한 대의명분과 근거를 제시해준다. 인성의 통제 없이 제멋대로 움직이는 상관은 그야말로 골목길 편의점에서 세상 탓, 팔자 탓하면서 막걸리를 홀짝거리다가 빵빵거리며 지나가는 외제차의 차주와 시비가 붙어 폭력을 휘둘러 구치소 신세를 지는 골목 개싸움에 지나지 않기 때문이다.

일간(비견)을 대변하는 식신과는 다르게 타인(겁재)를 대변하는 상관은 어디로 튈지 모르는 얌체공과 같고, 배트에 맞아서 날라가는 야구공과 같아서 이미 때린 순간 나의 통제영역을 벗어나게 된다. 이렇게 야생마와 같은 상관을 통제하고 길들이는 것에는 강한 채찍(편관)이나 당근(재성)보다는 교감, 진정(인성)이 가장 좋다. 강하게 채찍으로 야생마를 통제하면 언젠가는 이에 불만을 품은 말이 당신을 뒷발로 걷어찰 수도 있다. 통제를 위해서 당근으로 그때그때 어려움을 모면한다면 비만해진 말이 되어 더 이상 말로서의 가치가 사라질 수 있다.

부왕도, 조련사도 길들이기 힘들었던 명마 부케팔로스를 길들인 것은 현명하고 영특한 12살의 마케도니아의 알렉산더 왕자였다. 주변의 낯선 분위기와 자신의 그림자에 흥분하여 날뛰던 말의 머리를 돌려서 그림자를 보지 못하게 하고, 같이 말과 함께 천천히 걸으면서 진정시켜 교감을 한 후, 말에 올라타서 한 평생 세계정복을 함께한 동반자로 만든 것은 차분함, 흥분해서 날뛰는 이유에 대한 고찰과 사유, 부드러운 리드와 스킨십으로 진정시키고 교감하는 모든 것이 인성 작용을 의미한다.

명리 혁명 심화편의 격국에 대한 설명에서 상관이 성격되는 사례 중에서 상관생재(상관+재성), 상관대살(상관+편관), 상관패인(상관+인성) 중에서 천간의 상관패인을 가장 높은 격으로 본 것은 이러한 까닭이다. 고서에서도 상관패인을 가장 높게 평가한 이유도 음양의 균형을 중요시한 것이다. 상관, 재성, 편관이 공성의 기운이라면 인성은 수성의 기운이 된다. 상관이 드러난 陽의 모습이라면 인성은 내재된 陰의 모습이라서 공수의 조화, 즉 음양의 균형이 맞추어지기 때문이다.

겁재계열은 인간의 무의식을 대변하기에 비견계열(비견-식신-정재-정관-정인)보다 컨트롤이 더 어려운 것은 사실이다. 반면에 겁재계열인 상관의 컨트롤에 성공한다면 그로 인해 얻어지는 보상은 더 크고, 대단할 것이다. 수많은 철학가, 예술가, 학자들 중에 상관격이 많은 이유가 그러하다. 음과 양은 상대적이다. 산이 높으면 골이 깊듯이, 상관이 잘못 쓰여질 때의 폐단은 이루 말할 나위가 없이 많고 다양하다. 잘난 척, 오지랖, 구설수, 사기, 뻔뻔함, 편법, 불법, 가스라이팅 등등 옛 사람들이 4대 흉신의 반열에 두 번째로 올려놓을 만큼 그 폐단 역시 버라이어티하다.

일상에서 흔히 보게 되는 경우는 나도 모르게 튀어나오는 말실수, 오지랖, 재수 없는 말투, 시건방, 잘난 척은 좋은 일을 하고도 욕을 먹게 되는 빌미로 작용하게 된다. 안 한다, 하지 말아야지 하면서도 나도 모르게, 부지불식간에 튀어나오는 것은 상관이 무의식의 영역에 속해 있으므로 자의식의 식신과는 다르게 제어가 잘 되지 않기 때문이다. 그러면 어떻게 하면 좋을까?

　매일, 매달, 매년 끊임없이 노력하여 부케팔로스와 같은 나의 야생마 상관을 길들이기 위해 노력해야 한다. 머릿속을 좋은 생각, 밝은 생각, 긍정적인 생각으로 채우고 타인의 단점보다는 장점을 보려는 노력으로 조금씩 채워가면 좋겠다. 오늘 지인을 만나면 무슨 칭찬과 덕담을 해주면 좋을까 하는 것이다.

　사주에 인성이 없거나 약해서 힘이 드는가? 그러면 조금씩 느리지만 인성을 키우는 방법은 어떨까? 좋은 책을 읽고, 생각하며, 사색, 글쓰기(일기)를 하면 큰 도움이 된다. 입력과 출력이 함께 작용

부케팔로스와 알렉산더

하는 식신과는 다르게 전적으로 출력장치인 상관에게는 위의 행동들이 도움이 되는데 출력될 때 정제되고, 품격있고, 예의바른 언행이 나올 수 있기 때문이다. 상관도 음양오행에 따라 10개가 되니 야생마들의 성향과 기질도 제 각각이겠다. 허주에게는 년간, 월간에 壬수의 노회하고 침착하며 차분한 흑마가 두 마리

있다. 이 녀석들과 평생을 조련하고 호흡을 맞추어야 할 것 같다.

나의 부케팔로스를 위하여!

당신의 심장 한구석엔 어떤 야생마가 뛰고 있는가?

12. 당신은 겁재(劫財)를 가지고 있는가?

겁재(劫財)는 나(비견)와 같은 오행이면서 음양이 다르다. 내가 甲목이라면 천간에는 오행은 같지만 음양이 다른 乙목이 되고 지지에서는 卯목이 겁재가 된다. 劫은 위협할 겁이란 뜻이고, 財는 재물 재라는 뜻이다. 재물을 위협한다는 뜻인데, 주체가 없으니 빼앗을 수도 있고, 뺏길 수도 있다(명리 혁명 기초편, 「겁재(劫財)」 내가 두렵니? 나도 네가 겁나 중에서).

앞서 양날의 검과 같은 '상관'과 뛰어난 몰입감과 객관화(자아이탈)의 '편인'은 필자가 가지고 있고 강하게 잘 쓰는 기운이라서 자연스럽게 칼럼을 이어갔지만 겁재에 와서는 막히는 느낌이 든다. 왜냐하면 겁재(劫財)는 필자의 사주원국에 없는 기운이기 때문이다.

편관(칠살), 상관, 편인, 겁재(양인)를 고서에서는 4대 흉신이라고 했다. 학문의 깊이를 떠나서 한심한 작명 수준을 생각하면 허탈해지기도 한다. 세상을 선과 악의 이분법으로 보는 것처럼 사주팔자를 길신과 흉신으로 나누어 좋고 나쁨으로 보니 명리학의 발전이

더딜 수밖에 없음에 안타까운 마음이 든다. 겁재도 그렇다. 명리학을 배우는 많은 분들이 원국에 겁재가 있거나, 운에서 겁재가 들어오면 덜컥 두려움부터 드는 것은 겁재의 작용과 쓰임에 대한 이해가 부족하기 때문이다. 또한 이는 시대가 변했는데도 여전히 옛날의 겁재를 생각해 적용하니 통변에 문제점을 안고 있다.

옛날에는 사회 체계가 농경사회였고 한국, 중국, 일본 등 동양권이 농자천하지대본을 내세우던 시절이었다. 품앗이, 두레의 모습처럼 농경사회에는 같이 협력하고 협동하는 비견이 중요했고, 위협해서 재물을 뺏는다는 겁재가 터부시된 것은 사실이다. 남의 밭의 소출물을 빼앗는다는 것은 도둑질과 다름이 없기 때문이다. 산에는 산적(山賊), 강에는 수적(水賊), 바다에는 해적(海賊)이 있었다면 비리를 일삼는 탐관오리는 관적(官賊)이라 불리우며 내 소중한 재산(정재)를 뺏어가는 겁재의 모습이기도 하다.

그런데 현대는 어떠할까? 농경사회도 아니고 공무원 시험이나 입사 등 치열한 경쟁 속에서 살아가고 있다. 금수저로 태어나지 않은 이상 공립유치원에 들어가는 것부터 치열하게 경쟁하는 시대를 살아가고 있는 현대에서 겁재는 안 좋기만 할까?

비견이 생존 방식으로 협력과 서포트를 선택했다면 겁재는 생존 방식으로 경쟁을 선택했는데, 비견이 자기 라인 안에서 달리는 100미터 달리기라면 겁재는 복싱, 격투기처럼 상대방을 때려눕혀야 이기는 모습이다. 사주에 겁재가 있어야 반드시 이기겠다는 경쟁심과 투쟁심을 가지게 된다. 시험을 보든, 장사를 하든, 취직을 하든 늘 치열한 경쟁 속에서 살아가는 현대인에게 어쩌면 꼭 필요한 십신일지도 모른다.

겁재는 나(비견)와 다른 모습이라 겁재가 있으면 타인을 많이 의식하게 된다. 상대방은 뭘 입었나? 핸드백은 뭘 걸쳤나? 학원은 어딜 다니나? 참고서는 어디 것을? 등등 타인의 모습과 행동을 의식하니 나(비견)의 변화를 가져올 수 있다. 타인과의 치열한 경쟁이 없다면 스스로 높은 단계로 올라가기가 어렵다. 선동렬 VS 최동원, 호날두 VS 메시, 무하마드 알리 VS 조지 포먼처럼 겁재와의 뜨거운 경쟁 속에서 최정상급의 기량이 길러지게 된다. 전통사회가 관성과 인성이 높게 평가되는 사회였다면, 현대사회는 식상과 비겁이 각광받는 사회가 된다. 2021년 초등학생들의 장래직업 선호도 1위가 '운동선수', 4위가 '유튜버', 8위가 '가수' 등으로 비겁이 필요한데, 특히 겁재가 절실하게 필요한 직업이 된다.

겁재를 가지고 상대선수를 반드시 이겨야만 하는 운동선수는 말할 나위가 없거니와 나를 모르는 타인들(겁재)이 열광하고 관심을 가지고 지켜봐주어야 하는 유튜버와 가수도 마찬가지다. 비견만 있다면 나와 코드가 맞는 사람들만 보니 폭넓은 팬들과 구독자를 구비하기가 어렵다. 실제 상담에서 유튜버로서의 가능성을 물어보시는 상담자들이 부쩍 늘었는데, 필자가 중요하게 살펴보는 것이 겁재의 유무와 위치이다.

원국에서 상승과 확산의 성향을 가진 목과 화의 겁재라면 더욱 유망할 것이다. 천간에 올라와 있고 지지에도 있다면 더욱 땡큐다.

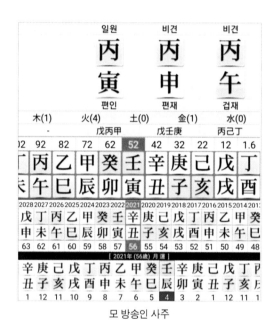

모 방송인 사주

　요즘은 어느 채널을 틀어도 나오는 프랜차이즈 사업가의 사주인데 상승확산의 기운이 넘치는 사주다. 천간에 丙화가 3개나 있으니 너무 환하게 드러나서 눈이 부실 정도다. 지지의 午화 겁재와 일지의 寅목은 운에서 午화를 만나면 寅午반합으로 화 운동을 하니 천간과 지지에 비겁의 기운이 넘쳐나는 모습이다.

유명 유튜버 사주

초창기 유튜버이며 최고의 수익을 올리는 분의 사주인데 丙화 일간에 지지에 午화 겁재가 있고 지지가 寅戌午의 삼합의 모습으로 비겁의 기운이 지지에 가득하다. 대운도 丙丁화로 흘러갔으니 비겁을 제대로 잘 쓰면서 유명해진 모습이 된다. 사주에 겁재가 강하면 그러한 환경 속에 뛰어들어 경쟁 속에서 트로피를 쟁취해야 한다. 겁재는 나의 경쟁자의 모습이기도 하지만 나의 투쟁심, 승부욕, 오기, 의지이기도 하다. 동의할지 안 할지 모르지만 필자는 4대 흉신을 4대 강신(强神)이라고 호칭하고 싶다. 순간적으로 폭발적인 강한 힘을 내는 기운이기 때문이다.

컨트롤이 잘 안 되면 내가 다치고, 남을 다치게 할 수 있는 기운이지만 제대로 컨트롤만 잘 되면 타인과의 경쟁에서 우월한 위치를 선점할 수 있는 매력적인 기운이다. 겁재가 있어서 돈을 날릴수도 있지만, 정말 큰 부자가 되려면 겁재가 꼭 있어야 한다.

허주는 겁재가 없다. 없으니 하나쯤 있었으면 하고 부러워하지는 않는다. 내게 없는 것을 부러워하고 내가 가진 것을 소홀히 하는 것만큼 바보 같은 행동은 없다. 꼭 필요하다면 가상의 겁재를하나 만들면 된다.

2020년의 허주보다 2021년의 더 발전된 허주를 꿈꾸고, 21년 출간된 명리 혁명 심화편의 겁재는 20년의 명리 혁명 기초편이었듯이, 21년 명리 혁명 센세이션의 겁재는 20년의 심화편이 될 것이다. 겁재가 없어서 느긋함과 안일함에 빠질 수 있기에 가상의 겁재를 만들어 본다. 내일의 허주의 겁재는 오늘의 허주가 될 것이다.

"당신은 이러한 겁재(劫財)를 가지고 있는가?"

13. 당신은 편관(偏官)을 가지고 있는가?

십신 중에서도 강한 기운을 가진 5대 강신(强神) 중에 대표주자인 편관의 성향을 소개하고자 한다. 흉하고 길하고의 이분법으로는 십신을 제대로 설명할 수 없기에 중립적인 표현으로 겁재계열의 거칠고 폭발적인 상관, 편재, 편관, 편인은 강신(强神)으로 비견

계열의 식신, 정재, 정관, 정인은 부드럽고 지속적인 유신(柔神)으로 표현했다.

여기서 한 가지 의문점, 그럼 겁재 계열은 강신이니 비견 계열의 유신보다 더 강하다는 것일까? 꼭 그렇지만은 않다. 단기전을 하면 강신이 이기지만, 장기전을 하면 유신이 이기니 쉽게 말할 수는 없다. 편관(偏官)은 다른 말로 칠살(七殺)이라고 불리는데 천간의 오행운동인 생극제화에서 일간(비견)을 심하게 극(剋)하는 일곱 번째 기운이기 때문이다. 편관의 다양한 성향과 기질 중에서 오늘은 법에 관하여 이야기하고자 한다. 뭔가를 설명하고자 하면 그 비교할 수 있는 대상이 있어야 한다.

관성의 음양의 모습인 정관과 편관을 비교하면 쉽게 이해가 된다. 이는 서로 음양의 모습이기 때문이다. 정관도, 편관도 일종의 우리를 둘러싸고 있는 울타리와 같다. 가정, 조직, 회사, 국가로 표현되는데, 우리는 태어나는 순간부터 대한민국이라는 울타리 속에서 살아가게 되는데, 국가로부터 생명과 재산의 보호를 받기도 하지만, 이에 대한 반대급부로 세금을 내고 국가에서 정한 법의 통제와 간섭을 받기도 한다. 이 역시 음과 양의 모습이 된다.

정관은 오랜 시간 구성원들의 합의를 거쳐 만들어진 법을 의미한다. 헌법, 법률, 규칙, 질서로 보면 편할 것이다. 그렇다면 편관은 어떤 법일까? 편관은 갑작스럽게 정해진 특별법, 권력자에 의해서 만들어진 강제법, 일반적이지 않은 소수의 사람들만의 법 등을 의미한다. 스쿨존 사고에 연유하여 급격하게 만들어진 민식이법이 그렇고, 박정희 정권 시절의 긴급조치 7호, 9호 등이 그렇다. 범죄조직도 자기들만의 규칙과 룰이 있으며 이를 어길 시에는 강하게 처벌하는데 이 역시 편관에 해당된다.

편관이 만들어지는 몇 가지 케이스, 공청회나 여론수렴 등 대다수의 충분한 합의를 거치지 않았거나(민식이법), 권력자에게서 강제적으로 만들어져서 반대파의 저항을 불러일으키거나, 대다수의 사람과는 별개로 그들만의 강제법(조폭, 일진클럽의 룰)이 그런 모습을 띄게 된다. 실제 사형이 사라진 대한민국에서 정관으로는 생명의 위협이 없지만 일반성이 사라지고 특수성이 강조되는 편관으로는 생명의 위협이 될 수 있다.

원국에서 편관의 환경이라면 집 밖에 불량배, 건달, 살인마 등이 어슬렁거리고 돌아다니는 긴장된 환경이니 나 역시 살기 위해서 칼이나 무기들로 무장해야 하니 분위기가 살벌해진다. 또한 그로 인한 스트레스를 겪게 된다.

정관의 공간이 주민센터, 구청, 시청이라면 편관의 공간은 군대, 경찰, 검찰, 병원 등이 된다. 우리는 주민센터에 들를 때, 긴장하고 두려움을 느끼지는 않는다. 반면에 군대, 경찰, 검찰청에 들르면 괜히 아무런 잘못을 안 했는데도 위축되고 긴장하게 된다. 치료를 받기 위해 가는 병원도 역시 마찬가지다. 그 공간이 편관의 공간이기 때문이다.

정관이 8급, 7급으로 단계를 밟고 올라가는 임명직이라면 편관은 순식간에 대중의 지지를 받으면서 곧바로 최고의 직(대통령, 도지사, 시장)에 올라갈 수 있다. 성격은 다르지만 정관격은 승진에 목숨을 걸고, 편관격은 당선에 목숨을 건다. 왜 이렇게 승진과 당선에 목숨을 걸까? 그것은 관성이 가지는 속성인 권력, 즉 힘을 가질 수 있기 때문이다. 대통령, 도지사는 물론이거니와 공무원도 승진을 하면 더 많은 부하직원이 생기고, 권한이 생긴다. 권력의 속성은 옛날이나 지금이나 마약과 같아서 그 맛을 보면 헤어나오기가 어렵다.

'자리가 사람을 만든다'는 격언은 정관을 이야기하는 것이다. 능력이 떨어지고 준비가 안 되어 있지만, 회장인 아버지의 지시에 따라 사장직에 오른 2세 경영자는 그런대로 회사를 운영해 나갈 수 있다. 그리고 경영수업을 통해서 처음에는 어설퍼도 차츰 그 자리에 맞는 처신을 하는 경우가 많다. 시스템이 잘 되어 있고 안정적인 정관의 모습인데, 말이 최고의 사장직이지, 회장이 주도한 임명직의 모습이기 때문이다.

편관은 누가 만들어주는 자리가 아닌 스스로 쟁취하는 자리다. 단계를 차근차근 밟아가는 것이 아닌 순간적이고 폭발적인 대중의 인기를 얻어서 올라가는 자리다. 그러니 자리가 사람을 만든다는 말은 어울리지 않고 사람이 자리를 만든 모습이 된다. 정상의 화려하고 빛나는 자리이니 호시탐탐 그 자리를 노리는 적들도 많고 정관처럼 뒤를 봐줄 후견인도 없다. 23일간의 생명을 건 단식을 했던

김영삼 대통령, 현해탄에서 수장될 위기를 겪고, 사형수가 되는 실로 극적인 삶을 산 김대중 대통령, 총과 칼로 민주화의 봄을 순식간에 제압한 전두환 대통령, 적지에서 숱하게 낙선을 하면서도 고집스럽게 동서화합을 내세운 노무현 대통령과 같이 대중을 움직일 수 있는 스토리나 강제력을 갖추어야 한다. 혹시 왜 결이 다른 전두환 대통령을 넣었는가 불만이 있으실 분도 있지만, 그 역시 쿠데타를 위해서 목숨을 걸었기 때문에 편관의 환경이 맞다.

시련과 고통은 편관을 가진 사람의 숙명이 된다. 이 중 많은 이들은 좌절하고 고통스러워하고, 또 이 중에 일부는 자신의 시련과 좌절, 고통을 자양분으로 삼아서 경쟁력을 키운다. 원국에 편관이 있다면 그야말로 UFC 격투기의 링에 올라간 모습이다. 내가 상대방에 얻어터져 쓰러지건, 반대로 상대방을 쓰러뜨리고 챔피언 벨트를 차건, 그야말로 극한 환경에 놓여진 것이다. 팔자 도망은 못한다고 하니 링 밖으로 도망치기도 어렵다.

그런데 나를 심하게 극하고 나를 힘들게 한다는 칠살, 편관은 사실 나의 모습이기도 하다. 사주팔자의 글자들은 천간은 내 마음이고, 지지는 나의 현실이기 때문이다. 챔피언이 되기 위해서 수많은 러닝과 스파링, 악소리 나고 피눈물 나는 연습과 훈련을 반복해야 한다. 링 위에서 도망치지 않고 상대방을 때려눕히기 위함이다. 내 사주에 편관이 있다는 것은 이러한 환경 속에 놓여 있음을 의미한다.

사주에 편관이 있어 무섭고, 힘들고, 겁난다는 분들은 아직 극한 고통과 시련 속에서 찾아오는 각성을 느끼지 못한 것이다. 그러한 각성을 겪고 난 이들의 눈빛은 자신만만하고 야심차면서 카리스마가 흐르게 된다. 마치 유격훈련을 마치거나 천리행군을 성공리에 끝낸 군인의 살아있는 눈매처럼 말이다. 이는 각성을 한 사람과 아직 각성을 못한 사람, 잠재력을 터트린 자와 아직 못 터트린 사람의 차이이기도 하다.

어떤 삶을 살아갈지는 편관을 가진 여러분의 선택이다. 주변의 불량배를 피해서 밖으로 나가지 못하고 꽁꽁 숨어서 숨죽이고 살지, 아니면 뜻을 같이하는 이들과 힘을 합쳐서 밖으로 나가 이들을 때려눕혀서 스포트라이트를 받으면서 살아갈지 말이다. 편관이 상징하는 빛나는 왕관의 무게에 눌려 살지, 왕관을 쓰고 대중 앞에서 당당하게 살지는 편관을 가진 당신의 선택이다. 그리고 후자의 선택에는 마땅히 각고의 노력과 인내가 필요할 것이다. 왜냐하면 편관은 5대 강신(强神) 중에서도 가장 컨트롤하기 어렵기 때문이다. 내 안에 예리한 칼이 있는데 칼날을 잡을 것인가, 칼자루를 잡을 것인가는 본인의 노력과 의지에 달려 있다.

"당신은 이러한 편관(偏官)을 가지고 있는가?"

14. 당신은 편재(偏財)를 가지고 있는가?

　겁재계열의 5가지 십신에 대하여 편인, 상관, 겁재, 편관에 이어서 마지막 편재편을 쓰게 되었다. 역시 편재가 가지는 많은 성향과 기질을 다 기재할 수는 없다. 기본적인 편재의 성향과 기질, 음양오행에 따른 구분, 사주팔자의 위치에 따른 작용력을 다 쓰자면 책 한 권이 될 수 있기 때문이다. 그리하여 이번에 쓸 편재는 역지사지(易地思之)의 입장에서 서술하도록 하겠다.

　辛금 일간의 입장에서는 乙목은 편재이지만, 乙목 편재의 입장에서 보면 일간 辛금은 편관이 된다. 많은 이들이 사주에 있는 편관을 어려워하고 두렵고 힘들게 느낄 것이다. 편관은 일간(나)을 심하게 극하는 기운이기 때문이다. 앞의 설명에서 편관을 극복하여 편관을 장악하면 일반인들이 누리지 못한 큰 권력과 명성을 얻을 수 있지만, 확률상 얼마나 되겠는가? 그런 이유로 사주를 아는 사람들이 편관의 작용에 대한 두려움을 느끼는 것은 당연하다.

　그렇다면 같은 이치로 편재의 입장에서 느끼는 일간도 마찬가지다. 편재의 기준에서는 일간이 편관의 모습이기 때문이다. 학폭에서 여러 아이들이 한 아이를 가지고 짓궂게 장난치거나, 때리고, 놀리는 경우에 당하는 피해자 아이는 그 아이들을 편관처럼 느낄 것이다. 하지만 가해자 아이들은 "이건 그냥 장난이라고요, 재미로 한 건데 저 녀석이 예민하게 반응하고 오버하는 거라니까요"라고 할지도 모르겠다. 아이들이 던진 돌에 맞은 개구리는 멍이 들고 심하면 죽을 수도 있지만 아이들의 입장에서는 재미이고 장난처럼 생각할 수 있다. 날아오는 돌에 개구리가 펄쩍펄쩍 뛰면서 이리저리 당황하는 모습이 재미있기 때문이다.

편관이 일간을 심하게 극하는 것은 일간의 리액션이 재미있기 때문이다. 아이들의 장난에 정색을 하고, 계속하면 학교와 경찰에 신고한다고 하거나, 장난에 맞장난으로 강하게 응수를 한다면 더 안 할지도 모른다.

그렇지 않고 편관의 강압과 짓궂은 장난에 일간이 울상을 짓고, 어리숙하게 대처하거나 계속해서 찌질한 모습을 보인다면 편관은 더 신나라하고 점차 주변의 정관까지도 함께 거들면 고통이 배가 될지 모른다. 내가 편관을 어려워하고 회피하고 싶고, 두려운 존재로 느낀다면 내 사주 안에 있는 편재도 나와 같은 심정일지도 모른다. 사람은 누구나 자기 입장에서 생각하니 내가 때린 것은 장난인데, 뭘 그러냐고 하면서 내가 맞은 것은 "야! 이게 장난이야!" 하면서 화를 낼지도 모른다. 따라서 역지사지로 내 사주 속의 편재를 생각해보면 편재의 마음을 이해하는 데 도움이 될 것이다.

○辛丁○ 男
□卯□□

辛금일간인데 일지의 卯목이 편재가 된다. 일지는 나의 모습이면서 한편으로 배우자의 모습이기도 하다. 아내의 입장에서는 일간 辛금(남편)이 편관이니 두렵고 까다롭고, 힘든 모습이다. 월간에 丁 화가 있어 일간을 심하게 극하는 편관이 되는데, 월주는 사회적인 활동, 직업, 직장의 자리이니 회사에서 스트레스를 받은 남편이 집 에서는 아내에게 스트레스를 주는 모습이다. 회사에서 이런저런 눈치를 보면서 위축되어 있다가 집에 와서는 작은 독재자처럼 굴 수도 있다.

乙辛丁○ 男
卯酉□□

시주가 乙卯로 되어 있는데, 다들 아시는 것처럼 시주는 자식의 자리이기도 하다. 그 자리에 편재가 있으니 내가 자식을 심하게 극 하는 모습인데 그 모습은 살아가는 환경에 따라 다양할 수 있다. 부유층이라면 자식을 학업으로 스트레스를 줄 수 있다. 자식은 원 치 않는데, 의대나 로스쿨을 보내려고 할 수도 있다. 자신이 못 이 룬 꿈을 자식을 통해서 실현하려고 아이를 들들 볶을 수도 있겠 다. 지지도 酉금이 卯목에게 편관이 되고 충(沖)이 되니 공중전(천 간)과 지상전(지지)으로 난리가 난 모습인데, 부드럽고 합리적으로 보호하고 통제하는 정관과는 달리 편관은 무의식의 발동이고 강하 게 극을 하니 물리적인 폭력, 가스라이팅이 아이에게 가해질 수도 있다. 물론 아이가 어리고 근묘화실에 따라 일주가 시주보다 강하니 주도권은 아빠가 잡게 된다. 그러니 아이는 정말 힘들 수밖에 없지만, 세월이 흐르고 아빠가 늙고 병들어 시주의 시절로 가게 되면 어떻게 될까? 년주+월주가 초년시절, 미혼시절의 전반전에 나와 부모형제가 한 세트이듯이, 일주와 시주는 중년시절, 노년시절의 후반전에 나와 자식이 한 세트가 되니 내가 시주로 넘어갈 때, 자식은 일주에 자리 잡고 주도권을 잡게 된다. 상황이 역전된 것이다.

어린 시절의 강압과 폭력, 방치 등으로 자식은 노년의 아빠에게 따뜻한 눈빛을 보이지 않을 것이다. 늙은 아빠를 내치지는 않을 수도 있지만 예전에 내가 그러했듯이 거칠고 강압적으로 관리할 수 있다. 폭력으로 자식을 대하거나 무관심의 방치로 돌보지 못했다면 더 그럴 것이다.

"당신이 나한테 해준 게 뭐가 있어? 낳기만 하면 다 부모인 줄 알어? 이 쓸모없는 괴팍한 노친네야!" 하며 제대로 부모 대접을 안 해줄 수도 있다. 달라진 상황에 늙은 아빠는 과거의 행동을 뉘우치며 닭똥 같은 눈물을 흘리고 있고, 아들은 내치지도 못하는 답답한 상황에서 한숨을 쉬면서 하늘을 원망하는 장면… 우리가 영화나 드라마, 소설, 그리고 일상에서 많이 본 장면이다. 사주 명리학은 자연의 모습과 운동성을 통해 인간의 삶에 반영하는 것이니 이와 같은 모습으로 나타날 것이다. 그렇다면 월주에 편재가 있다면 어떻게 될까?

○辛乙○　男
□亥卯□

　월주는 육친으로는 부모의 자리가 된다. 그러니 중년의 辛금 자
식에게 부모는 만만하고 다루기 쉬운 편재의 모습이 된다. 월주에
편재기둥이 있으니 이 사람은 직장생활(정재)보다 사업(편재)을 더
좋아할 것이다. 편재는 기복이 심한 겁재 계열이니 사업을 하다가
잘 될 때는 외제차 3대의 차세대 주자겠지만, 망하면 서울역의 노
숙자의 신세로 전락할 수도 있다. 그만큼 극에서 극으로 오고가는
기복이 크다는 것을 말해 준다. 이 남자는 사업이 망하면 쪼르르
부모에게 달려가 사업 밑천을 달라고 윽박지를 수도 있다.
　"아빠, 우리 고향에 선산이나 뭐 숨겨둔 땅 같은 거 없어?" 뭔가
어려움이 왔을 때 스스로 방법을 찾거나, 부모님이 걱정하실까봐
사업의 어려움을 감추는 이도 있지만 이 사주의 남자처럼 급할 때
부모에게 가서 도움을 청하는 것은 월주가 편재로 되어 있기 때문
이다. 지지에는 해묘(亥卯)합의 모습이니 부모는 압박에 못 이겨 선
산을 팔거나, 아파트를 월세로 옮기면서까지 내어줄 것 같다. 이
역시 우리의 일상에서 많이 봐 왔던 장면이기도 하다.

　일간과 편관, 일간과 편재의 모습은 심한 경우 강약약강(强弱弱
强: 강한 자(편관)에게 비굴하고 약한 자(편재)에게 군림하려는)의 모습으
로 나타날 수 있다. 가장 찌질한 모습이 아닐 수 없다. 내 사주에

가정폭력

편재가 있다면 내가 그 편재에게 어떤 모습이었는가를 역지사지(易地思之)로 생각해보시면 좋겠다. 나에게 소중한 부모, 형제, 배우자, 자식에게 내가 그들을 심하게 극하는 편관의 모습으로 존재하지는 않았는가 말이다. 내 사주 안의 편관과 편재의 공존은 어쩌면 역지사지로 세상을 볼 수 있는 단서를 제공할지도 모른다.

"어떠한가? 여러분은 이러한 편재(偏財)를 가지고 있는가?"

5장

명리, 삶 속에서 발견하다

1. 어떤 사주가 톡을 씹는가?

직접 만나 대화를 하는 시대에서, 전화로 하는 시대로, 다시 SNS
로 대체하는 시대가 왔다. 그 가운데에서 카카오톡(줄여서 카톡)은
국민 SNS로 자리 잡고 있다. 그런데 카톡을 보내면 바로바로 답톡
이 오거나, 혹은 한참 후에 오는 경우도 있고, 때로는 읽씹(읽고 씹
는)의 경우도 생기는데, 다들 한번쯤 그런 생각을 해봤을 것이다.

'이게 정말 바빠서 톡을 못 보는 걸까? 아님 일부러 씹은 걸까?'

알 수 없다. 열길 물속은 알아도 한길 사람 속은 모르기 때문이
다. 그런데 사주를 알면 좀 더 실체적인 진실에 접근할 수가 있다.
음양오행과 십신, 원진, 귀문을 통해서 그 사람의 성향을 알 수 있
기 때문이다. 자~ 그러면 허주와 함께 그 실체적 진실에 같이 접근
해보기로 하자. 이를 통해서 얻어지는 명리공부는 일종의 덤이 될

수도 있겠다.

1) 木, 火 위주로 구성된 사주일 경우 톡을 씹을 가능성이 많다

목화는 양 운동을 하는데, 양은 내실보다는 외형과 스케일을 중시한다. 카톡을 수시로 확인하고 이에 맞는 답톡을 보내주는 것은 디테일에 해당되는데, 디테일이 부족하다. 금수가 내면의 깊이를 추구한다면, 목화는 외면의 확장을 추구하는 성향이라 그렇다. 어린이, 청년처럼 덜렁대고 외면의 확장과 주변의 변화에 몰두하느라 놓칠 수가 있다. 또한 핸드폰을 잘 분실하기도 하고 떨어뜨려서 고장나기도 한다.

2) 편인이 중중한 사주일수록 톡을 씹을 가능성이 많다

편인은 의심하는 성향이고, 고민하는 성향이다. 편인이 톡을 씹는 이유는 위의 목화처럼 못 봐서가 아니다. '이 사람의 톡이 무슨 뜻일까?', '다른 의미를 담고 있는 것이 아닐까?' 혼자서 상상의 나래를 펼치다가 톡을 보낼 골든타임을 놓치는 경우가 있다. 나중에 보내려니 자존심 상하고 '뭐 아쉬우면 다시 오겠지' 하다가 끝나버리는 경우다. 망설이고 주저하고 고민하다가 인연을 놓치는 경우가 허다하다. 때로는 카톡의 내용을 보기 싫어하는 경우가 생긴다. 자신이 잘못하거나 상대방과 트러블이 있을 경우 상대에게서 오는 톡을 보기가 두렵기 때문이다. 읽씹하기도 하지만 아예 확인을 안 누르는 경우도 많다.

3) 庚금, 辛금의 金기운이 중중하게 구성된 사주일 경우 톡을 씹을 가능성
    이 많다

역시 톡을 못 봐서가 아니다. 호불호가 강해서 그렇다. 편인이 중중하면 실제로 열어보지 않고 메인에 뜬 것만 보면서 고민한다면, 庚금, 辛금은 열어보고 무시해버린다. 답톡을 보낼 가치가 없다고 생각해서다. 庚금의 엄격한 숙살지기가, 辛금은 늦가을 서릿발이 단호하다. 냉정하게 끊을 것은 끊어버리고 정리할 건 정리하는 기운이 강하기 때문이다.

4) 사주 내 원진, 귀문이 자리 잡고 있으면 톡을 씹을 가능성이 많다

원진과 귀문이 원명에 자리 잡고 있으면 고도의 집중력을 보인다. 어떠한 한 가지 일에 몰두하면 다른 일은 보이지 않는다. 연구에 집중하느라고 달걀 대신 시계를 냄비 속에 넣었다는 에디슨, 침식을 잊고 연구하다가 과로로 쓰러진 퀴리부인 등이 원진과 귀문의 성향을 보인다. 이런 사람들은 진짜 못 보고 씹는 것이니 너무 상처받지 말도록 하자. 참고로 원진은 6개로 자미(子未), 인유(寅酉), 진해(辰亥)가 강한 편이고, 축오(丑午) 사술(巳戌), 묘신(卯申)은 원진으로 등록되어 있지만 약한 편이다. 귀문은 위 6개에서 자미(子未)와 인유(寅酉) 대신, 인미(寅未)와 자유(子酉)가 해당된다. 내 사주의 지지에 위의 글자가 있는지를 살펴보는데 서로 붙어있어야 한다. 지지는 현실이니 서로 떨어져 있는 글자는 영향력이 낮아지기 때문이다.

5) 그러면 반대로 답톡을 잘 보내는 사주는 무엇일까?

사주가 금수로 구성된 경우는 민감하여 톡을 잘 확인하는 편이다. 항상 휴대폰을 바로 근처에 두면서 확인하는 경우가 많다. 음의 기운이 강하면 예민하고, 섬세하고 디테일하다(가끔은 그런 것도 병이다). 또한 사주 내 정관, 편관이 있는 사람도 그렇다. 예의를 중시하고 체면을 차리고 남의 이목을 생각하는 경향이 강하기 때문이다. 단체톡의 경우 자기톡 다음에 다른 톡이 안 올라오면 '어? 내가 뭐 분위기 썰렁하게 만들었나? 내가 무슨 실수한 것일까?' 하는 생각에 노심초사하는 경우가 있으니 다른 십신들은 이모티콘 하나 올려주면 좋겠다. 편재가 강한 사람은 단체톡이 많은 경우다. 여러 단체톡에서 인맥도 넓히고, 재테크에 대한 정보도 얻으려고 하기 때문이다.

> 어느 날 갑자기 아는 Bar의 사장이 톡을 보내서 글을 쓰게 되었다. 보통은 놀러오라고 단체톡을 보내는데, 앞에 이름을 붙여서 친근하게 톡을 보내니 코로나로 인해 매출이 많이 떨어졌다는 말이 사실인 것 같다. 인간미도 떨어지고 장삿속이 강한 분이라서 오래 친분을 유지하고 싶지 않다. 톡을 확인했는데, 답톡을 안 할 생각이다. 허주는 늦가을 서릿발 后표일주다.

2. 내 남자가 바람둥이?

사주로 남자가 바람둥이 기질이 있는지 알아볼 수 있다. 남자가 바람둥이인지는 남자의 여자관계를 살피는 것이다. 남자에게 여자는 십신으로 재성(財星)인데, 재성의 구성과 상태를 살펴보면 이를 통해 알 수 있는 것이다. 또한 신살(神殺)을 통해서도 알아볼 수 있다.

1) 남자 사주가 무재(無財)사주일 때

남자 사주가 정재나 편재가 없는 무재(無財) 사주면 바람둥이일 가능성이 높다. 남자에게 재성이 상징하는 여자와 돈은 무척 중요한데, 이것이 사주에 없다면 부단히 이를 얻기 위해 노력한다. 흔히 말하는 이 여자, 저 여자에 관심을 보이는 껄떡쇠일 경우가 많다. 그런데 무재사주라고 해서 실제로 애인이나 처가 없는 것은 아니다. 오히려 여러 명 있을 수도 있는데 단지 자신의 이상형이 없기 때문에 항상 2% 부족한 갈증을 느끼면서 이상형을 찾아 헤맨다. 세계적인 유명인사 중엔 무재사주가 많다. 성악가 파바로티나 이탈리아 총리 베를루스코니, 미국의 트럼프 대통령이 무재사주인데 셋 다 유명한 바람둥이다.

2) 재성이 2개 이상 천간으로 투출되어서 별다른 극을 받지 않는 경우

재성이 월지에서 투출되어 2개 이상 천간에 놓여 있는데, 별다른 극을 받지 않는다면 바람둥이일 가능성이 크다. 천간의 상황은 다른 사람들도 알 수 있는데, 재성이 중중한데 일간도 힘이 있다면 이런 경우에는 대놓고 바람을 피는 경우가 있다. 부유한 경제력을 기반으로 애인이나 처에게 충분한 금전적 보상을 해줌으로써, 불륜에 대해 터치를 받지 않는 것이다. 재력가의 경우 두 집 살림을 하는 경우가 많은데, 이런 경우라고 할 수 있다.

3) 지지 내에서 정재, 편재 재성 혼잡이 되어 있거나, 혼잡한 재성과 형(刑)을 이루는 경우 바람둥이일 가능성이 높다

천간으로 재성이 투출되지 않고 지지에만 있으니 몰래 바람을 피우는 경우다. 배우자의 눈치를 보면서 안 들키고 바람을 핀다. 또한 바람을 피우면서도 가정을 지키려고 애쓴다. 재성과 형을 엮고 있으면 언젠가는 들통이나 이로 인한 刑을 받게 된다(구설수, 망신, 별거, 파재이며 최악의 경우는 이혼 소송이다).

4) 일간이 재성과 암합(暗合)하는 사주

일간이 재성과 암합하는 사주의 경우 바람둥이일 가능성이 높다. 여기서 암합(暗合)이라는 것은 보이지 않는 곳에서의 합, 사랑을 의미한다. 예를 들면 갑오(甲午)일주의 午화 지장간을 보면 병기정(丙己丁)으로, 丙-식신, 己-정재, 丁-상관인데, 형충이 있을 때 일간하고 甲己합이 된다.

일지재성과 암합하는 경우의 통변은 2가지로 하는데, 첫 번째는 그 배우자와 정이 돈독함을 말하고, 두 번째는 바람을 피울 가능성이 높다는 것을 말한다. 여기서는 두 번째의 경우로 말하고자 한다. 암합하는 것이니 좀처럼 들키지 않고 바람을 피우게 된다. 바람을 피우지 않더라도 호시탐탐 기회를 노리는 경우가 종종 있다. 일간이 일지 지장간과 암합하는 일주는 스스로 찾아보길 바란다. 지장간 중에서도 體인 말기와 하면 덜하고, 用인 중기와 한다면 그럴 가능성이 높다.

5) 남자 사주에 도화살과 홍염살이 중중할 때

신살적인 측면에서 도화살과 홍염살이 중중하면 바람둥이일 가능성이 높다. 도화살이 강한 남자는 음주가무를 통해 이성을 항상 유혹한다. 도화살은 삼합의 왕지를 말하는데, 자오묘유(子午卯酉)를 의미한다. 지지에 왕지의 글자가 있다는 것은 그만큼 건강하고 젊어서 정력이 왕성하다는 것을 뜻하는데, 도화살이 중중하다는 것은 2개 이상을 뜻하며 도화살이 강한 남자에게 연애란 일종의 스포츠 같은 것이다.

영화 '카사노바'

물론 나이가 들면 이런 바람

기는 어느 정도 사라진다. 그러나 홍염살이 강하게 자리를 잡고 있는데, 도화살도 있으면 나이 들어서도 이성의 유혹에 흔들린다. 도화살이 능동적인 액션이라면, 홍염살은 수동적인 액션이며 에너지의 소모가 적으니 나이가 들어서도 바람을 필 수 있다.

> 위의 내용은 일반론이다. 사주의 전체 구성에 따라 달라질 수 있다. 또한 개인의 성향(종교, 철학, 이념)에 따라 다른 성향이 나올 수 있다. 참고하시길 바란다(허주도 무재사주다).

3. 참이슬의 진실

사주 명리학의 이론에 체(體)와 용(用)이 있는데, 인묘진(寅卯辰)의 방합은 체(體)로서 같은 목(木)씨 집안의 사람들이다. 가족 모임이 있거나 제사가 있으면 다같이 모여서 가족의 일을 한다. 인오술(寅午戌)의 삼합은 용(用)으로서 서로 다른 집안의 사람들이지만 모여서 화(火)의 일을 한다.

寅목은 생지의 역할을, 午화는 원래부터 사오미(巳午未) 화(火)씨 집안의 장자이니 당연히 화(火)의 운동을, 그리고 술(戌)은 원래 신유술(申酉戌) 금(金)씨 집안의 큰 어른이지만 워낙 경험이 많고 노하우가 많아서 특별히 초빙하여 화 운동의 고문으로 쓰고 있을 뿐이다.

쉽게 설명해보겠다. 여러분이 좋아하는 소주, 참이슬이 있다. 참이슬이 미지근하면 맛이 안 난다. 차가워야 제맛이 난다. 그래서 체(體)로서 수 기운이다. 그것도 차가운 임(壬)수다. 그런데 하는 일은 화(火) 운동을 한다. 얌전하고 말 없는 사람도 확산하고 퍼져나가는 화(火)의 기운처럼 한잔 걸치면 기분이 좋아지고 취하면 모르는 사람과도 어깨동무를 할 정도로 확산의 기운이 강하다. 그래서 용(用)으로는 화(火) 운동을 하게 된다.

기분이 좋으니 카드를 꺼내서 한턱 쏘기도 하고, 허세를 부리게 되니 뽐내기를 좋아하고, 오지랖이 넓으며, 체면치레를 잘하는 병(丙)화를 닮았다. 화(火)는 확산하고 퍼져나가는 기운이지만 총량은 정해져 있으므로 자꾸 커지고 확산하다 보면 안에는 텅텅 비게 된다. 부어라 마셔라 화(火) 운동을 하면서 서로 얼싸안고 쌩쏘를 해도, 화(火) 기운이 사라진 다음날에는 숙취에 시달리게 되고 어젯밤에 왜 그 난리블루스를 했나 하며 주머니 속의 카드 전표를 보면서 후회와 공허함이 찾아오게 된다.

지나친 과음은 피해야 한다. 떡은 사람이 될 수 없지만 사람은 떡이 될 수 있다.

4. 잔머리를 잘 굴리는 사주가 있다

1) 겁재(양인 포함)가 강한 사주

　(제화되지 않았을 경우)

- 사주에 겁재가 강하면 잔
　머리를 잘 굴리고 금방 밝
　혀질 일을 거짓말한다.
- 일간과 음양이 다르니 기
　본적으로 아이디어와 잔꾀
　가 많다.
- 순발력 좋고, 독식하고 싶
　은 마음이 강해서 잔머리
　를 굴린다.
- 겁재가 거짓말하면 재성이
　깨지게 된다-손재(損財)발
　생, 신용상실
- 양인은 속내를 안 보이고
　대담하니 교언영색으로 잔
　머리를 굴리고 속인다(통제
　불가).

타임지에 나온 전두환 씨

잔머리 주인공 '캐리비언의 해적' 잭 스패로우 선장

영화 '봉이 김선달'

2) 편재가 중중한 사주(제화되지 않았을 경우)

- 편재는 정재와 다르게 호탕하고, 시원시원하며 대범하고 욕심이 많다.
- 판단력이 좋고 재치가 있으며 표현력이 좋다.
- 이익을 취하기 위해서 잔머리를 굴린다.
- 일확천금을 노리므로 순발력 있게 잔머리를 굴린다.
- 정재가 집에서 기르는 가축이라면, 편재는 야생동물이다. 기복이 심하니 잘 나갈때는 포식하나, 아닌 때는 쫄쫄 굶는다(통제불가).

3) 상관이 중중한 사주(제화되지 않았을 경우)

- 편재는 순발력이 좋으나, 상관은 넘사벽이다.
- 겁재의 오기와 배짱은 대단하지만 상관은 청출어람이다.
- 내 멋대로 하는 기질이 강하고, 허세가 강하고 참을성이 없다.
- 융통성이 좋고 목표달성을 위해서 잔머리를 굴리고 할 수 있다면 때에 따라 불법도 행한다.
- 태연하게 얼굴색 하나 안 변하고 거짓말을 한다.

- 상관이 편관과 같이 있으면 교묘하고 기발하게 거짓말을 한다.
- 상관이 거짓말을 하면 상관견관(傷官見官)으로 불명예, 구설수, 법적처벌을 당한다(통제불가).

영화 '피노키오'

4) 편인이 중중한 사주(제화되지 않은 경우)

- 고서에서는 편인을 유시무종, 표리부동, 파재(破財), 이별, 색난(色亂)이라고 하면서 흉신으로 취급했다(현대에서도 구성에 따라서 안 좋게 작용하는 경우가 많다).
- 의심이 많고, 외골수에 호박씨 까기, 잔머리 굴리기의 원조라고 할 수 있다.
- 상관이 태연하게 거짓말을 한다면, 편인은 순진한 표정으로 거짓말을 한다.
- 편인은 손해 보지 않으려 하고, 책임지지 않으려 하고, 실수하지 않으려 한다.

타이거 우즈의 '골프 가이드'

- 편인이 조직의 수장을 맡게 되면 그 조직은 박살이 난다.
- 내로남불의 성향으로 타이거 우즈가 바람을 펴서 막대한 위자료를 지불하고 이혼했을 때 "나는 그래도 되는 줄 알았다"라고 했는데 타이거 우즈는 편인이다.
- 편인은 독특한 성적 취향을 가지는 경우가 많으며 제일 잘하는 분야가 표절이다(통제불가).

위의 내용은 물론 일반론이다. 사주감명은 개별론이니 사주구성에 따라 다르게 나타날 수 있다. 상관과 편인의 경우 상관패인이 되어 있으면 좋은 면만 나타나니 위의 현상이 거의 나타나지 않는다. 편재의 경우 정관이 있어 재생관하면 위의 단점들이 덜 나타나게 된다. 비겁의 경우 식상이 있어 이를 설기하면 위의 단점이 거의 나타나지 않고, 겁재(양인)의 경우에도 편관이 있어 양인대살하면 위의 단점이 거의 나타나지 않는다.

5. 사주만으로 미인인지를 알아볼 수 있다

1) 사주에 정관, 편관이 많을 것

사주에 정관, 편관이 많으면 미인일 가능성이 높다. 정관, 편관이 많으면 관살혼잡이라 본인은 다소 고단하겠지만, 그만큼 많은 남자(관살은 여자에게 남자이고 직장이다)들의 관심과 주목을 받고 있으니 미인일 가능성이 높다. 반대로 드물지만 관살혼잡의 경우 이성과의 교제가 거의 없을 수 있다. 일간이 어느 정도 강하면 관살의 압박을 감당할 수 있어 이성교제가 활발할 수 있지만 일간이 약하면 관살(편관+정관)의 압박이 힘들어 이성교제를 아예 포기하는 경우가 생기니 살펴서 봐야 한다.

2) 식신, 상관이 많을 것

여자 사주에 식신, 상관이 많으면 미인일 가능성이 높다. 식신과 상관(줄여서 식상)은 자신의 내면의 아름다움을 밖으로 드러내는 역할을 한다. 길가에 핀 이름 모를 꽃도 내면의 아름다움을 밖으로 표출하기 위해 혼신을 다한다. 하물며 사람이야 말할 나위가 없다. 식상이 잘 발달된 여자는 가꾸고 꾸미는 것을 좋아하고 적극적인 성격이 많아 연애 상대로 최고다. 물론 결혼 상대자로는 다른 문제다.

3) 사주 내 도화살, 홍염살이 많을 것

사주 내에 도화살, 홍염살이 많으면 미인일 가능성이 높다. 도화살은 나의 아름다움과 매력을 능동적으로 표현하는 기능이고, 홍염살은 나의 아름다움과 매력을 은근히 표현하는 기능이다. 한 개만으로는 부족하고 최소 2개 이상 도화와 홍염이 있다면 미인일 가능성이 높다.

- 도화살은 사주 내 자오묘유(子午卯酉)가 일지, 시지에 있을 경우 더 강하게 나타난다.
- 홍염살은 갑오(甲午), 병인(丙寅), 정미(丁未), 무진(戊辰), 경술(庚戌), 신유(辛酉), 임자(壬子) 등이 있다. 만세력 어플(원광 만세력, 천을귀인 만세력)을 설치하여 한번 살펴보면 된다.

4) 辛금 일주일 것

辛금 일주를 가진 여자의 경우 미인들이 많다. 辛금은 물상적으로 보석으로 상징되기도 하는데, 보석이니 가꾸고 꾸미기를 좋아하고 辛금은 백색을 상징하니 피부미인들이 많다. 신사(辛巳), 신유(辛酉), 신축(辛丑) 등이 그러하며 신묘(辛卯)는 애교가 많은 미인이고 신해(辛亥)는 흔히 '물방울 다이아몬드'라고 불리곤 한다. 바다의 거품 속(亥)에서 태어났다는 비너스 여신(辛)과도 같다.

5) 을해(乙亥) 일주는 몸매 미인인 경우가 많다

바다에서 자라난 해초식물은 태양을 향하여 위로 솟구치며 물결에 따라 이리저리 유영한다. 체형이 날씬하고 호리호리하니 몸매 미인인 경우가 많다. 물론 모든 것은 일반론이다. 유전적인 부모의 외모가 더 큰 영향을 줄 것이다. 미인이라고 다 좋은 것은 아니다. 미인들의 경우 배우자와의 덕과 연이 대체로 좋지 않은 경우가 생기는데, 미인을 노리는 외간 남자들로 인해 불화가 생길 수 있고, 미모가 뛰어나니 자존감이 높아 남편(관성)에게 고분고분하지 않기도 한다. 미인박명(美人薄命)이란 말이 그래서 생긴 것 같다.

6. … 믿습니까?

사람은 서로 믿고 살아야 한다. 서로 의심하고 불신하고 산다면 이 세상이 얼마나 삭막하겠는가? 메마른 사막을 혼자 걷는 것처럼 답답하고 고독할 것이다. 가끔은 사막을 혼자서 한참 걷다 보면 점차 뒷걸음치며 걷게 된다고 한다. 자신의 발자국을 보기 위함인데 그렇게 함으로써 외로움과 고독을 조금이나마 달랜다고 한다. 사람을 믿고 사는 것은 좋다. 원칙만 지키면 된다. 돈을 빌려주면 차용증을….

엄마: 아들, 엄마 믿지?
아들: 응, 믿어! 형식적인 거니깐 차용증은 써줘. 엄마 나 믿지? 설마 내가 차용증으로 뭘 하겠어?

함께 동업을 하면 이익의 배분과 손실의 부담에 대한 책임과 비율을….

친구: 야! 친구끼리 뭘 계약서를 쓰고 그러냐! 우리의 우정이 이것밖에 안 되는 거였냐?

나: 아니, 우리의 우정은 소중하지. 근데 지금은 비지니스를 하는 거잖아? 이 계약서가 우리의 우정을 오래 지켜줄 거야. 나 믿지?

사랑에는 숙성의 시간이 필요하다는 것을….

애인: 자기야! 나 사랑하는 거 맞아? 너무하네, 내가 자기를 얼마나 사랑하는데, 아파트 명의 내 앞으로 못 해주니?

나: 응, 자기 믿지, 그리고 사랑하지. 자기야 근데 그거 알어? 사랑에는 숙성의 시간이 필요하다는 걸. 우리 만난 지 이제 석 달 됐어.

영화 '불신지옥'

사람을 믿고 사는 것이 좋다. 원칙만 지키면 된다. 더블 체크! 그것이 우리의 사랑과 우정을 지켜줄지도 모른다.

7. 겁재로 인해 힘드신 분을 위한 Tip!

겁재(劫財)는 일간인 나와 같은 오행이면서 음양이 다르다. 겁재의 종류는 너무도 다양한데 부모, 형제, 자식이 겁재일 수도 있다. 또는 동업자, 친구, 직장 동료, 이성 친구, 고객, 거래처 사람 등이 해당된다.

멀리 있는 겁재는 손해는 있어도 그로 인한 고통은 없다. 내가 잘 모르는 사람이기 때문이다. 하지만 월주나, 시주, 일지에 있다면 나(일간)와 가까운 겁재이니 직접적으로 만나고 접하는 겁재가 되니 아픔과 고통이 가중된다. 겁재는 양면의 칼과 같아서 내가 손잡이를 잡으면 큰 힘을 발휘하지만, 반면에 칼날을 잡고 있으면 손이 베이는 아픔이 있다.

천간과 지지와의 관계를 살펴보는 새로운 12운성에 의한 힘의 강약에 따라서 내가 겁재보다 강하여 겁재를 아프게 하고 상처를 줄 수 있다. 반면에 내가 약하면 겁재에 의해서 상처를 받고 아픔과 배신을 경험하기도 한다. 운에 따라 놀이터의 시소처럼 주도권이 오고 가는데 특히 월간이나 시간에 겁재가 있는 이는 항상 긴장하면서 살게 된다. 확산성이 있는 겁재는 일간이 허약하다고 느끼면 매트릭스의 스미스 요원처럼 자가복제를 하여 기하급수적으로 늘어나니 이리저리 둘러봐도 온통 사방이 적들로 보이게 된다.

이 글은 겁재로 인해서 힘들어하는 분들을 위한 Tip이다. 쉽지는 않지만 겁재의 손절이 필요하다. 불필요하고 나에게 고통을 주고 아픔을 주는 이와의 손절이다. 그리고 부모나 가족처럼 손절이 어려운 사람이라면 거리 두기가 필요한데 인간적 거리두기 3단계가 필요하다. 인간의 에너지는 총량이 정해져 있으므로 사람들에게 에너지를 쓰면 자신에게 쓸 에너지가 줄어들기 마련이다. 겁재에게 쓸 에너지를 자신에게 돌리려는 생각의 전환이 필요하다. 그런데 이것은 내 인생에 조금도 도움이 안 되는 일부 겁재에 대한 손절이지, 모든 겁재에 대해 단절은 아니다. 가끔은 겁재에 대한 아픔으로 모든 인간 관계를 단절하고 고독하게 계시는 분들도 많은데 이는 정답이 될 수 없다. 인생을 영원히 도망자로, 외톨이로 살 수는 없기 때문이다. 운에서 찾아온 겁재는 시간이 지나면 사라지지만 원국의 겁재는 평생 같이 한다.

따라서 이 겁재를 컨트롤하지 못하면 인간적인 어려움으로 삶이 황폐해지지만, 반면에 겁재를 잘 컨트롤한다면 남들이 가지지 못하는 파워와 리더십, 카리스마를 가지게 되니 원국에 비겁이 많으신 분들 중에 인간관계가 어려운 분들은 지금 당장 서점으로 달려가서 인간관계의 컨트롤을 다루는 책을 사 보시면 좋을 것 같다. 또는 사주 명리학을 깊게 배우셔도 좋다.

지피지기면 백전불태라 하지 않던가! 나를 알고 겁재를 알면 위태로움이 적을 것이다.

(칼자루를 잡거나 혹은)

(칼날에 베이거나)

8. 내 사주의 격(그릇)을 키우고 높일 수는 없을까?

사주 명리학에는 격(格)이라는 것이 있다. 사람의 품격이라고 해
도 맞고, 사람의 그릇이라고 해도 맞다. 레벨(수준)이라고 해도 어
색하지 않고 등급이라고 하면, 조금 씁쓸할 수도 있겠다. 식신격,
편인격처럼 격이 뚜렷한 사람도 있고 그렇지 않은 사람도 있다. 격
이 높은 사람도 있고, 낮은 사람도 있다. 격의 높고 낮음을 결정하
는 것은 사주원국의 글자다. 물론 격이 높다고 좋고, 낮다고 안 좋
다는 이분법적인 구분은 아니다. 높으면 높은 대로의 가치가 있고,
낮으면 낮은 대로의 쓸모가 있을 것이다. 세상에 필요 없고 존재
가치가 없는 사람은 없는 것 같다.

대운과 세운은 바뀌지만 사주원국은 바뀌지 않고 본인과 평생
을 같이 가니, 실제로 사주의 격이 높고 낮음은 크게 달라지지 않
는다고 한다. 운에 따라 사람의 인생이 음향계기판의 볼륨처럼 오
르락내리락 출렁거릴 수 있지만 그 사람의 격 안에서 움직임일 뿐
이다.

사람만 격의 높고 낮음이 있는 것이 아니라 식물도 동물도 사물
도 존재한다. 우리가 개업식 때 보내는 난(蘭)의 격은 어떨까? 집에
서 키우는 몇천 원짜리 난부터 개업식에 보내는 5만 원짜리 난도
있고, 수십, 수백만 원 하는 고가의 난도 존재한다고 한다.

좀 더 쉽게 이해하려면 지금 당장 정육점으로 가보면 된다. 쇠고

기를 6개의 등급으로 나누어서 판매하는 것을 볼 수 있다. 종마장, 종돈장, 종견장에서 우수한 종자의 씨를 받으려는 것은, 태어난 말과 돼지, 개의 격을 높이려는 인간의 인위적인 노력이라고 볼 수 있다. 이런저런 생각을 하다 보면 우울해질 수 있을지도 모르겠다. SNS에서 흔히 말하는 우월한 유전자를 타고 나왔다는 연예인 2세들을 보고 나는 왜 롱다리, 작은 얼굴, 황금비율의 몸매를 타고 나지 않았을까 아쉬움에 빠질 수도 있겠다. 흘러간 시간과 타고난 격은 바뀌지 않으니 그런 고민과 아쉬움은 무의미할 것 같다.

몇 년 전부터 태어날 때 정해진다는 사주원국의 격의 고저에 관심을 가지게 되었다. 격의 고저는 영원불멸하고 바뀔 수 없는 것일까? 왕자와 거지의 이야기처럼 체인지될 수는 없는 걸까? 운에 따라서 사람의 인생이 바뀌고 변하는데 격의 높고 낮음은 언체인져블한 것인가? 끝없는 의문과 생각들이 머리에 맴돌게 되었다.

격을 낮추기 바라는 사람은 없을 테니 격을 높일 수는 없을까에 대한 여러 가지 생각들이다. 그래서 어렵기는 하지만 한 가지 단서가 떠올랐는데, 그것은 생각을 유연하게 하고, 의식을 확장시키는 것이다. 보통 격을 사람의 그릇이라고 한다. 그릇이 크네, 작네 하면서 이야기한다. 그런데 당신의 그릇은 무엇으로 만들어져 있는가? 유리그릇, 나무그릇, 유기그릇, 쇠그릇 등 사람들마다 다를 것이다. 유리그릇, 나무그릇 등은 두둘겨서 키울 수 없다. 차라리 깨뜨려서 다시 만드는 게 나을 것이다. 환생이나 윤회처럼 말이다.

그런데 쇠그릇은 어떠한가? 가능성이 있다. 두들겨서 펴고, 또

다시 두들겨서 펴고 넓히면 그릇이 커질 수도 있다. 조선시대에 성종은 재능이 뛰어나나, 술을 너무 좋아한 손순효에게 하루에 딱 1잔씩만 마시라며 작은 잔을 주었는데, 어느 날 술에 흠뻑 취한 그를 발견했다. 이에 대노하여 추궁하자 손순효는 부복하며 "주상께서 주신 술잔이 너무 작기에 은장이를 시켜 늘리기만 했을 뿐 은의 양은 조금도 더하지 않았사옵니다."라고 했다. 그러자 성종은 크게 웃으며 "앞으로 내 속이 좁은 데가 있으면 그렇게 두드려 넓게 펴다오."라며 다시는 술과 관련한 일로 손순효를 나무라지 않았다.

손순효가 잔을 두드려 펴서 크게 만들어 왕의 명령을 어기지도 않고 맘껏 술을 마셨다는 일화처럼 현실에서는 쉽지 않은 일이다. 아니, 많이 힘들 것 같다. 자신을 단련하고 트레이닝하여 넓힌다는 것이 어찌 힘들지 않겠는가? 그래도 가끔 토픽에서 보곤 한다. 미숙아로 태어나서 어린시절 골골했던 아이가 헬스트레이너로 건강미와 근육을 자랑하는 모습을… 불리한 조건 속에서도 자기 자신을 꾸준히 단련시킨 모습이다. 그런데 사주의 격은 주로 외형보다는 마음과 의식, 생각 등의 정신세계를 의미한다. 얼굴이 잘생기고 아름다운 사람을 보고 그릇이 크다, 격이 높다고 하지는 않기 때문이다. 일단 격을 높이기 위해서는 자신의 그릇을 트레이닝으로 변화할 수 있는 쇠그릇, 스테인리스 그릇으로 바꾸는 것이 좋다. 이는 생각의 유연성을 의미하는데, 다양한 생각을 받아들이고 공감할 수 있는 능력이기도 하다. 자기 자신의 잠재력과 가능성을 믿어주는 것도 해당된다. 물론 서두에 말한 것처럼 지극히 어려운 일이다.

하지만 인간의 무한한 가능성을 믿고 싶다. 자신의 능력을 채 20%도 못 쓰며 살아간다 하니 잠재력의 세계는 무궁무진하지 않을까? 독서와 사색, 명상 등도 큰 도움이 될 것이다. 눈에 보이는 양의 확장이 아닌 보이지 않는 음의 확장이기 때문이다. 작게 부분만을 보지 말고 크고 넓게 전체를 보고, 현실이나 가까운 미래를 살피기보다는 먼 미래의 흐름을 살펴보면 어떨까? 자기 스스로의 한계를 정하지 않고 망치로 쇠그릇을 두드리는 마음으로 자신의 마음을 조금씩 확장해 간다면 어떨까?

그리고 늘 대자연을 가까이하면서 보면 좋을 것 같다. 높은 산, 넓은 바다, 광대한 하늘…. 작았던 격도 자꾸 보고 느끼다 보면 커지지 않을까 한다. 무한한 자연의 경이로움 앞에서 우리의 가슴이 탁 트이고 겸손해지는 것처럼 말이다. 대자연을 보고 느끼며 꿈을 키웠던 아이들이 성냥갑 같은 대도시의 아파트에서 자라난 아이들보다 큰일들을 해냈던 것을 되새겨 보자.

우리 마음의 영역에는 제한이 없으니 자연을 담고, 인생을 담고, 역사를 담아보시길 바란다. 당신의 격(그릇)의 확장을 응원해 본다.

9. 신점보는 여자 VS 사주보는 여자

전국에 명리학과 점학, 타로, 풍수 등과 신점, 영점 등 무속업에 관련된 일에 종사하는 사람이 100만 명에 달한다고 한다. 물론 기독교인과 천주교인, 불교도인을 합치면 우리나라 인구수를 훨씬 넘어가니 저 통계에도 당연히 허수(虛數)가 있다고 생각한다. 상당 기간 무속인들의 신점카페를 들락날락하면서 신점을 보는 분들의 성향을 이해하게 되었다. 아울러 사주나 타로 관련 060 전화서비스도 있다는 것을 알게 되었다.

사주카페나 신점카페 회원의 상당수는 여자분들인데, 신점카페는 특히 여자분이 많은 것 같았다. 약 32,000명의 회원 수를 자랑하는 행복한 **는 신점이 위주이고 사주는 게스트 같은 느낌이여서 신점카페로 보고, 사주카페는 회원수 약 53,000명을 자랑하는 역학***과 비교해 보았다.

주로 신점보는 여자분과 사주보는 여자분의 가장 큰 차이점은 뭘까?

신점을 보는 여자분들은 사주나 명리에 관한 지식이 사주를 보는 여자분에 비해 턱없이 부족하다는 점이다. 그에 비해 사주를 보는 여자분은 비교적 명리에 대한 지식을 가지고 있고 일부는 상당한 명리지식을 가지고 있다는 점이다.

신점보는 분들은 신점을 보는 분들에 대한 많은 정보를 공유하고 평가하며 비판한다. 반면에 사주를 보는 분은 정보교류가 어렵고 평가와 비판이 어렵다. 왜냐하면 사주를 봐준 사람이 본인을 가르쳐주는 선생님인 경우가 있고, 카페의 주인장인 경우가 많기 때문이다. 또한 사주는 신점과는 달리 긴 시간을 통해 평가되기 때문이다.

신점보는 분은 신점에 대해 비교적 가볍고 경쾌한데 비해 사주는 좀 더 진중하고 무거운 편이다. 물론 일부 신점은 힘들어서 보는 경우도 있지만 일행끼리 모여서 유명한 곳 신점투어를 가자는 댓글도 있는 것을 보면 일종의 이벤트 같은 느낌도 든다.

신점카페에서 가장 많이 들었던 이야기가 재회점이다. 여자분들이 주로 많이 신청하는 관심사가 헤어진 애인과 다시 만날 수 있는가를 물어보는 것이다. 반면 사주카페는 자녀를 가진 엄마들이 많고, 관심사 중 남편과 자녀의 재물, 승진, 건강 및 공부, 취업, 결혼이 중요한 위치를 차지한다. 아무래도 신점카페의 여자분들이 연령대가 젊은 것 같다.

신점카페 여자분들이 단기적이고 순발력이 좋은 상관 같다면, 사주카페의 여자분은 장기적이고 지속적인 식신 같다는 느낌을 받았다. 신점카페가 최고의 신점을 볼 수 있는 무속인을 찾아서 나름 정보를 취합하고 커뮤니티를 형성하고 있는 편인성향이 있다면, 사주카페는 명리를 조금씩 배워가면서 여러 역술인들의 글을 살펴 가면서 이쪽 저쪽의 정보를 자신의 사주 및 배우자, 자녀의 사주 감명을 요청할 역술가를 찬찬히 살펴보는 정인의 느낌을 받왔다.

 사실 많은 역술가들이 명리학과 더불어 점학을 배우고 있다. 육
효, 육임, 매화역수, 자미두수, 기문둔갑 같은 점학으로 명리학으
로 해결하기 어려운 부분을 보충하고 있고, 또한 신점을 보는 분들
도 신기가 떨어지거나 몸에 깃든 신이 떠나갈 때를 대비해서 역술
가에게 명리를 배우는 분들이 있어 신점+명리학을 같이 하는 이들
도 있다.

 사실 명리학도 무속도 다 미신이고 쓸데없는 것이라고 보시는
분들에게는 이런 구분이 무의미하겠지만 학자적인 호기심이 많은
허주에게는 유의미한 관찰이었다. 사주감명은 보통 일생이라는 긴
세월을 살피며 인생의 상승기와 하락기의 추세와 경향을 위주로
보기 때문에 보고 나서 상담자에게 안 맞았다고 멱살 잡힐 일은
없지만 신점의 무속인처럼 영험하다느니, 귀신 같다느니 그런 소리
를 듣기도 쉽지 않다.

 반면에 사주빌딩, 사주천궁 같은 060의 전화서비스로 신점을 보
는 분들은 점이란 게 YES, NO의 문제이기 때문에 잘못 보면 욕먹
기 쉽지만 맞추면 귀신 같다느니 영험하다는 말로 속된 말로 뜰
수도 있다. 직접 대면이 아니라 역시 멱살 잡힐 일도 없을 것 같다.

 사주카페의 감명료는 아무리 많아도 몇십만 원을 넘지 않은 반
면, 무속인의 점사비 가격은 비슷하거나 더 낮아도 안 좋은 운에
따른 굿이나 제사 등으로 유도하는 경우가 많으니 이 비용이 많으

면 최대 천만 원에 육박하는 경우가 있어서 이후에 감정싸움이나 법적인 문제가 생길 수 있다. 실제로도 소비자보호원에 접수되는 것도 굿에 관한 건이 많고, 고소를 위한 피해사례를 모집하는 경우가 있으니 살벌한 느낌도 있다. 사주카페가 정관이라면 신점카페는 편관의 느낌이다.

누구나 자신의 운명과 미래를 알고 싶은 것이 인지상정이다. 사주 쪽도, 무속 쪽도 이전에 자신이 가진 능력을 엉뚱하게 쓰거나 지나친 돈 욕심을 내다가 이미지를 추락시킨 경우가 많았다. 여전히 명리학은 음지이고 무속은 더 음지에 가깝다고 볼 수 있다. 젊고 깨인 역술인과 무속인이 이전의 폐단을 고치기 위해 많은 노력이 필요함을 느끼면서 이 글을 마치려고 한다.

10. 얼굴 미인? 마음 미인?

아주 옛날에 이런 노래 가사가 있었다.

"얼굴만 이쁘다고 여잔가, 마음이 고와야 여자지~"

한마디로 개소리다. 노래를 부른 남자 가수도 여자 얼굴을 볼 것 같다.

많은 종교적, 정신적 멘토들이 마음, 내면의 중요성을 강조한다. 겉으로 보이는 모습만이 아닌 내면을 살펴야 한다는 것이다. 당연히 일리가 있는 말씀이다. 그런데 명리적인 관점에서는 그렇지 않다. 외모와 마음, 둘 다 중요하다. 외모가 양(陽)이라면 마음은 음(陰)이 된다. 늘 음과 양이 대등해야 좋은 것이다. 대등할 때 균형이 생겨 생기와 활력이 넘치게 된다.

예외적으로 박씨 부인과 모수가 있는데, 외모가 떨어져서(양) 괄시를 받다가 병자호란 같은 국난 때 강한 마음과 지략(음)을 발현하여 외적을 무찌른 박씨전의 박씨 부인, 춘추전국시대에 키가 작고 외모(양)가 볼품없던 모수는 낭중지추(주머니 속의 송곳은 결국 주머니를 뚫고 나온다는 의미로 재능이 있는 이는 언젠가는 그 재능이 드러난다는 뜻)란 고사성어의 주인공으로 등장하여 평원군의 특수작전에 투입하여 지략(음)으로 큰 공로를 세우게 된다.

양은 드러나는 기운이니 외모와 몸매의 모습은 우리가 금방 볼 수 있다. 음은 내면에 감추어진 기운이니 마음이 착한지, 의지가 강한지, 심성이 고운지는 우리가 잘 알 수가 없다. 외모와 마음, 둘 다 중요하다. 원래 정신적인 지도자는 머리(음)를 더 강하게 쓰는 것이니 마음, 내면을 중시할 수밖에 없다. 그들도 어차피 한계가 있는 인간이기 때문이다. 음이 커지는 것만큼 양을 키우는 것도 중요하다. 운동도 하고, 피부 관리도 하고, 식단도 조절하고, 패션, 향수, 액세서리에도 신경을 쓰는 것은 좋은 일이다. 거지철학가 디오게네스처럼 굳이 외모나 패션에 너무 신경을 쓰지 않아서 생길 수 있는 불이익과 불편함을 자처할 필요는 없기 때문이다. 외모와 몸매에 자신감이 있는 분은 독서나 공부, 교양으로 음을 키워가면 격이 높아진다. 학식과 교양, 지혜가 많으신 분은 외모, 몸매, 패션, 스타일의 양을 키워가면 역시 격이 높아진다. 지금도 허주는 마스크 팩을 하면서 칼럼을 쓰고 있다.

1일 1팩! 음이 강한 허주가 양을 키워가는 방법 중 하나다.

11. 개명(改名)에 대한 짧은 단상

우리 동네에 배달전용 중국집이 있는데 이름이 몇 년마다 바뀐다. 새로운 이름으로 전단지를 보내면 사람들이 새로 생겼나 하고, 맛은 어떤가 하며 주문하는 경우가 있다. 맛은 10년째 한결같은데 맛이 없다. 중국집도…. 정당도…. 사람도….

12. 헬리콥터가 떴다!

헬리콥터 맘(helicopter mom)이라는 용어가 있다. 평생을 자녀 주위를 맴돌며 자녀의 일이라면 무엇이든지 발 벗고 나서며 자녀를 과잉보호하는 엄마들을 지칭한다. 헬리콥터 맘이라는 개념은 우리나라 교육에 있어 엄마들의 뜨거운 교육열의 단면을 가장 잘 보여주는 치맛바람에서 파생된 것으로, 착륙 전의 헬리콥터가 뿜어내는 바람이 거세듯 거센 치맛바람을 일으키며 자녀 주위에서 맴도는 어머니를 빗댄 용어다.

헬리콥터 맘

어릴 때부터 학습 매니저가 된 헬리콥터 맘은 대학교에 들어간 장성한 자녀들의 일거수일투족까지도 참견하는 경우가 많다. 자녀의 숙제를 대신해 주거나 학교 측에 사사건건 간섭하기도 하며, 자녀가 사회인이 되어 취직을 하게 되면 자녀의 경력 관리에 나서고 부서 배치를 조정하려고도 한다. 명리학에도 이와 같은 용어가 있는데 모자멸자(母慈滅子)라고 한다. 어머니의 자애로움이 자식을 망친다는 뜻인데, 위와 별반 다를 바가 없다.

사주의 십신에서 엄마는 인성(印星)에 해당되는데, 인성은 일간(나)을 생해주는 역할을 하지만 인성이 너무 강하면 일간이 제 스스로 자신의 일을 하지 못하고 엄마에게 의존하게 됨을 의미한다. 인성다자(印星多者)에서 자주 볼 수 있는 모습인데, 엄마가 돌아가시면 끝나는 것이 아니라 이를 대신할, 배우자나 선배, 친구, 또는 자식에게 의존하는 인간이 된다는 것을 의미한다.

왜 그럴까? 갑(甲)목 일간이라면 수(水)가 인성이 되는데, 아래로 응축 하강하는 수의 성향으로 상승, 확산하려는 甲목이 제대로 성장하지 못함을 의미한다. 너무 많으면 겉은 멀쩡해 보이지만 뿌리가 썩을 수도 있는 것이다. 목이 화로 가는 것은 어린이나 청소년이 어른이 되는 것을 상징하는데, 수가 아래에서 잡아당기니 화로 성장하는 것이 요원하게 된다. 즉, 허우대는 멀쩡하고 육체적으로 성년이 되었지만, 생각하는 것은 어린이나 청소년에 머물러 있음을 의미한다.

"엄마가 정말 발로 뛰고 노력해서 너를 대학에 보냈으니 이젠 네가 알아서 잘해야 한다."

어렵게 노력해서 좋은 대학을 보내고 이제는 본인도 좀 한숨 돌리고 쉬려는 엄마가 자식에게 하는 소리인데 여기서부터 큰 문제가 발생하게 된다. 유치원, 초중고 때 다닐 학교를 배치하고 학원 및 선생님을 지정해 주며 입시정보를 파악하여 성년이 될 때까지 엄마에 의해서 원격조정을 받은 아이가 대학에 가서 스스로 잘 알아서 할 수 있을까? 사람은 환경에 적응하면서 살아가는데 대학에서 혼자서 교과목을 수강하고, 초중고 교사와는 달리 간섭을 하지 않는 교수의 자유로운 지도체계에서 아이는 뭘 해야 할지 몰라 방황하거나 갑자기 주어진 자유에 일탈을 하기 쉽다. 그리고 무엇보다도 매사에 의존적인 인간이 되어간다. 스스로 판단하고, 결정하고, 실행하는 능력을 잃어버리게 됨을 의미하니 한마디로 아이를 바보로 만드는 꼴이 된다.

저녁때 운전을 하면서 대치동 길을 지나가다가 대치동 학원가에 즐비하게 정차되어 있는 수많은 차량 속의 엄마와 아빠들을 보면서 헬리콥터 맘이 떠올라 칼럼을 쓰게 되었다. 부모의 지나친 관심과 통제는 아이를 바보로 키우고, 지나친 무관심과 방치는 아이를 괴물로 만든다. 음과 양이 균형 잡혀야 삶에 생기와 활력이 생기듯이, 자식에게는 적절한 관심과 사랑을 주는 한편, 혼자서 할 수 있는 일을 조금씩 늘릴 수 있게 독립과 자립심을 키워주는 것이 중요하다. 이처럼 자녀교육은 맹자 모친의 일화처럼 참으로 어려운 일인데 중요한 것은 자녀교육에 균형감을 잃지 않는 것이 좋겠다.

내 자식을 바보로 키울 수도, 괴물로 만들 수도 없으니깐 말이다.

13. 당신은 삥을 뜯겨본 적이 있는가?

"야! 뒤져서 나오면 10원에 한 대씩이다."

어디선가 많이 들어본 멘트다. 우리는 학창시절에 삥을 뜯겨보거나 삥을 뜯거나, 삥을 뜯기는 학우를 본적이 있을 것이다. 내가 일간(비견-比肩)이라면 삥을 뜯어가는 일진의 아이는 겁재(劫財)가 된다. 그리고 겁재가 뜯어가는 것은 나의 소중한 정재(正財)가 된다. 겁재(劫財)라는 용어 자체가 재물을 겁탈한다는 의미를 담고 있는데 보통은 돈이며 고급 패딩, 시계, 신발일 수도 있겠다.

나(비견)에게는 너무 소중하고 지키고 싶은 정재이지만 겁재들의 눈에는 편재(偏財)로 인식될 뿐이다. 소중한 정재를 강탈당하는 나는 울고 싶은 심정인데, 제발 학원비라고, 교재 살 돈이라고 하소연을 해보지만 겁재들에게는 그냥 울상일 뿐이고 찌질해 보일 수 있는 모습까지도 즐거움이 된다.

학우의 정재를 빼앗은 겁재들은 과연 그 정재를 소중히 여겨서 저축하거나 좋은 곳에 선행을 할까? 그렇지 않다. 어차피 내 정재도 아니었고 겁재한 정재이니 유흥비로 흥청망청 쓸 뿐이다. 비견에게는 소중하게 지켜야 할 정재가 겁재들의 입장에서는 어차피 내 정재도 아니며 그들의 즐거움과 유흥을 위해서 쓸 편재로 여겨지기 때문이다. 좋게 표현해서 삥이라는 용어를 썼지만 사실은 강도질일 뿐이다.

그러다가 그렇게 삥 뜯은 돈을 상위학년의 강력한 겁재들에게 다시 뜯기게 된다면 그때 가서야 삥 뜯긴 학우의 억울함과 원통함을 이해하게 될까? 글쎄, 사실 그럴 가능성은 없을 것이다. 인간은 대부분 자신의 관점과 입장에서 세상을 바라보는 경우가 많기 때문이다.

바늘도둑이 소도둑 되고, 작은 강도가 큰 강도가 되는 것이 세상의 이치다. 10세 이상 만 14세 미만에 적용되는 촉법소년법을 엄격하게 개정해야 하는 이유는 자명하다. 촉법소년법이라는 보호막에 부모도, 선생도, 경찰이라는 정관, 편관이 제대로 작용하지 않으니 큰 도둑, 큰 강도를 키울 뿐이다. 35년 전 여러 차례 내 정재를 삥 뜯어 갔던 송천초교의 '하○민' 이란 아이가 문득 생각난다. 辛금 일간의 기억력은 놀랍게도 오래가는 것 같다.

35년 전의 그 골목길 담벼락의 싸늘함과, 둘러싼 겁재들의 살기와 아무것도 할 수 없는 무력감에 치를 떨었던 분노와 아픔의 기억들이 고스란히…

14. 자식이 생겼다고 누구나 부모가 되는 것은 아니다

당신의 생각은 틀렸다. 자식이 생긴다고 누구나 부모가 되는 것은 아니다. 프로 축구선수가 되려면 축구를 잘 배워야 하고, 변호사가 되려면 법을 잘 배워야 하듯이 부모가 되려면 부모에 대해서 잘 배워야 한다. 어찌 보면 가장 어려운 공부인데 다들 알고 있다고 대수롭지 않게 여긴다. 어설프게 알고 있고 배운 것이 오히려 자녀를 망치게 할 수 있다.

균형 잡힌 좋은 부모에게서 자라난 사람이라면 자연스럽게 부모의 역할과 마인드를 배우게 되니 좋지만 누구나 좋은 부모를 두는 것은 아니므로 공부해야 하고 자신을 트레이닝 해야 한다. 또한 좋은 부모님 밑에서 배웠더라도 약 30년이라는 시공간이 바뀌는 것이니 현대의 삶에 맞게 수정하고 보완하는 것이 맞다.

"저 어릴 때는 안 그랬는데, 요즘 애들은 제멋대로이고 도대체 왜 그럴까요?"

자녀상담을 하다 보면 가장 많은 하소연이 위와 같다. 본인의 어린 시절과 자녀의 어린 시절이 다르니 서로 다른 것은 당연한 것인데 그것에 대한 이해가 부족한 경우가 많으니 이는 부모로서의 배움이 부족한 모습이 된다. 내 커리어를 위해서 학원을 다니고, 지식과 기술을 연마하듯이 내 자녀를 위해서 좋은 부모가 되는 길을 공부해야 한다. 맹자의 모친 일화처럼 좋은 부모가 되고, 자녀에게 바른 길을 제시하는 것이 쉬운 일은 아니다. 하지만 사랑하는 내 자녀를 위해서 적절한 시간을 할애하여 좋은 부모가 되기 위해 공부하는 것이 반드시 필요하다.

좋은 부모는 타고나는 것이 아니라 스스로 노력하여 만들어가는 것인데, 씨를 뿌리는 것은 누구나 할 수 있지만, 잘 키우고 잘 거두어 들여야만 농부가 된다. 충분히 좋은 부모가 된다.

15. 정성을 담다!

오전에는 지 여사의 백신접종을 위해 일원동 에코센터에 들렀다. 자원봉사자들과 의료진, 비상시를 대비하여 대기 중인 119 구급대원 등 체계적인 모습이다. 75세 이상의 어르신들이 접종을 위해 줄을 섰는데, 잘 준비했고, 시스템처럼 잘 진행되는 모습이었다.

오후에는 허주도 잔여백신을 동네 병원에서 맞았다. 일지(나)+월지(모친)의 자축(子丑)합의 모습일까? 희한하게도 같은 날 모자(母子)가 백신을 맞게 된 것이다. 저녁때는 집에 있는 재료로 간단한 요리를 준비했다. 계란말이와 김치찌개 요리를 하는 것은 식신과 상관의 영역이다. 특히 식신은 요리와 관련이 많다. 그런데 요리를 하다 보면 같은 요리를 하더라도 그때그때 맛이 다를 수 있는데, 어떨 때는 맛있다가, 어떨 때는 맛이 없을 수도 있다.

식상만이 있다면 그럴 수 있다. 특히 식신이 아니라 상관을 써서 만든다면 그럴 수 있을 것이다. 일정하고 꾸준하게 생하는 식신은 덜하지만, 온오프의 스위치처럼 켜졌다, 꺼졌다를 반복하는 상관은 그야말로 '그때그때 달라요'가 될 수 있는 것이다.

이럴 때 상관에게 필요한 것은 인성이 된다. 인성은 여러 성향 중에 기록하고 저장하는 기능이 있다. 기존에 만들었던 요리의 제작 과정과 재료, 양념의 양을 측정하고 기록하는 것이다. 그렇게 레시피를 기록해야 일정한 맛을 낼 수 있는 것이다.

식상만 있고 인성이 없는 누나는 늘 노트에 레시피를 기록한다. 그리고 뭔가를 오랜만에 만들 때는 다시 레시피 노트를 꺼내보거나, 인터넷 자료를 검색한다. 한껏 맛을 내었다고 생각해서 먹어보라고 들고 오지만⋯ 맛은 그냥 쏘쏘다. 지 여사도 공감한다.

허주에게는 편인이 있다. 그래서 기록을 한다. 그런데 노트가 아닌 머릿속에 그날의 레시피를 저장한다. 그날의 메인재료, 첨가물, 양념, 불의 온도, 불의 시간, 그리고 정성⋯ 그 모든 것을 기록하고 머릿속에 저장한다. 그리하여 일정한 맛을 선보이게 된다.

상관은 기존의 요리에 변화를 주고 바꾸는 것이니, 퓨전요리를 잘 만들 수 있다. 그리고 먹기 좋게 모양을 잘 낼 수 있는데, 이왕이면 다홍치마라고 보기에 좋은 것이 맛있어 보이지 않는가? 타인의 요구와 반응에 대처를 잘하니 다양한 메뉴와 레시피를 선보일 수 있겠다. 분식집에서 냉면은 없냐고 물어보면 냉면을 메뉴에 추가할 수 있겠다.

식신은 정통적인 요리를 잘할 수 있겠다. 여러 가지 메뉴가 아닌 한 두 가지를 오래 만들고 연구하여 선보이게 된다. 그리고 자신의 요리에 자부심을 가지고 순수성을 강조하게 된다. 타인의 요구와 반응에 대처하기보다는 자신이 선보이는 맛의 깊이에 동참하기를 바란다. 에너지는 총량을 가지고 있으니 수십 가지 메뉴판을 가진 김밥천국보다는 한두 가지 메뉴에 집중하고 일정한 맛을 지켜가는 신선설농탕이나, 국밥집, 냉면집이 더 오래갈 수 있겠다. 또는 식신도 있는데, 상관도 있는 멀티 식상을 가졌다면 메뉴도 다양한데 맛도 좋을 수 있겠다.

계란말이 1

계란말이는 어릴 적부터 먹었던 추억의 음식이고 소울푸드다. 그래서 계란말이를 보면 늘 학창시절이 생각난다. 노릇노릇 잘 굽는 것도 중요하고, 원형이 깨지지 않게 뒤집기 하는 것도 중요하다. 뒤집기를 할 때는 후라이팬의 기름기와 뒤집을 높이, 손목의 스냅을 잘 쓰는 것이 중요하다. 너무 적게 돌아도, 너무 많이 돌아도 모양이 깨지기 때문이다. 뒤집기를 하다 보면 접히거나 부분이 떨어져 나갈 수 있는데, 소량의 계란 국물을 남겨놓았다가 끊어졌을 때 접

착제 붙이듯이 붙이면 좋겠
다. 이는 상관의 임기응변이기
도 하다. 굽다 보면 앞면과 뒷
면으로 자연스럽게 나누어지
는데 뒷면에서 앞면 쪽으로
말면 모양이 깨지지 않게 잘
말린다.

계란말이 2

칼을 갈 때가 된 것 같다.
예리하게 커팅을 해야 하는데,
칼이 예전 같지 않다. 곳곳에 부적합한 절단면이 보인다.

김치찌개의 최고의 요리사
는 맛있는 김치다. 맛있는 김
치만 있으면 누구나 최고의
김치찌개를 만들 수 있다. 반
면에 김치가 맛이 없으면 어떤
양념과 재료를 넣어도 맛이 나
지 않는다. 마치 잘 익은 맛있
는 김치는 좋게 구성된 사주
원국과도 같다.

김치찌개

원국의 구성이 좋으니 누구나 웬만하면 잘 살아가는 것처럼….

저녁식사

신묘(辛卯)일주인 지 여사도, 신축(辛丑)일주인 허주도 손이 안 가는 잡다한 반찬은 올리지 않는다. 올려놓으면 풍성해 보여도 손이 몇 번 안 가고 다 설거지가 된다. 모자(母子)가 백신을 맞은 6월 7일 병술(丙戌)일에 자축(子丑)합의 모습이다. 백신을 맞기 전에 잠깐 일진을 봤는데, 천간에 丙화 정관, 지지에 戌토 정인인데 정관으로 지켜지고, 정인으로 보호받는 모습이 된다. 오늘은 무탈하게 별일 없이 지나갈 것 같다. 그래도 타이레놀은 준비해 놓았다. 일간의 건강과 안전을 챙기는 식신의 마음으로.

16. 인생은 드라이빙과도 같다

지지에 자(子)수와 축(丑)토 밖에 없어서 이동이 극히 적은 허주에게 미션이 찾아왔다. 삼성생명 FC인 지 여사를 모시고 파주에 사는 고객에게 보험계약 사인을 받으러 가는 미션이다. 일주와 시주가 辛卯, 辛卯로 같은 지 여사는 80이 넘은 나이에도 노익장을 자랑하신다. 일주 시절의 보험설계사를 시주의 시절에도 계속 하시는 모습이 된다.

현재 그녀는 토의 인성대운을 살고 계신다. 4명의 누님들이 매달 용돈을 보내는 것 외에도 수시로 집에 고기나 과일, 특산물을 보내온다. 어머님과 子丑합으로 되어 있는 그녀의 룸메이트인 허주는 덕분에 혜택을 함께 누리고 있다.

이번 파주행에는 상부의 CM(Coach Manager) 한 분이 동행했는데, 꽤 큰 사이즈의 계약이라고 한다. 운전은 허주가 하고, 고객과의 상담과 계약 관련 절차는 CM분이 도와주시니 이 또한 인성의 모습이기도 하다. 내가 받는 것이니 윗사람뿐만 아니라 후배나 자식, 동료, 국가(노령연금) 등도 해당된다. 계약을 마치고 돌아오는 길에 도로가 많이 막혔다. 차는 가다 서다를 반복하다가 강변북로의 동작대교쯤에서 거북이 운행을 하게 되었을 때, 문득 그런 생각이 들었다. 운전을 하는 것이 인생과 같다는….

도로에는 아우디, 벤츠, 포르쉐도 보인다. 원국으로 따지면 격이 높다고 할 수 있겠다. 모닝, 아반떼, 화물차도 보인다. 서로 팔자가 다르듯이, 서로의 차들도 제각각이다. 벤츠로 태어나서 비포장도로나 산길을 달릴 수도 있겠다. 아마도 엉덩이가 욱신거릴지도 모른다. 화려한 시선을 끄는 양(陽)의 모습이지만, 세금 및 유지비에 많은 돈이 들어가니 실속이 떨어질 수 있겠다. 모닝으로 태어나서 시원하게 고속도로를 달릴 수도 있는데, 스포츠카는 아니지만 속도

감 있고, 편하게 잘 달릴 수도 있겠다. 경차 할인도 받고, 세금 및 유지비도 적게 드니 음(陰)의 모습처럼 모양은 빠지지만 실속 있는 모습이다.

살다 보면 시원하게 속도를 내면서 달려갈 때도 있을 것 같다. 이대로만 달려가면 목적지까지 빠르고 편하게 갈 것 같다는 생각이 들겠다. 하지만 운전이 그렇듯이, 인생도 그럴 수는 없을 것이다. 가다 서다를 반복하는 지체 현상도 있을 수 있고, 도로가 주차장이 된 듯, 거북이 운행을 할 때도 생기게 된다. 막히고 답답할 때, 짜증내고 불평하는 것은 삶에 도움이 안 된다. 끼어들기, 앞지르기하는 차량에 로드레이지는 노노!

그냥 정말 급한 일이 있나보다 하고 생각하거나, 급한 성격의 팔자인가 하고 생각하면 편할 듯하다.

음악을 듣거나, 옆 사람과 담소를 하면서 길이 뚫리기를 찬찬히 기다리는 것이 좋겠다. 차가 막히지 않아 달릴 때 과속을 하는 것도 좋지 않은데, 많은 사람들이 잘될 때 오버를 하다가 큰 낭패를 보게 된다. 잘 나갈 때 겸손하고 주변을 살피듯이, 속도를 낼 때 과속하지 않는 것이 좋겠다. 속도를 즐기다가 대형사고가 날 수 있고 무인카메라에 찍혀서 과속에 대한 대가를 치를 수도 있기 때문이다.

도로를 달리다 보면 드물게 사고가 나기도 하고(沖-충), 고장으로 (刑-형) 대략 난감할 때도 있다. 그런데 오랜 세월 드라이빙을 하는데 어떻게 그런 일이 없을 수 있을까?

고장으로 서지 않게 평소에 잘 점검하면 좋겠다. 충돌이나 추돌하지 않게 앞차와의 안전거리를 유지하고 신호를 준수하면 어느 정도 예방할 것 같다는 생각이 든다. 꽉 막힌 강변북로를 지나오면서 이런저런 생각들이 스쳐 지나간다.

내 인생은 지금 어디쯤 가고 있을까?

17. 행복은 어디에 있을까?

6월 갑오(甲午)월이다. 午화는 양 운동을 하는 여름의 절정이고 말(馬)을 의미하니 움직임이 많아지게 된다. 그래서일까? 5월에 이어 6월도 움직임과 이동이 많은 달이 된다. 물론 신축(辛丑)년이라는 전체 집합 속의 부분 집합이니 범위는 크지 않다.

지 여사가 6월초 파주 계약 건에 이어서 중순에도 괜찮은 계약 건을 따내셨다. 이번에는 용인이다. 지 여사가 움직이는데 왜 허주가 따라가는가? 이는 일지+월지 자축(子丑)합의 영향이기도 하고, 오랜 세월 룸메이트에 대한 최소한의 성의 표시이기도 하면서, 80세가 넘어서도 현업에서 뛰는 엄마를 둔 탓이기도 하다. 그래도 이번에는 비도 안 오고 막히지 않아서 1시간 내로 가서 계약을 마치고 중간에 하나로 마트에 들러서 활낙지와 전복, 생선회를 구입했다.

백신 접종 후 10일째, 운전은 허주가 하지만 그래도 80대가 되면 움직이는 것 자체가 힘들 수 있다. 나이가 들면 젊은 시절 아주 쉽고 간단했던 일들도 힘이 들고 노력을 기울여야 한다. 마치 다리에 30kg의 족쇄를 단 듯, 눈은 마이너스로 떨어져서 침침하고 먼 거리가 보이지 않는 듯, 몸에는 무거운 갑옷을 입고 움직이는 듯 둔해지고 느려지게 된다. 늘 옆에서 보니 매년, 매달이 다르다는 것을 예민한 허주가 모를 리가 없다.

하지만 슬프거나 안타깝지는 않다. 그것이 자연의 섭리이고 세월과 싸워 이긴 인간은 없으니 한탄해서 무엇하랴! 남은 시간들을 소중하게 간직하고 좋은 추억으로 만들어 기억의 클라우드에 저장할 뿐이다. 계약을 마친 지 여사는 어린아이처럼 들떠 있었고, 그녀의 무용담(?)에 맞장구치면서 호응해주면 될 것이다.

(지 여사의 부캐는 낙지 킬러인데 이가 워낙 튼튼하셔서 한두 마리는 뚝딱하신다. 활낙지가 그녀에게 활력을 넣어주었으면 좋겠다. 하지만 살아있는 낙지를 칼질할 때는 마음이 짠하기도 하다.)

활낙지

메인 식탁

큰 계약을 성공리에 마친 모자(母子)의 저녁 만찬이다. 오늘도 자축(子丑)합의 모습인데 육합 중에서 가장 합력이 강하다는 것을 늘 일상 속에서 체감하고 있다. 합(合)은 사랑이다.

지 여사님

본인에게 허락을 받아 지 여사의 사진을 공개한다. 신묘(辛卯)일주 그녀, 늘 토끼처럼 해맑은 모습이다. 이 글을 읽는 독자들에게 권하는 건배라고 하신다. 지 여사는 이런 것을 올리면 여자들이 싫어한다고 코칭을 해주셨는데, 노프러블럼이다. 누구 눈치 보며 살고 싶지 않다.

행복은 어디에 있을까? 사람의 팔자가 각기 다르니 78억 개의 행복이 다르겠지만 지금의 허주에게는 식탁 위에 있다. 그리고 내 맞은 편에 행복이 앉아 있다.

6장

명리, 역사와의 대화

1. 황진이가 서화담을 만났을 때

황진이(재성)가 가식과 허위에 찌든 선비와 도인(인성)을 비웃고 조롱하기 위해 그들을 찾아 도장깨기를 시작한다.

First Kill 벽계수

첫 번째는 왕족으로 멋을 아는 선비라는 벽계수(인성)였다. 천간에는 인성이 있고, 지지에는 없으니 허울뿐이며 허세가 작렬한다. 황진이(재성)를 보자 한방에 나자빠지고 개망신을 당한다.

Second Kill 지족선사

두 번째는 도력이 높다는 지족선사(인성)다. 인성이 통근하여 강하나 원명에는 재성이 없다. 원명에 없는 오행이 운으로 오면 확실히 체감을 할 수 있다. 잠시 동안은 통근된 인성의 힘으로 버텼지만 결국 유혹에 넘어간다. 재극인(財剋印)의 모습으로 30년 쌓은 공덕이 날아가고 세간의 웃음거리가 되었다.

Third Mix 서경덕(서화담)

사주에 인성이 지지와 통근하여 강하고 천간에는 미약하지만 재성이 있다. 인성을 쓰는 격은 재성이 있으면 늘 긴장한다. 언제라도 재극인을 당할 수 있기 때문이다. 적응을 하면서 살아왔기 때문에 운에서 찾아오는 재성의 유혹을 견딜 수 있다. 오히려 인성이 강한데(지나친 보수주의와 경직성) 운으로 찾아오는 재성(현실감, 유연성)은 인성의 경직성을 완화시켜 좋게 작용하기도 한다.

인다봉재(印多逢財)로 배웠지만, 실은 인중봉재(印重逢財)가 더 맞을 것이다. 단순히 많은 게 아니라 천간지지에 연결되어 그 중함이 있어야 한다. 마음(천간)이 흔들릴 때, 현실(지지)에서 잡아주고, 현실(지지)에서 유혹을 받을 때 마음(천간)을 다잡게 된다. 그런 상황에서 찾아오는 재성은 오히려 좋은데 명리학의 기본정신은 균형을 유지하는 것이기 때문이다. 인성의 무거움에서 오는 폐해를 해소해준다. 강한 보수성, 권위주의, 지루함, 행동력 부재, 결정장애, 선택장애 등을 재성이 와서 어느 정도 해소해 주니 좋을 것이다. 보통 인성을 쓰는 사람은 재성이 운에서 오면 재극인이 되어 돈이나 여자로 인해 명예가 실추되고 구설수에 시달리는 것이 보통이다. 하지만 인성이 중중하면 운에서 찾아오는 가벼운 재성이 도움이 된다. 인성의 이상론에서 머물다가 재성을 만나서 현실적인 솔루션을 찾을 수 있는 것이다.

영화 '황진이'

황진이(재성)는 자신의 유혹을 이겨낸 화담선생(인성)에게 감동하여 그의 제자가 되어 서로의 문학과 예술적인 기예를 교류하며 후세에 아름다운 이름을 남겨 송도삼절(박연폭포, 서화담, 황진이)이 되었으니 인다봉재(인중봉재)의 길함을 보여주는 대표적인 사례일 것이다.

2. 조조할인-내가 왕이 될 팔자인가?

젊은 날 원소와 친구였던 조조가 여남 땅에 소문난 점쟁이가 있다 하여 밤새 말을 달려 아침에 도착하여 함께 점을 보게 되었다.

조조: 이보게 역술가 선생, 내 사주 좀 봐주게. 내가 왕이 될 팔자인가?

점쟁이: 어디 보자, 음…. 축하하오, 당신은 왕이 될 팔자요.

조조: 정말인가? 고맙군, 고마워, 그래 복채를 얼마를 주면 되겠는가?

점쟁이: 왕의 사주를 감명했으니 금 20냥은 족히 받아야 할 것이외다.

조조: 엥, 너무 비싸구먼. 나중엔 왕이 되겠지만 지금은 말단 관리일세, 좀 깎아 줄 수는 없겠는가?

점쟁이: 좋소, 첫 개시이기도 하니 조조할인 해드리겠소

- 조조할인의 유래

정사에는 남지 않았지만 야사로 후대까지 전해 내려왔기에 이에 수록한다.

3. 옛날 사람들은 왜 편재는 흉신으로 보지 않았을까?

옛날에는 겁재, 상관, 편관, 편인을 4흉신으로 규정했는데, 왜 같은 계열의 편재는 흉신이 아닌지 한 초학자분이 질문하서서 필자의 견해를 말씀드리고자 한다.

편재는 용(用)으로 큰 돈, 사업으로 벌어들인 불규칙한 재물, 예기치 못한 재물로 해석되는데 또한 공공재(公共財)를 의미하기도 한다. 옛날 역술가는 성실하게 모은 내 돈(정재)이나 나라의 재물인

공공재(편재)도 다 자기 돈이라고 생각해서 좋게 봤나 보다. 공공재물을 내 돈처럼 횡령하고 삥땅을 치니 백성들의 삶이 무척 고단했을 것 같다. 뭐 현대사회도 만만치 않다. 공중부양 허경영 씨의 명언이 생각난다. "나라에 돈(편재)이 없는 게 아니라 도둑 놈(비겁)들이 많은 것이다"라는….

허경영 어록집

명리학을 바라봐, 너는 평온해지고, 지금 바로 롸잇 나우!

4. 甲돌이와 甲순이, 비극의 시작

예전 김세레나란 가수가 불렀던 '갑돌이와 갑순이'란 노래가 있었다. 아마도 70~80년대를 살아온 분들이라면 이 노래를 알고 있을 것이다. 민요풍의 가요인데 가사가 쉽고 단순하며 리듬이 좋아서 크게 유행했었다.

甲돌이와 甲순이의 이루어지지 못한 애절한 사랑을 노래에 담고 있는데, 명리학적으로 보면 그럴 수밖에 없다는 것을 알게 된다. 천간의 10글자 甲乙丙丁戊己庚辛壬癸에서 甲목은 첫 번째의 글자로 시작하는 기운이 가장 강하다. 앞서는 것도 좋아하니 자기가 스스로 10천간의 우두머리라고 생각하니 자부심과 자존심도 강하다. 세간에 흔히 갑질한다는 말은 이런 甲의 성향에서 나온 것이다.

甲돌이와 甲순이는 한 마을에 살고, 서로 썸을 타는 사이인데, 서로 자존심이 너무 강하다. 사랑은 팔자가 다른 두 사람이 만나서 서로 이해하고, 부족한 것은 채워주며, 보듬고 사는 것인데 서로 자존심이 강하니 양보를 하지 않으며 자기주장을 강하게 내세우니 타협을 보기가 어렵다. 사랑하는 마음도 자꾸 부딪치니 애증이 된다.

자부심과 자존감이 강하니 먼저 사랑한다는 표현을 하지 못하는 것인데 노래 가사처럼 마음뿐이다. 잘 챙겨주는 것과 진심으로 사랑한다고 말하는 것은 다른 것인데, 상대방이 나의 사랑을 알아줄 거라고 안심을 한다. 그러다가 뒤통수를 맞거나 오해를 받을 수 있다. 甲돌이와 甲순이 중 어느 한쪽이라도 진심으로 사랑한다고 고백했다면, 자신을 내려놓고 양보하며 상대방을 배려했다면, 서로 헤어져 사랑하지도 않는 사람과 결혼을 하는 일은 없었을 것이다.

甲돌이와 甲순이의 노래에서 그렇게 비극이 시작되었다. 비극의 대상은 이루지 못한 사랑을 한 甲돌이도 아니고, 甲순이도 아니다. 甲돌이의 신부, 甲순이의 신랑이 그 비극의 대상이다. 나의 배우자가 누군가를 나보다도 더 사랑하고 있고 마음에 품고 있다는 것을 알았을 때의 상실감과 분노는 어떻게 감당할 수 있을까?

甲목은 시작하는 기운이고, 출발하는 기운이라 다른 천간의 글자들이 고민하면서 결혼을 생각할 때, 바로 질러버린다. 빠르게 결혼하고 빠르게 후회할 수 있다. 甲목은 인생의 시기상으로 초년에 해당되니 어린이로 비유된다. 오상

갑돌이와 갑순이 민요집 앨범

(五常)의 인의예지신에서 어질 인(仁)에 해당되는데 어린이니 실수를 하고 잘못을 해도 악의가 없다고 한다.

어떻게 보면 사랑도 없는 결혼을 한 甲돌이와 甲순이는 상대편의 배우자에게 상실감과 아픔을 주었기 때문에 비난을 받아야 함에도 불구하고 그러한 甲목의 어질고 순수함, 악의 없음에 의해서 그들의 이루어지지 못한 사랑이 동정을 받고 연민을 받는 것은 10천간의 시작이고 어린이와 같이 순수함이 있는 甲목의 성향이 노래 속에 배어들었기 때문이 아니었을까 유추해본다.

5. 브루투스 너마저?

유술(酉戌)은 가을 申酉戌 방합의 일원이면서 또한 유술해(害)라고 한다. 가족의 합인 방합이니 가깝고 친한데, 왜 해롭다는 해(害)

가 되는 걸까? 그것은 유술의 지장간을 살펴보면 좀 더 구체적인 모습을 알 수 있다. 원국의 경우는 월지가 주도권을 가진다.

酉(일지)　　　戌(월지)

庚(10일)　　　辛(9일)　여기(餘氣)

辛(10일)　　　丁(3일)　중기(中氣)

辛(10일)　　　戊(18일)　말기(末氣)

한달 30일을 기준으로 여기 9~10일은 같은 경신(庚辛)금이다. 비겁이니 동질감을 느낄 것이다. 왜냐하면 戊土의 여기는 앞전의 酉금의 지장간 말기가 넘어와서 여기가 되었기 때문이다. (우리는 패밀리! 패밀리!)

중기에서는 다소 문제가 생긴다. 酉금의 중기 辛금을 戊土의 중기 丁화가 화극금으로 녹이려고 하기 때문이다. 이미 완성체인 辛금은 정화의 화기가 닿으면 녹기 때문에 꺼려한다. 이것이 해(害)의 모습이다. (야! 니가 나한테 어떻게 이렇게 할 수 있어?)

말기는 토생금을 해주는 모습이다. 戊土가 토생금으로 辛금을 생해주는 모습인데 지장간 중기의 해(害)의 앙금을 잊고 다시 패밀리의 모습으로 돌아간다. (아! 미안 내가 잠깐 미쳤나봐, 화의 꼬임에 넘어가서… 미안해 酉금아)

유금의 해의 모습은 戊土의 지장간 중기 丁화의 영향이다. 戊土

는 申酉戌의 고지지만 지장간 중기는 화의 일을 하니 화극금의 모습으로 발현되었다. 중기가 3일로 짧으니 유술의 해는 짧지만, 만약 戌土 옆에 삼합을 이루는 寅목과, 午화가 같이 있다면 달라질 수 있다. 방합은 피의 합이지만, 戌土는 목적(삼합)을 위해서 酉금을 극할 수 있기 때문이다. 모든 글자들이 옆에 무슨 글자가 있는가를 살펴야 하지만 특히 같은 토로 구성되었지만 지장간 속이 복잡한 진술축미는 특히 그렇다. 뒷통수를 맞을 수 있는데, 축술미 (丑戌未)의 삼형이 무은지형(無恩之刑)이라고 하여 믿었던 것에 대한 배신을 의미한다. 배신은 단순히 인간관계만이 아닌 내가 믿었던 건강, 안전, 운전실력, 전문지식, 기술, 돈 등 다양한 장르를 의미한다. 배신을 할 때도, 배신을 당할 때도 씁쓸하다.

로마에서 절대 권력을 잡은 시이저는 브루투스를 양아들과 같이 아꼈다. 그는 시이저의 애인이었던 세르빌리아의 아들이었기 때문에 자신에게 대항하는 반대파에 가담한 그를 반대파와의 전쟁이 끝난 후에도 용서하고 요직에 임명했다. 시이저가 암살당한 이후 발표된 그의 유언장에 제2의 상속자가 브루투스였으니 자신을 암살하려는 자객들 중에 브루투스를 발견하고 시이저가 죽기 전에 그런 말을 할 만한 것 같다. 믿음을 저버린 배신을 향한 외마디 외침이었다. "브루투스, 너마저?"

6. 테스 형! 인생, 그따위로 살래?

형이 아크로폴리스 광장에서 거리의 사람들과 철학적인 대화를 나누는 것이 취미인 것은 알겠어. 산파법이라는 질문과 답변을 통해서 궁극의 깨달음을 찾아가려는 노력도 이해해줄게. 형의 철학이 서양의 정신세계에 지대한 영향을 끼친 것도 알고 있어. 그래서 2021년 대한민국에서도 늘 형을 찾곤 해.

"테스 형! 세상이 왜 이래?"

근데 말야 테스 형, 혹시 그거 알아? 동양에는 수신제가 치국평천하(修身齊家 治國平天下)라는 말이 있어. 몸과 마음을 닦아 수양하고 집안을 가지런하게 하며 나라를 다스리고 천하를 평정한다는 뜻이야. 형이 길거리에서 철학을 논하고 진리를 탐구할 때, 형네 집안 꼴은 엉망인 거 알고는 있는 거야?

나이도 30살 어린 크산티페 형수가 왜 형이랑 결혼했는지는 잘 모르겠지만, 결혼했으면 집안에 먹을거리, 땔거리는 챙겨야 하는 게 가장의 역할이 아닐까? 형수와의 사이에서 자식도 3명이나 있다면서 왜 그래?

그러려고 결혼한 거야? 백수가 자랑은 아니잖아? 집안의 살림을 챙기는 것이 모두 형수인데 고마워하고 미안해하지는 못할망정 디스를 한다? 이건 아니잖아?

집안일은 나 몰라라 책만 읽고 있는 형에게 형수가 마구 소리를 지르며 화를 냈다가 그래도 들은 척도 안 하니 물 한 바가지를 들고나와 끼얹어 버렸지. 그랬더니 주위에 있던 사람들이 놀라고 당황했을 때 형이 뭐라 그랬어?

"번개가 치고 천둥이 울리면 비가 오는 법이지."

백수면 미안해서라도 집안일을 돕는 것이 인지상정 아냐? 동양이나 서양이나 뭐가 다른데? 제자들이 형에게 꼭 결혼해야 하느냐고 물었을 때 형이 이런 말도 했더군.

"결혼은 반드시 해야 하네. 좋은 아내를 얻으면 행복할 것이고, 나쁜 아내를 얻으면 나처럼 철학자가 될 테니까."

"그런 아내라면 헤어지면 되지 않습니까?"

누군가의 말에 형은 웃으면서 이런 말을 했었지.

"내 아내와 잘살 수 있다면 이 세상 그 누구와도 잘 지낼 수 있다네."

노노(NO, NO) 형은 훌륭한 철학가일지는 모르겠지만, 배드 페어런

소크라테스

츠고, 배드 파파라는 게 팩트야.

형은 철학가가 될지 모르겠지만, 형수는 부처가 될 것 같아. 몸 안에 사리가 쌓일 테니까. 못생긴 것은 잘못이 아니지만, 가장으로서 집안에 무책임하고 무능한 것은 잘못이라고 생각해.

동양의 명리학(命理學)에 나오는 음양(陰陽)의 이야기를 형에게 들려주고 싶어. 밖에서 철학을 논하고 제자를 양성하는 것이 양(陽)이라면, 집안에서 처자식을 챙기고 돌보는 것이 음(陰)이야. 음양은 대등하니 균형 잡힐 때 가장 좋다고 하네.

이제라도 늦지 않았어! 수업료를 받든, 스파르타에 특강을 나가든, 철학을 과외하든 간에 처자식 먹여 살릴 돈 좀 벌어와! 이놈의 무재(無財)사주 테스 형아!

테스 형! 형은 먼 후대에 동양의 강태공과 더불어 가정을 방치한 무능한 가장이자 아빠의 상징이 될 거야. 형보다 더 무능하면서 뻔뻔한 데다 찌질하기까지 한 넘사벽 태공 형 이야기는 다음에 들려줄게.

7. 태공 형! 사람이 왜 그리 찌질해?

태공 형! 시대가 다르고 풍습이 달라도 변함없는 것이 있어.

그것은 내가 사랑하는 사람을 지켜주고, 좋은 것만 주고 싶다는 마음이야. 원시시대 남자들도 야생동물을 사냥해서 가장 좋은 것을 사랑하는 사람에게 줬을 거야. 인정하지?

강에서 낚싯바늘을 곧게 펴서 귀인을 기다리면서 세월을 낚고 있었다는 말, 100번을 양보해도 좋게 느껴지지 않는걸, 지금이나 옛날일지라도 형은 한 집안의 가장이야, 알지? 그런데 가장이 백수로 지내면 그 집안이 어떻게 되겠어?

차라리 낚싯바늘을 구부려서 고기라도 잡았으면 팔아서 가계에 큰 보탬이라도 되었을 텐데... 안 그래 태공 형? 형은 프로낚시꾼이잖아? 허구한 날 낚시만 하는….

70세 가까이 수십 년간을 공부만 하면서 백수로 지내온 형을 그래도 남편이라고 같이 살아준 마씨 형수가 난 더 대단한 것 같아. 결국에 희망을 잃고 가난에 지쳐 떠나갔지만 나 같으면 아주 옛날에 떠났을 것 같아. 그래도 오랜 세월 믿고 살아준 형수가 고마운 줄 알아야지, 어디 남자가 쪼잔하게….

무왕을 도와서 주나라를 세우고 산둥지방의 제나라에 임금이 되어 가다가 형수와 만났을 때, 꼭 그래야만 했을까? 그래, 오십보 양보해서 다시 합치자고 할 때 안 할 수는 있지만 누추한 행색의 형수에게 그 유명한 물 쏟기 퍼포먼스를 보이면서 모욕감을 주어야 했을까?

복수불반분(覆水不返盆)- 한번 쏟아진 물은 다시 담을 수 없다는 고사성어를 남겨야 속이 시원했냐?

공부만 하고 가계를 책임지지 않은 무능한 가장의 잘못은 어디에 갔을까? 그 고사를 보니 형이 얼마나 무책임한 사람인지 알 것 같아.

그러려면 왜 결혼을 하고 왜 가정을 이루었니? 그냥 공부만 하고 세월을 낚으면서 살지 오죽하면 형수가 생활고에 지쳐서 친정으로 도망을 갔을까?

역지사지(易地思之)가 형 후대에 나온 고사성어라서 모르는 거야? 알면서도 안 한 거야? 인생 참 찌질하게 산 거 같아. 부부의 인연이라는 게 스쳐 지나가는 인연이 아닐진대….

으응? 형의 지인들에게 함부로 대하고, 형한테 거칠고 막 대했다고?

형, 아내는 남편하기 나름이야. 오랜 간병에 효자, 효녀 없고, 오랜 생활고에 어진 아내가 없기 마련이야. 사람은 누구나 팔자가 다르기 때문에 고사에 나오는 착하고 어진 아내는 극히 드문 거야. 혹시 그런 걸 기대한 거야? 하~ 한숨만 나오네.

남의 잘못을 탓하려면 나부터 떳떳하고 당당해야 할 것 같아. 생활고에 지쳐 남편을 두고 떠난 마씨 형수를 탓하게 전에, 가계를

팽개치고 공부만 하면서 백수
처럼 지낸 형의 잘못과 무능
함이 더 큰 것 같아. 학창 시
절 형의 복수불반분(覆水不返
盆)의 일화를 읽으면서 뭔가
이상하고 찜찜한 느낌이 들었
는데 나이가 들어 명리학을
배우고 세상의 이치를 알아가
니 아주 선명해졌어.

허구한 날!

태공 형! 디스해서 미안한데
형이 뻔뻔하고 찌질한 거 사실
이야. 전에 테스 형을 좀 디스
했는데 형은 넘사벽이야. 다시
태어나면 그렇게 살지 마. 가정이 깨졌는데, 나라를 세우는 것이
무슨 자랑거리야!

8. 여몽정(呂蒙正)의 파요부(破窯賦)

명문장인 파요부(破窯賦)에 명리적인 주석을 달아보았다. 문장 자
체에 이미 명리학적으로 깊은 뜻이 담긴 글이기도 하다. 참고로 여
몽정의 말과 출세, 삶을 통해서 간단히 그의 사주를 추리해보았다.

여몽정(呂蒙正)의 파요부(破窰賦)

여몽정은 송나라 때 사람으로 어려서 부모를 잃고 어려운 시기를 보내다 후에 과거에 급제하여 재상이 되었다. 강직함과 후덕함으로 이름을 떨친 명재상으로 여러 가지 지혜로운 일화를 많이 남긴 인물이다.

파요부(破窰賦)란 제목은 여몽정이 젊은 날 곤궁한 시절을 보낼 때 사용하지 않는 깨진 와요에서 잠을 잤기 때문에 붙인 이름이며, 관직이 삼공의 반열에까지 올라서 부귀가 극에 이르렀지만 그는 그 자신의 성공을 그저 다음과 같은 담담한 말로 표현하였다.

"내가 결코 남보다 잘나서 오늘의 위치에 오른 것은 아니다. 다만 때가, 그리고 운명이 나를 오늘 여기에 있게 했다."

마치 장자의 안명무위(安命無爲 - 주어진 삶에 편안하게 따르라는 뜻)처럼 겸허한 표현으로, 사람이 잘되고 못되는 것이 다 때와 운명에 있음을 강조한 글이라 할 수 있겠다.

파요부(破窰賦)

天有不測風雲

하늘에는 예측할 수 없는 바람과 구름이 있고

(명리주석-천간은 동적이며 변화가 심하다.)

人有旦夕禍福

사람은 아침 저녁에 있을 화와 복을 알지 못한다.

(지지에는 형충회합파해로 인해 삶의 길흉을 알기 어렵다.)

蜈蚣百足行不及蛇

오공(지네)은 발이 많으나 달리는 것은 뱀을 따르지 못하고

(서로 팔자가 다르니 비교하지 말자.)

家鷄翼大飛不及鳥

닭은 날개는 크나 나는 것은 새를 따르지 못한다.

(남의 팔자에 서로 간섭하지 말고 부러워할 것 없다.)

馬有千里之程

말은 하루에 천 리를 달릴 수 있으나

非人不能自往

사람이 타지 않으면 스스로 가지 못하며

(사주 원국이 좋아도 대운으로 때를 잘 만나야 하고)

人有凌雲之志

사람은 비록 구름과 같은 뜻이 있다고 하여도

非運不能騰達

운이 따르지 않으면 그 뜻을 펼칠 수 없다.

(팔자 구성이 좋아도 운이 따르지 않으면 뜻을 펼치기가 어렵다.)

文章蓋世孔子尙困於東邦

학문이 세상을 뒤덮은 공자도 일찍이 진나라에서 곤욕을 당하였으며

(년지+월지의 형충은 경쟁력이다. 공자의 고충은 장차 그를 더욱 크게 만들었다.)

武略超群太公垂釣於渭水

무략이 출중한 강태공도 위수 강가에서 낚시를 드리우며 세월을 보냈다.

(재능이 뛰어나도 나아갈 때와 기다릴 때의 시기를 아는 지혜가 필요하다. 그래도 자기 밥벌이는 하면서 하자.)

盜跖年長不是善良之輩

도척은 장수하였으나 선량한 사람이 아니었으며

(명리학은 삶의 부귀와 귀천을 논하는 학문이지 도덕을 논하지 않는다.)

顔回命短非凶惡之徒

안회는 단명하였지만 흉악한 사람이 아니었다.

(비록 선하고 착하다 하더라도 사주상으로 좋다고 할 수는 없을 것이다.)

堯舜至聖却生不肖之子

요순은 비록 성인이었으나 불초한 자식을 낳았으며

(자식 팔자는 자식의 것이다. 부모 마음대로 되지 않는다.)

瞽叟頑呆反生大聖之兒

고수는 완고하고 미련하였지만 도리어 대성인을 낳았다.

(귀하고 잘되는 자식의 팔자는 부모가 빈천해도 반드시 크게 된다.)

張良原是布衣 蕭何稱謂縣吏

장량은 원래 한미한 선비였고 소하는 작은 현의 관리에 불과하였다.

(초년에 이름을 날리는 사람도 있고, 늦은 사람도 있는데 이는 대운의 작

용에 따라서 시차가 존재하니 다르다.)

晏子身無五尺封爲齊國首相

안자는 오척이 안 되는 단신이었으나 제나라의 수상으로 봉하여

졌고

(작은 고추가 매운 법이다. 강약만을 살필 것이 아니라 왕쇠를 반드시 같

이 살펴야 한다.)

孔明居臥草廬能作蜀漢軍師

제갈공명은 초려에 은거하다 촉한의 불세출의 군사가 되었다.

(절태양의 시기에 은거하여 실력을 키우면 록왕쇠의 시기에 그 뜻을 펼칠

수 있다.)

韓信無縛鷄之力 封爲漢朝大將

한신은 스스로 닭 잡을 힘도 없었으나 한조의 대장군이 되었고

(음과 양에서 음이 강한 사람은 실내에서 머리를 쓰면서 살아야지, 실외에서 활동하면 힘을 쓰지 못한다. 한신은 용병술의 대가이지 무력의 대가는 아닌 것이다.)

馮唐有安邦之志 到老半官無封

풍당은 나라를 평안하게 할 뜻이 있었으나 늙도록 미관말직도 얻지를 못하였으며

(천간은 마음이니 지지에서 운이 오지 않는다면 재주가 있어도 마음으로 그칠 뿐이다.)

李廣有射虎之威 終身不第

이광 또한 활로 호랑이를 쏠 수 있는 위력이 있었으나 종신토록 급제를 하지 못하였다.

(실력이 있어도 운으로 인성운이 오지 않으면 합격하기가 힘들다.)

楚王雖雄難免烏江自刎

초왕은 비록 영웅이나 오강에서 자결함을 면치 못하였고

(비견, 겁재가 강하면 따르는 이가 많고 리더십이 강하나 고집이 쎄서 참모(범증)의 조언을 무시하다가 결국에는 비참한 최후를 맞이하게 된다.)

漢王雖弱却有河山萬里

한왕은 비록 약하였으나 산하만리의 나라를 세웠다.

(비록 일간이 신약하더라도 겸손하면 주변의 많은 인성들과 비겁들이 일간을 도와 큰일을 이룬다.)

滿腹經綸白髮不第 才疏學淺少年登科

경륜 가득 백발이 되도록 급제를 못하는 사람이 있는가 하면 재능 없고 학문이 깊지 못해도 소년에 등과하는 사람도 있다.

(포인트는 년간에, 월간에 관성이 투간되면 소년급제하고, 시간에 투출되면 늦게 빛을 보게 된다. 만약 투간이 안 된다면 크게 나랏일에 써먹지는 못하고 지역의 훈장 정도의 지식인에 그치게 된다.)

有先富而後貧 有先貧而後富

처음에는 부유하다 나중에 가난해지는가 하면 처음에는 가난하다가도 나중에는 부하게 되기도 한다.

(운의 움직임에 따라서 음지가 양지가 되기도 하고, 양지가 음지가 되기도 한다. 운의 흐름에 따라서 인생은 새옹지마와 같으니 일희일비(一喜一悲)하지 말자.)

蛟龍未遇潛身於魚蝦之間

교룡이 때를 얻지 못하면 물고기나 새우들이 노는 물속에 몸을 잠기며

(운이 오지 않았다면 자세를 낮추고 기다릴 줄 알아야 한다.)

君子失時拱手於小人之下

군자도 시운을 얻지 못하면 소인의 아래에서 몸을 굽힌다.

(군자도 마찬가지다. 운이 오지 않았다면 자세를 낮추고 기다릴 줄 알아
야 한다.)

天不得時日月無光 地不得時草木不長

하늘도 때가 되지 않으면 해와 달의 광채가 없으며 땅도 때가 되
지 않으면 초목이 자라지 않는다.

(丙화는 태양과 같아 밤에는 힘을 쓰지 못하고, 丁화는 달과 같아 낮에는
힘을 쓰지 못한다. 戊토는 여름에 활약하여 녹음이 푸르나 겨울에는 힘을
잃으니 휴식하면서 봄을 준비해야 한다.)

水不得時風浪不平 人不得時利運不通

물도 때가 되지 않으면 풍랑이 일어 잔잔할 수 없으며 사람도 때
를 얻지 못하면 이로운 운이라도 뜻이 통하지 않는다.

(사주의 원명은 체(體)라서 정적이다. 운(運)이라는 동적인 요소가 올 때
움직인다. 이로운 운이 오더라도 전혀 준비가 되어 있지 않다면 왔는지,
안 왔는지 모르게 날려버릴 수 있다. 많은 사람들이 그렇다.)

昔時也 余在洛陽 日投僧院 夜宿寒窯

내가 어릴 적 낙양에 머무를 때 낮에는 절에 가서 밥을 얻어먹
고 밤에는 차가운 도자기 가마에서 잠을 청하였다.

(년지, 월지의 초년, 청년기의 형충파해는 고생스럽지만 장차 삶에 경쟁력이 된다고 여몽정에게 위로해주고 싶다. 실제로 그렇게 되었다.)

布衣不能遮其體 淡粥不能充其飢
입는 옷은 몸을 다 가릴 수 없었고 멀건 죽으로는 배고픔을 면할 수가 없었다.
(무인성(無印星) 사주의 모습이다. 인성이란 부모 등 윗사람으로부터 내려받는 것이요, 기본적인 의식주를 뜻한다. 위의 상황으로 보면 지장간에도 없는 무인성 사주일 수 있다.)

上人憎 下人壓 皆言余之賤也
그때 윗사람들은 나를 미워하였고 아래 사람들 역시 나를 억누르려 하며 모두 나에 대하여 말하기를 천하다고 하였다.
(사주 내 원진(원망, 시기) 등이 있는 것으로 보이며, 강한 편관(위협, 위험)도 있는 것으로 보인다.)

余日, 非賤也 乃時也運也命也
내가 말하기를 이것은 천한 것이 아니고 나에게 주어진 時와 運과 命이 그러한 것뿐이다.
(참혹한 형편을 비관하지 않고 낙천적이고 관조하고 있으니 일간이 강하며, 어린 나이에 생각이 긍정적이고 사고가 깊으니 양과 음이 잘 조화된 사주로 보인다.)

余及第登科官至極品 位列三公

내가 그 뒤에 과거에 등과를 하고 벼슬이 높아져 지위가 삼공의
반열에 이르니

(사주 내 관성이 강한 사주 같은데 대운으로 인성운이 들어와서 벼슬이
높아진 것이 아닐까 싶다.)

有撻百僚之杖 有斬嗇吝之劍

만조백관을 통솔할 수 있고 생사여탈의 징벌 권한을 가지게 되
었다.

(관인상생으로 벼슬이 올라가고 징벌권한을 가지니 연지, 월지의 형살이
직업적으로 작용한 것 같다.)

出則壯士 執鞭 入則佳人捧秧

밖으로 나갈 때는 채찍을 든 군사들이 호위하고 집으로 돌아오
면 미인이 시중을 거들며

(고관대작의 모습으로 청백리와는 거리가 먼 것 같다.)

思衣則有綾羅錦緞 思食則有山珍海味

옷 입을 생각만 하면 능라금단이 대령되고 음식 먹을 생각만 해
도 산해진미를 대령하였다.

(아마도 초년 시절의 굶주림으로 인한 기억으로 산해진미로 차려먹는 게
아닐까 한다. 보상심리의 작용 같으며 원진, 귀문이 확실한 것 같다.)

上人寵 下人擁 人皆仰慕 言余之貴也

윗사람은 나를 총애하며 신분이 낮은 이들은 나를 받들면서 모든 사람들이 우러러 흠모하고 말하기를 내가 귀하다고 하였다.

(일인지하 만인지상이고 2인자에 만족하며 엄정하게 생사여탈을 취급하니 庚금일간이나, 辛금일간인 것 같은데, 호위병사와 집안의 미인들, 산해진미 등으로 볼 때 화려한 辛금 일간이 아닐까 한다. 辛금일간에게 관성은 火가 된다. 화려한 중앙정권의 고관대작이 火의 모습이다. 丙화의 관성의 모습이 된다.)

余曰, 非貴也 乃時也運也命也

그때 내가 말하기를 내가 귀한 것이 아니고 단지 나에게 주어진 時와 運과 命일 뿐이라 하였다.

(좋은 글이지만, 잘 살펴보면 자기 자랑하는 글이다. 역시 대놓고 뽐내지는 않지만 은근히 남들이 나를 알아봐주길 바라는 辛금 일간이 맞는 것 같다. 자신이 잘나서 이 자리에 오른 것이 아니고, 때가 그리고 운명이 그렇게 만들었다는 것은 얼핏 들으면 겸손한 것 같지만 그 이면은 내가 일인지하 만인지상의 승상의 자리에 오른 것은 하늘(운명)이 그렇게 결정한 것이니 함부로 내 권력을 넘보지 말라는 뜻을 내포하고 있기 때문이다.)

蓋人生在世

대저 사람이 이 세상을 사는 동안에

(사주팔자는 사람이 생을 살아가는 자신의 시간표와 같다.)

富貴不可捧 貧賤不可欺

부귀만을 받드는 것은 옳지 못하며 빈천함을 업신여기는 것 또한 옳지 않은 것으로

(재성과 관성만이 전부가 아니다. 인성도, 비겁도, 식상도 모두 중요하며 그 존재 가치가 있다. 양지가 음지되고, 음지가 양지된다. 사람을 함부로 평가하고 무시할 일은 아니다. 오늘 하찮게 보이고, 한심해 보이는 사람도 운이 바뀌면 정신을 차리고 훌륭한 사람이 될 수 있다.)

此乃天地循環 終而復始者也

이는 천지가 순환하여 마치면 다시 시작하는 이치와 같은 것이다.

(양극즉음생, 음극즉양생, 양이 절정에 달하면 그 아래에서 음이 생겨나고, 음이 절정에 달하면 그 아래서 양이 생겨난다. 절-태-양-장생-목욕-관대-건록-제왕-쇠-병-사-묘의 새로운 12운성은 생로병사와 흥망성쇠가 순환하여 반복된다. 명리학은 그런 자연의 흐름과 순환의 이치를 배우는 것이다.)

오래전 명리학을 시작할 때 깊은 감동으로 읽어보았던 파요부에 명리적인 주석을 달아보았다. 또한 세월이 오래 흐르니 파요부 속 이면의 글자와 여몽정의 성향을 유추할 수 있게 되었다. 겸손한 듯 자랑하고 싶었던 후금 일간 같은 여몽정의 기질을 말이다.

9. 고서(古書)는 잘못이 없다

刻舟求劍(각주구검)

춘추전국시대 초(楚) 나라의 한 젊은이가 매우 소중히 여기는 칼을 가지고 강을 건너기 위하여 배를 타고 가다가 강 한복판에서 그만 실수로 쥐고 있던 칼을 강물에 떨어뜨리고 말았다. 놀란 이 사람은 얼른 주머니칼을 꺼내서 칼을 빠뜨린 부분의 뱃전에 자국을 내어 표시해 놓았다. 그는 '칼이 떨어진 자리에 표시를 해놓았으니 찾을 수 있겠지'라고 생각하고 배가 언덕에 닿자 뱃전에서 표시를 해 놓은 물 속으로 뛰어 들어가 칼을 찾았으나 칼은 없었다. 이것을 보고 사람들이 그의 어리석은 행동을 비웃었다. 어리석고 세상물정을 모름을 탓하는 말이 되었다.

명리학에는 고서(古書)들이 있는데, 널리 알려진 『자평진전』, 『적천수』, 『궁통보감』을 비롯하여 많은 고서들이 있다. 옛 사람들이 남긴 귀한 유산이며 가르침이 된다. 그 시대에도 치열하게 사주 명리학의 본질을 정립하기 위해 노력했던 것이다. 이러한 고서에 대한 후인들의 평가는 다양하게 나누어진다.

첫째, 고서의 자구 하나하나를 공부하면서 해석하며 맹신하고 실제 사주에 적용하려는 사람들

둘째, 고서는 시대에 뒤떨어졌으니 맞지 않는다고 무시하는 사람들

셋째, 고서는 명리학의 기반을 닦아왔던 흔적들이니 잘 살피고 연구하되, 현실의 사주 적용에는 신중하려는 사람들

이 중에서 둘째, 고서를 무시하는 사람들은 논할 가치가 없다. 현재의 명리학으로 이어지기까지의 근간을 무시하는 것이니 한마디로 자기 조상을 부정하는 꼴이 된다. 더디고 지루하지만 오랜 세월 학문의 근간을 만들어왔던 고서가 없었다면 오늘날의 당신들은 존재할 수가 없었을 것이다. 세상에 부모 없이 홀로 태어나는 사람이 없듯이 말이다.

과학의 발전과 인지능력의 향상으로 과거에 정설로 믿어왔던 것들이 점차 바뀌고 있다. 태양이 지구를 돈다는 천동설이 그러하다. 현재 대다수의 사람들이 지동설을 믿고, 지구가 둥글다는 것을 알고 있지만 간혹 드물게 유튜브 등에서 천동설을 주장하고, 지구가 네모라고 외치는 사람들이 있다. 그게 실제로 그렇게 믿는 것인지, 타인의 주목을 끌어서 돈을 벌려는 생각인지는 모르겠다.

고서(古書)는 잘못이 없다. 수백 년 전, 천 년 전의 고서의 해석과 의미를 그대로 현재의 우리의 삶에 적용하려는 사람들의 잘못이다. 옛날의 겁재와 현재의 겁재의 쓰임과 활용이 같을 리가 없다. 농경사회에서 겁재(劫財)는 남들이 땀 흘려 일한 소출물을 빼앗으려는 도둑 놈 심보지만 치열한 경쟁이 상존하는 현대에서는 남들보다 앞서 나갈 수 있는 경쟁력으로 작용하기도 한다.

고대 신분제사회에서 상관(傷官)은 기득권의 세력에 불만을 표하

고 이를 바꾸려는 반역의 불손한 사상이지만 현대에서는 창의력, 응용력으로 사회의 전반적인 모습을 바꾸고 개선하니 각광을 받는 십신으로 변모하였다. 또한 고서 속의 내용은 집필한 그 사람의 생각일 뿐이다.

현대에도 책을 출간하면 많은 오타와 오류가 발견된다. 작가가 교정을 하고, 출판사와 교열 전문가가 해도 일부 나오기 마련인데 고서는 어떨까? 현대의 책은 출간 후 2쇄나 3쇄를 찍을 때 수정이라도 할 수 있지만 고서는 수정이 불가능하다. 당연히 오타 및 오류가 상존하는데 어떻게 맹신할 수 있을까? 또한 인터넷이나 도서관의 정보 인프라도 없던 시절 쓰여진 고서이니 그 오류를 탓하기보다는 열악한 환경 속에서 지식의 축적을 위해 노력했으니 가히 칭송받을 만하다.

온고이지신이 중요하다. 옛것을 배우고 익히되, 적용은 현실에 맞게 하는 것이 좋겠다. 옛것을 배우고 익히되, 적용도 옛날 방식으로 한다면 지신(知新)이 나올 수가 없지 않겠는가! 초나라 젊은이의 어리석음을 비웃으면서 혹여 우리는 그와 같은 행동을 하지 않는가 생각해 볼 일이다. 각주구검의 의미를 오늘날 우리 역학인들이 깊이 새겨야 하는 이유다. 기독교의 예수와 이슬람교의 마호멧이 서로 싸우고 죽이라고 가르쳤을까? 그 좋은 가르침을 자신들의 이익에 따라 변용하고 왜곡하는 후인들이 문제일 뿐이다.

10. 고서(古書)에 대한 시대유감

사주 명리학에는 많은 고서(古書)들이 있다. 3대 고서라고 일컬어지는 자평진전, 적천수, 난강망(궁통보감)과 명리약언, 명리정종, 삼명통회 등이 남아서 명맥을 이어가고 있다. 이 고서 외에도 더 많은 책이 있었겠지만 역술가들에게 인정받지 못한다면 이내 사라지고 말 것이다. 한편으로 고서들을 읽어보면 늘 아쉬움이 남는다.

첫 번째는 열외 없이 모두 오행으로 해석하는 경우가 대부분이기 때문이다. 격국, 억부, 조후를 모두 오행으로 해석하다 보니 음양이 사라졌다. 오행으로 해석한다는 것은 甲목과 乙목을 같은 木으로 본다는 것을 의미한다. 甲목과 乙목은 목운동에 있어 양과 음이 된다. 목운동을 양간인 甲목이 시작하고 음간인 乙목이 마무리를 하는데 도매금으로 같은 목으로 보니 음과 양의 운동성이 구분이 되지 않아 후학들에게 혼돈을 주게 된다.

음과 양은 같은가? 그렇지 않다. 우리 모두가 알다시피 서로 반대가 된다. 놀이터의 시소처럼 양이 강해지면 음이 약해지고, 음이 강해지면 양이 약해지는 오르락 내리락을 무한반복하며 숨을 들이쉬고 내쉬며, 밝았다가 어두워지고, 보였다가 안 보이는 것이 음양의 순환이 된다. 오행적인 해석이 음양오행적인 해석이였다면 한층 더 진일보했을 것으로 본다.

두 번째는 천간의 오행운동을 땅에도 같이 오행으로 적용한 경우가 많은 것이 유감이다. 지지인 땅은 사계절 운동을 한다. 이는 새로운 이론도, 학설도 아니다. 우리 모두가 느끼고 있고, 알고 있는 내용이다. 아침-낮-저녁-밤, 봄-여름-가을-겨울, 12지지의 인묘진-사오미-신유술-해자축이 그 증거다. 하루가 아침, 낮, 저녁, 밤이라는 것을 꼭 증명해야할까?

일년이 봄, 여름, 가을, 겨울의 사계절로 흘러간다는 것을 문헌을 들이대고 천문학을 보여주면서 설명해야 하는 것일까? 그렇지 않다는 것은 삼척동자도 알 수 있다. 10천간의 오행운동과 12지지의 사계절운동으로 인한 짝이 맞지 않음을 공망이나 화토동법, 수토동법을 통해서 쓰고 있으면서도 그 점을 간과하고 고찰하지 못한 점이 명리학의 발전을 늦추게 했다.

세 번째는 단순히 명리학만이 아닌 동양권에서의 학문에 대한 관념과 전승에 관한 문제다. 스승의 말을 금과옥조와 같이 여기고 혹여나 그에 대한 의문이나 반박이 생겨도 제대로 표현을 못했다. 유학의 시조와 같은 공자의 말과 글에 의문이나 반박을 통해 새로운 이론과 관념을 창출하지 못한다면 아마도 동양권에서는 공자 이상의 학자가 나올 수가 없을 것이다. 불가의 선승 임제의 말처럼 부처를 만나면 부처를 죽여야 새로운 부처가 탄생할 수 있는데 많은 이들이 학파의 권위나 스승의 눈치, 세인들의 이목에 제 뜻을 펴지 못한 이가 많았다. 현대에 있는 상관격이 왜 그 당시라고 없었을까? 기존의 학설에 의문을 제기하고, 반박하고 토론하며 정-반-합의 모습으로 명리학을 발전시켜 왔다면 서자평 이후 1,000년이 지나도 이렇게 지지부진하지 않았을 것 같다. 오디션 심사위원으로 나온 이승철 씨의 한마디가 절로 생각난다. 일주일 간의 준비 기간동안 오히려 전보다 퇴보한 도전자에게 한 말이다.

"뭐야? 이게?"

기존 학설에 대한 모순에 의문과 반박을 하기는 커녕, 오히려 기존의 학설과 고서에 기대어 자신의 이름을 표방하려는 의도가 보이기도 한다. 자기의 생각과 이론을 책으로 펴내는 것이 아닌 적천수천미, 적천수보주니 자평진전평주 등의 고서의 브랜드에 편승하려는 경향이 있다. 저작권도 없던 시절, 고서에 슬쩍 자기 이름을 껴 넣어 명성을 얻으려는 것이 참으로 얍삽한 행동 아닌가?

물론 시대적인 배경은 이해한다. 싯달타가 출가를 하여 부처가 되던 시절에 출가하여 수행하는 것이 유행이듯이, 고서에 해석을 달아서 쓰는 것이 유행이었을 것이다. 옛날이나 지금이나 누가 미래에 대해, 앞날에 대해 궁금하지 않을까? 그럼에도 불구하고 명리학이 양지의 학문으로 기틀을 잡지 못한 것은 정확한 이론의 부재이고, 시대상황과 변화에 맞지 않는 통변이 아닐까 한다. 정확한 이론체계가 잡혀 있고 미래에 대한 예측이 80~90% 정확한데 음지에서 배척받을 이유는 없지 않을까?

부처를 만나면 부처를 죽이고, 공자를 만나면 공자를 죽이고, 서자평을 만나면 서자평도 죽인다. 절처봉생, 창조적인 파괴 속에서 새로운 문명과 만날 수 있는데 그리하지 못했다. 그것이 유감이다. 1,000년의 세월 동안 선학(先学)들이 이루어 놓은 성과물에 감사하되, 너무 보잘것없고 초라하다는 것에 유감이다. 시대유감이다.

11. 명리 레전드 서자평 선배와의 인터뷰 3부

"서자평 선배님! 실로 오랜만입니다."

"오냐, 오랜만이구나, 잘 지냈느냐?"

"선배님의 염려 덕분에 잘 지내고 있습니다. 그 사이에 명리 서적도 출간했고 9월에 새로운 책을 출간할 예정입니다."

"오! 그새 많은 깨달음이 있었나 보구나. 책 제목이…. 뭐더라…. 명리…. 명리…."

"명리 혁명(命理革命)입니다."

"거창하구나, 옛날 같으면 목이 날아갈 말이야, 혁명이라니…. 모반이 아니더냐, 허허."

"상관 똘기가 충만한 탓인가 봅니다. 명리학계를 제대로 흔들어볼까 합니다. 그간 너무 고여 있었고 침체되어 있었지요."

"허, 고놈, 안 본 사이에 레벨업이 많이 된 모양이구나, 만렙쯤 되냐? 좋지, 패기가 있어야 젊음이지. 하지만 모든 것은 음양의 법칙에서 벗어나지 않는단다. 그래, 내용이 파격적이면 그만큼 저항이 만만치 않을 것이야."

"알고 있습니다. 거센 파도와 맞서야겠지요, 기존의 논리를 뒤흔드는 것이니 제가 배운 선생님들과 기존의 선배들의 반발이 강할 것입니다."

"그래, 그것을 알면서도 그런단 말이냐? 두렵지는 않고? 아하, 네가 상관격이었다는 것을 잠시 잊고 있었구나."

"맞습니다. 두렵지 않습니다. 거센 파도 앞에서 홀로 서 있지만 두려움보다는 왠지 흥분과 설렘이 있습니다."

"…… (이 녀석 변태인가?)"

"다 선배님 덕분입니다. 선배님과의 인터뷰를 통해서 많은 깨달음과 제가 가야 할 방향을 알게 되었습니다."

"어? 내가? 레알? 내가 뭘 했다고? 명리 혁명 기초편에서 너와 2회에 걸쳐 자평명리학이 생겨난 기원에 대해서 이야기했을 뿐인데."

"그것이 저에게 좋은 지침이 되었고, 이정표로 다가왔습니다. 선배님이 일간 중심의 자평명리학을 '명통부'에서 표방했을 때, 기존의 년간 중심(띠 중심)의 감명을 하는 역학자들이 어땠을까를 생각했습니다. 엄청난 반발과 공격이 있었을 것 같습니다. 오랜 세월 내려온 기존의 체계를 선배가 다 바꾸어 놓으신 것 아닙니까?"

"그건…. 그래 맞다. 힘들었지. 세상에 홀로 천상천하 유아독존이 어디 있겠느냐? 나에게 명리학을 전수해준 선생님과 동문들, 당대의 많은 역학자들이 말도 안 되는 헛소리를 해댄다고 난리였지, 원래 명리학이 편인의 학문이 아니더냐? 다들 자기만의 학설과 이론에 심취했기 때문에 내가 제창한 연월일시의 4주 체계, 일간

중심, 지장간의 이론들은 파격적이고 천지개벽을 할 만한 사건이기 때문이다. 그동안 자신들이 공부했던, 감명했던 것을 부인하는 것은 베드로가 예수를 부인하는 것만큼 고통스러운 것이므로 극심한 반발이 있었단다."

"그럴 것이라 사료됩니다. 기록으로 남지 않았을 뿐이지 인간의 역사가 늘 그렇게 음양의 모습처럼, 헤겔의 정반합의 모습처럼 기존의 이론과 새로운 이론이 충돌하고 그 안에서 우월한 세력이 대세를 주도해 나가지 않았습니까? 기독교의 성립과정에서 아타나시우스파와 아리우스파의 대립에서도 패배한 아리우스파가 어둠속으로 소멸되듯이, 천동설과 지동설이 대립하다가 천동설이 역사의 뒤안길로 사라지듯이 말입니다."

"맞다. 시대가 바뀌어도 인간의 본성과 본질은 크게 달라지지 않았으니 늘 그러한 행태로 흘러가는 거지? 근데 그 정도냐? 그 정도로 파격적이고 파천(破天)적인 내용을 책에 담은 거냐?"

"사실은…. 아마도 가장 거세게 반발하고 공격하신다면 아마도 서선배님이 될 것 같습니다."

"뭐, 내가? 내가 왜 천년 후의 후배인 너를 공격한단 말이냐? 너… 혹시…. 나 디스했냐? Really?"

"공격일 수도 있고 아닐 수도 있습니다. 그 단초를 주신 것이 선배님이기 때문입니다."

"그건 또 뭔 소리야? (이 녀석… 뭐하는 녀석이야? 또라인가?)"

"두 번째 책 심화편에 담은 내용이 일간 기준의 사주감명에 이의를 제기하고 초년기는 년간으로, 청년기는 월간을 중심으로 십신을 재배치하여 보는 것을 중점적으로 다루었기 때문입니다."

"엥? 월간 기준, 년간 기준? 야…. 허주야! 너 너무 나간 거 아니냐?"

"한 가지 묻겠습니다. 선배님이 년간, 띠 중심의 고대 삼명법을 일간 기준의 자평법으로 바꾸신 이유가 뭡니까?"

"아, 그거야 고대 문벌귀족의 신분중심의 사회에서 5대 10국의 후주에서 시행된 과거법으로 인해 자신의 실력에 따라서 관직에 오를 수 있는 시대로 바뀌었고, 장강 이남의 개발로 인해서 상공업이 발전하면서 토지를 통한 부의 세습 말고도 상공업으로 인해서 부의 축적이 가능했기 때문이지. 시대가 변하고 삶의 행태가 달라지는 명리학의 통변도 그 모습을 따라가야 하는 것이 아니겠느냐?"

"저도 그렇게 생각합니다. 그래서 선배님이 고대 신분사회의 년간(조상궁)에서 개인의 능력을 보는 일간 기준으로 혁명적으로 고치신 것처럼 지금의 시대 역시 삶의 모습이 크게 달라졌기 때문입니다."

"그래? 흥미롭구나, 계속 해보거라."

"선배님의 시대나 현대의 70~80년대까지 월간이 삶의 주인공이 될 수가 없었습니다. 그것은 옛날에는 10대 후반에 혼인을 많이 하고 80년대까지 20대 초중반에 혼인을 많이 했기 때문입니다. 20말 30초만 되어도 노총각, 노처녀 소리를 들었습니다. 이 말은 년간

(초년)를 지나서 월간을 점프하여 일간으로 훌쩍 넘어가는 경우가 대부분이니 월간이 삶의 중심이 되는 시기가 너무 짧아서 월간이 기준일 필요가 없었습니다. 일간으로 충분히 전체의 삶을 감명할 수 있었습니다. 그러나 현대에는 경제적, 사상적인 이유로 비혼인 사람도 많아지고, 30대 중후반, 40대 초반에 늦게 혼인을 하니 월간의 시기에 머무르는 세월이 길어졌기 때문입니다. 아! 물론 사회궁으로써 월주가 중요한 것은 여전합니다."

"옳거니! 그럴싸하구나."

"인생의 긴 흐름과 전체 틀은 마땅히 인생의 후반전의 과정인 일간을 중심으로 보는 것이 마땅합니다. 하지만 그것은 월주를 살고 있는 청년(미혼) 등 젊은 분들에게는 가까운 미래이니 당장의 연애운, 취업운, 승진운을 보기 위해서는 현재 월주의 월간을 중심으로 십신을 재배치하여 현재의 모습으로 감명을 해야 한다는 것이 핵심 포인트입니다. 15세 미만의 아이는 같은 이치로 년간을 중심으로 십신을 재배치하여 아이의 현재의 모습을 살핍니다. 현재의 교우관계, 학폭위원회의 결정, 현재의 성향과 기질 등을 아이에게는 먼 미래가 되는 일간으로 보니 맞지 않는 것입니다. 선배님 혹시 그런 이야기 들어보셨나요?"

"흥미롭구나. 뭔 이야기를 말이냐?"

"'어린애 사주는 보는 것이 아니다. 사주는 결혼한 이후에나 보는 것이다'라는 사주명리에서 흔히 쓰는 이야기 말입니다."

"알고 있다. 그래서?"

"그것은 역술가가 당장 아이의 현재의 모습을 물어보는 경우나, 미혼인의 현재를 물어보는 질문에 제대로 답변을 해주기 어렵기 때문입니다. 일간을 기준으로 통변을 해주니 상담자가 '어, 아닌데요.' 하면 역술가가 얼마나 진땀을 흘리겠습니까? 그러니 그러한 말들이 나왔을 것입니다. 어린이 사주, 미혼 사주는 보는 것이 아니라고."

"그렇구나…. 네가 편인이 강해서 그런거냐? 참 독특하고 남다른 생각을 했구나."

"그것이 제가 표방하는 근묘화실 관법입니다. 이것은 마치 콜럼버스의 달걀과 같습니다. 선배님처럼 새로운 이론도 학설도 아닙니다. 그냥 코페르니쿠스적 전환일 뿐입니다. 저 역시 어린이 사주, 미혼 분의 사주를 보면서 왜 흐름이 다를까? 왜 맞지 않을까? 이런 생각, 저런 고민을 하던 끝에 선배님의 과거의 행적들이 데자뷰처럼 겹쳐진 속에서 생각하게 된 것이니 이 또한 선배님의 공입니다."

"그래? 그럼 해븐뱅크 096-21-……."

"아뇨, 선배님!"

"아, 농담이다. 원 이렇게 개그감이 없어서야…. 근데 2부에서 서자평을 만나면 서자평을 죽이라고 했더니 진짜 나를 밟으려는구나."

"죄송합니다. 그런 의도는 아니었습니다. 그냥 진실을 찾기 위해 노력하다 보니…."

"No Problem, 괜찮다. 학문을 하는 이가 선생과 선배를 뛰어넘으려는 의기가 있어야지…. 늘 뒷따까리만 하면 언제 알에서 깨어나와 비상을 하겠느냐. 기대해 보겠다. 네 머릿속에서 만들어진 그 이론을 독자들에게, 그리고 역술인들에게 이해시키고 설득시켜 보거라. 물론, 임상은 당연히 거쳤겠지?"

"당연합니다. 3년간의 임상을 통했고요, 아…. 사실은 선배님을 소환한 이유가…."

"왜? 3부 추천사라도 부탁하려고 부른 거냐?"

"그래 주시면 감사하고요. 그것보다 먼저 선배님께 양해를 구하는 것이 맞는 것 같아서요."

"괜찮다고 하지 않았느냐, 나 생각보다 쿨한 남자다. 뭐 그 까짓 것 가지고."

"아, 다행입니다. 잘 삐지시는 것…."

"갈(喝)! 너 은근히 디스하는데 그런 게 더 나빠."

"하하, 죄송합니다. 근데 선배님, 아까부터 자꾸 영어를 쓰시네요?"

"너만 편인의 아이가 아니라 나도 편인의 아이다. 요즘 영어 배우는 재미에 쏙 빠졌어. 몇 주 안 되었는데 네가 알다시피 나는 천고의 기재가 아니더냐. 몇달 후에 한번 다시 소환해라. 내가 원어민처럼 프리토킹할 수 있을테니. 하하핫!"

"넵. 어련하시겠습니까? 천 년에 한번 나올까 말까한 희대의 천재이니…. 인터뷰에 응해주셔서 감사합니다. 선배님의 호가 자평

(子平), 평평한 바다이시니 선배님의 도움으로 저의 빈 배(虛舟)를 띄워서 명리의 바다로 항해를 시작해볼까 합니다. 많이 도와주십 시오.”

“콜! 책이 널리 읽히길 응원한다. 인터뷰 비용은 인세 들어오면 이체하는것 잊지 말고… 저번에 적어준 계좌 알지?”

“넵! 서운하지 않게 이체하겠습니다.”

“Good! 쪼잔함이 많이 가셨구나! 시원해서 좋다. 작가 증정본 나오면 몇 권 택배 보내고!”

“… (아! 책은 좀 사서 보시지….)”

“야! 나 저승 사람이야. 네 속마음 다 보여.”

“아닙니다. 잘 올라가십시오. 멀리 못 나갑니다.”

“나 간다. 휘리릭.”

“광고팀! 15초 광고 하나 부탁합니다.”

AD: 허주의 ‘명리 5부작’ 출간 comming soon!

1부: 명리 혁명 기초편 명리학의 대혁명의 전주곡 (2020년 6월 출간)

2부: 명리 혁명 심화편 Break the Frame(틀을 깨라) (2021년 3월 출간)

3부: 명리 혁명 센세이션 “다가오는 미래를 체감하라” (2021년 9월 출간)

4부: 명리 혁명 리로드(The Reload) 새로운 12운성, 근묘화실관법

으로 명리학을 업그레이드하다. (2023년 3월 출간 예정)

5부: 명리 혁명 리부트(The Reboot) 동지세수설, 수토동법! 변하고 바뀌는 것이 易이다. (2024년 10월 출간 예정)

"레전드 서자평 선배와의 인터뷰 4부는…. 60초 후에 공개하겠습니다."

서자평 상상도

(나도 이참에 영어 명리책 출간해 볼까? 글로벌 시대인데…. 시대가 참 많이 변했네. 허허.)

7장

명리, 영화와 컨택 중

1. 홀리데이-우리들의 일그러진 편관

다음의 스틸컷은 배우 최민수 씨가 출연했던 〈홀리데이〉(2005년)라는 작품이다. 여기서 그는 악질, 비리 경찰로 나온다. 다들 알다시피 경찰은 대표적인 편관의 직업이다. 칼과 총을 찬 무관(武官) 직업이기도 하다.

편관에 대해 처음 배울 때, 그런 의문이 들었다. '부패, 비리경찰은 어떠한 편관일까?' 명예를 중시하고, 자기 관리가 철저하며 타인의 존경을 통한 권력을 꿈꾸는 편관이 왜 부패, 비리 경찰로 변질되는 것일까?

우리는 알고 있다. 전국의 12만 명의 경찰 대다수는 그러한 명예와 봉사, 헌신을 하는 경찰이란 것을…. 또한 알고 있다. 그들 중에

영화 '홀리데이' 스틸컷

일부는 뒷돈을 먹고, 비리를 저지르며, 자신이 가진 공권력을 이용하여 사익을 추구하고 있다는 것도…. 왜 그럴까? 일간과 편관이 둘 다 신강하면 신왕관왕(身旺官旺)으로 경찰직에서도 높은 자리까지 올라갈 수 있다. 명리 초급 시절 처음에는 일간이 강하여 편관을 제압하고 이를 악용하여 나쁜 짓을 하는 것이 아닐까 생각했다. 하지만 곧 그렇지 않다는 것을 깨닫게 되었다.

운으로 편관이 강하게 들어오거나 편관을 생해주는 기운이 들어와서 일간이 약해져 균형이 깨진다면 비리경찰이 될 수 있다. 편관의 권력욕을 일간이 이겨낼 수가 없기 때문이다. 상대적으로 약해진 일간이 자제력을 잃고 편관의 권력욕을 따라가게 된다.

일반적인 영화, 드라마에서는 교활한 범죄자에게 인권을 핑계로 이리저리 수난을 당하는 경찰의 모습을 보게 되지만, 특화된 영화,

드라마에서는 경찰의 공권력을 악용하여 선량한 주인공을 괴롭히는 그러한 모습을 보게 된다.

일간과 편관의 균형이 깨지니 일간은 점차 편관의 권력욕에 잠식이 된다. 이것은 편관의 직업을 가진 경찰, 검찰 등의 이야기다. 그렇다면 일반인은 어떻게 될까? 공권력이 없으니 자기만의 바운더리 즉, 집안에서 권력을 휘두를 수 있다. 외부에서 행사할 권력을 가지고 있지 않으니 찌질하게 집안에서 권력자로, 독재자로 군림하게 된다. 가정의 평화가 깨지고 비극이 시작됨을 의미한다.

2. 싱글라이더-지키지 못한 것에 대한 회한

2017년에 개봉한 〈싱글라이더〉 이병헌, 공효진 주연의 영화가 있다. 잘나가는 증권회사 지점장이었지만 모든 것을 잃고 사라진 남자 재훈 역을 맡은 이병헌의 캐릭터 포스터는 쓸쓸함이 느껴지는 눈빛과 감정이 담긴 옆모습으로 짙은 감성이 배어나온다. 여기에 "그가

사라졌다"라는 문구가 사건에
대한 궁금증까지 더한다.

영화 '싱글라이더'

재훈의 아내이자 새로운 꿈
을 향해 다가가는 수진 역으
로 분한 공효진은 호주의 랜드
마크인 오페라 하우스를 배경
으로 하얀색 원피스를 입고
우아한 분위기를 연출한다.
"아내와 아들을 여기다 보내놓
고, 2년간 한 번도 궁금하지
않았어요"라는 문구가 부부

사이의 또 다른 사연을 예고한다. (다음 싱글라이더 줄거리 소개 참조)
일반적인 기러기 아빠와는 다른 양상이지만 천간합거(天干合去)의
의미를 설명하기 위해서 가져와 봤다. 역시 개인적으로 재미있게
본 영화이고, 마지막 반전의 여운도 상당했다.

○癸戊癸 (남자-48세)

□□□□

(천간 戊토가 지지와 통근이 안 된 경우)

위와 같은 구조로 되어 있을 때 천간에서 무계(戊癸)합이 되어 있
는 모습이다. 남자의 사주에서 戊토는 정관이 되는데 체(體)로서는

자식이 되고, 용(用)으로는 직장이 된다. 누군가가 이렇게 물어본다.

"허주님, 뭐가 그리 복잡한가요? 그냥 자식이면 자식, 직장이면 직장으로 한번에 구분해서 통변할 수 있는 방법은 없나요?"

없다. 사주 상담자의 환경과 상황을 보지 않고 체나 용으로 구분하여 통변하는 역술인이 있다면 노벨 명리학상을 주고 싶다. 체로 볼 때 癸수 일간에게 戊토는 정관이고 남자에게는 자식이 된다. 자식인데 일간 癸수와 戊癸합(사랑)을 할 수도 있지만 아뿔싸! 년간에도 역시 비견 癸수가 있다. 일간은 사주팔자에서 기준이 된다. 일간의 오행을 기준으로 십신을 정하는 이유다. 일간은 정(靜)하고 다른 천간은 동(動)하는 경향이 있다. 집에 틀어박혀 있는 사람보다 밖으로 활발하게 돌아다니는 사람들끼리 만나고 합이 되는 것을 뜻한다. 그런 이치로 월간의 戊토는 년간의 癸수와 戊癸합을 한다. 나의 자식이 내(일간)가 아닌 다른 이와 합(사랑)을 했다는 의미다. 싱글라이더의 재훈은 아내와 자식을 호주로 유학을 보내고 영화 대사처럼 관심을 보이지 못했다. 이기적일 수도 있지만, 그는 가족의 부양을 위해서 열심히 일하기는 했다. 부실채권 문제로 직장을 잃고 아내와 자식이 있는 호주로 갔을 때 그는 비로소 느꼈다. 자기가 2년간 거의 신경을 쓰지 못했다는 것을, 안부를 궁금해하지도 않았다는 것을….

천간에 戊癸합이 되어 있으면 있지만 없는 것과 같다. 그것을 합거(合去)라고 한다. 합쳐서 사라졌다는 뜻인데, 실제로 죽거나 없어졌다는 뜻이 아니라 마음속에서 존재감이 희미해졌다는 것을 의미한다. 지지에 통근이 없거나 미약하다면 더욱 그렇다. 싱글라이더의 재훈과 같은 케이스가 되었다. 자신에게 아내와 자식이 있지만 마치 없는 것처럼 2년간 정신 없이 살았다. 워커홀릭일 수도 있고, 이기적일 수도 있다.

그런 미안함에 바로 찾아가지 못하고 몰래 훔쳐본 아내에게는 이미 다른 남자(년간의 癸수 비견)가 있었고 자신의 아이는 그 남자와 아주 친한 듯 보였다. 그 남자가 아빠이고 자신이 이방인 같은 소외감을 받았다. 년간의 癸수 비견은 나의 경쟁자를 뜻한다. 자식이 나의 경쟁자와 합을 하니 새 아빠를 잘 따른다.

있을 때 잘하라는 말, 시공간을 뛰어넘어 불후의 명언인 것 같다.

3. 동감&지금은 맞고 그때는 틀리다

예전에 감명 깊게 본 영화 중에 유지태&김하늘 주연의 〈동감〉이란 영화가 있었는데, 1979년을 사는 대학생 소은과 2000년을 사는 같은 학교 대학생 지인과의 이야기로, 무선 햄 통신을 통해 다른 시간을 사는 두 학생이 우정과 사랑을 키워나간다. 같이 통신을 하여 같은 공간 학교 시계탑에서 만나기로 했지만, 둘은 만날

영화 '동감'

수가 없었다. 공간은 같지만, 서로의 시간이 21년을 격하고 있었기 때문이다. (네이버 영화 소개 중에서)

뜬금없이 영화 〈동감〉을 꺼낸 것은 쟁합(爭合)을 쉽게 설명하기 위해서인데, 명리이론인 쟁합은 천간(마음)에서 서로 얻기 위해서 다툰다는 의미다.

己甲己〇 (남명)

□□□□

위와 같은 구조로 되어 있는 것은 천간합 중에서 쟁합(爭合)이라고 한다. 그리고 쟁합의 구조면 甲己합이 안 된다고 많은 책에서 언급한다. 과연 그럴까? 허주의 생각은? 결론은 맞지만, 과정은 다르게 전개된다. 일간과 월간의 甲己합은 이루어진다. 사주팔자는 근묘화실로 흘러가고, 초년, 청년, 중년, 노년으로 순차적으로 가기 마련이다.

많은 분들이 명리학을 처음 입문할 때 다들 근묘화실을 배운다. 사주팔자의 글자는 초년, 청년, 중년, 노년의 근묘화실에 따라서 흘러간다고 말이다. 이는 자연의 순환법칙으로 어느 누구도 피해 갈 수가 없는 진리다. 그런데 실제 사주를 볼 때는 근묘화실을 잘 고려하지 않는 경우가 많다.

위의 천간합의 하나인 쟁합을 근묘화실의 시간의 흐름에 적용해 보면 일간 甲목과 월간의 己토는 甲己합(합-사랑)을 한다. 둘의 합을 미래의 시간의 己토가 방해할 수가 없기 때문이다. 사주팔자 만세력으로 보면 1cm도 안 되는 간격이지만 동감의 소은과 지인처럼 십수 년 이상의 시간을 격하고 있기 때문이다. 일간과 월간의 甲己합은 시간의 己토가 등장하면서 흔들린다. 젊은 날의 사랑도 식고, 새로운 애인인 시간의 己토가 나타난 것이다. 새로운 사랑에 불타오르지만, 합을 이룰 수는 없다. 월간의 본처 己토가 눈을 부릅뜨고 지켜보기 때문이다.

명리 이론으로 쟁합을 보고 있지만, 인간의 삶에서 많이 봤던 익숙한 모습이다. 행복한 결혼생활처럼 보이지만 뭔가 부족한 듯한 잘 나가는 중년의 남자에게 어느 날 심장을 두드리는 젊은 여자가 나타난다. 새로운 설렘에 가슴이 불타오르고, 썸을 타지만 현실적인 문제와 여전히 아내를 사랑하는 마음을 가지고 있기에 이혼도, 새 출발도 할 수 없는 성공한 위치에 있는 중년 남자의 모습이다. 이것이 허주가 보는 쟁합의 모습이다. 결론적으로 사랑했던 조강지처와 새롭게 가슴을 뛰게 한 애인 사이에서 딜레마에 빠져있는 모습이지만 과정이 확실하다.

영화 '지금은 맞고 그때는 틀리다'

월간과의 甲己합이 이뤄졌고 꽤 오랜 시간을 함께했다. 시간의 새로운 젊은 애인으로 인해 월간의 甲己합은 깨지게 되었지만, 월간의 견제로 인해서 일간과 시간의 합은 쉽게 이루어지지 않는다.

재성에 집착하는 甲목일간 남자의 두 여인에 대한 집착을 포기하지 않는 한 쟁합의 상태는 오래 가게 될 것이다. 그리고 근묘화실에 의해서 세 사람은 시들어가게 될 것이다. 젊은 애인과 사랑의 도피 중인 유명 영화감독이 생각나는 건 왜일까?

'그때가 맞고 지금이 틀린 게 아닐까?'

4. 카트- 사주상담의 甲과 乙

이 글을 읽는 독자라면 아마도 살아가면서 최소한 한 번쯤은 사주상담을 받아보셨을 것 같다. 인간사회는 불균형하고, 불공평하며 어딘가에서는 갑질을 하는 이들이 있는데, 하필이면 명리학에서 쓰는 천간의 첫 번째 글자인 갑(甲)이 들어가니 왠지 씁쓸하다.

필자도 명리학에 입문하여 현재의 사주상담을 하는 역술인이 되기 전에 누군가에게 사주상담을 몇 번 받아본 적이 있는데 운이 없었던 걸까? 한번도 만족스러운 사주상담을 받아본 적이 없었다. 또한 4번의 사주감명 속에서 한번도 사주 감명지를 받아본 적이 없다. 물론, 받아봤더라도 무슨 뜻인지 잘 이해하기 어

영화 '카트'

려웠을 것이다. 사주용어가 문외자에게는 참 어렵다. 그래도 5만 원, 6만 원을 내고 봤는데, 뭐 종이 한장 없다는 것이 아쉽기도 하다. 문외자인 필자에게 이런저런 이야기를 들려주었는데, 별로 기억에 남는 건 없는 것 같다.

사주상담에는 甲과 乙이 존재한다. 오랜 세월 명리학을 배워서 상담을 하는 甲인 역술인과 하도 힘들고 안 풀려서 지푸라기라도 잡고 싶어하는 상담자인 乙 말이다. 그러므로 사주상담에는 실력이 높고 낮음을 떠나서 역술인이 절대적으로 유리하다. 그래서 예전에는 고압적으로 말하거나, 반말을 지껄이면서 거들먹거리는 인간들도 있었을 것이다.

명리학을 모르는 대부분의 乙들에게는 명리용어가 참 어렵다.

명리용어를 안 쓸 수는 없고 써야 하는데, 그것이 무슨 뜻인지 쉽게 설명해주면 좋으련만… 제한된 시간 속에서 짧게 설명해주고 다음 상담자를 받으려는 역술인 앞에서 뭔가 볼일을 보고 닦지 않은 사람처럼 허전한 느낌을 많은 상담자들이 느낄 것 같다. 필자가 오랜 전 사주상담을 시작했을 때, 스스로에게 약속한 것이 있다. 예전에 느꼈던 허전함과 끝나고 난 후에 별로 남는 것이 없는 공허함은 주지 말자. 손으로 쓰건, 메일로 남기건, 감명지를 남기자. 감명지를 남긴다는 것은 어쩌면 역술인에게는 불리할 수도 있다. 말로 한 것은 대충 때우지만 글로 남긴 것은 나중에 역술인에게 불리하게 작용될 수도 있기 때문이다. 그래도 감명지는 남기자. 이는 유불리를 떠나서 사주지식이 낮은 상담자가 좀 더 만족할 만한 상담을 받는 데 도움이 되기 때문이다. 아무것도 준비 안 된 상태에서 상담을 받는 것보다는 감명지를 한두 번 읽어보고 전체의 흐름과 질문할 것을 생각할 시간이 생기니 조금이나마 상담자가 유리한 조건이 된다. 그리고 사주를 전혀 모르더라도 최대한 쉽게, 좀 더 시간을 할애해서라도 상담내용을 이해시키도록 하자고 말이다. 사주용어를 잘 모르는 분이라면 시간을 늘려서라도 알아듣기 쉽게 설명을 해드리려고 했다. 또한 감명지에 남긴 흐름이 틀렸다면 솔직하게 사과드려야 한다고 생각했다. 역술인은 신(神)이 아니기 때문이다.

의사들의 오진률이 최소 25%라고 한다. 최소라니 더 높을 수도 있다. 역술인의 오진률은 얼마나 될까? 아마도 더 높을 것이라고 생각한다. 서로 배운 것이 다르고, 깊이와 수준이 다르기 때문이다. 못 맞추면 반성하여 노력하고, 요청이 오면 환불해드리는 것도 좋을 것 같다.

그리고 잘 맞추었으면 겸손하자. 누군가가 시험에 합격하면 내가 잘 맞추어서 그런 것이 아니라 그분의 노력과 땀의 결과이기 때문이다.

그리고 힘들고, 어둡고, 차가운 마음으로 내게 오셨으니 봄처럼 부드럽고, 따뜻한 마음으로 안아드리자. 그래야 봄처럼 새로운 희망의 싹을 틔울 수 있을테니….

명리 혁명 심화편의 집필이 끝나고 찾아온 망중한에 오랜만에 2014년작 〈카트〉라는 영화를 다시 보게 되었다. 甲질 편의점 사장과 乙 알바생, 甲질 고객과 乙 캐셔, 甲질 회사와 비정규직 乙직원들, 乙인 비정규직 배우들이 외쳤던 것은 한번만이라도 자신의 이야기를 진지하게 들어달라는 것이었다. 영화를 보고 문득 생각이 떠올라 '사주상담의 甲과 乙'이라는 칼럼을 쓰게 되었다. 실력의 여하를 떠나서 봄처럼 따뜻한 마음으로 반겨주라는 달빛연필님의 스승님이 하신 말씀이 생각난다. 생을 다하는 순간까지 그 구절을 필자의 뇌리와 심장에 각인하고자 한다.

명리는, 사주상담은, 사람을 살리는 활인업(活人業)이니까 말이다.

5. 타짜-이 글을 읽으면 당신은 도박을 못하게 된다

영화 '타짜' 스틸컷 1

"쫄리냐? 쫄리면 뒈지시던가."

"동작 그만! 어디서 첫 판부터 밑장 빼기야."

"묻고 더블로 가!"

많이 들어본 위의 대사는 '타짜'라고 상당히 흥행에 성공한 도박 영화의 대사들이다. 공격성향의 겁재(劫財)들의 멘트이니 거칠고 날카롭다. 오늘의 이야기는 도박 이야기다. 참고로 허주는 도박을 좋아하지 않는다. 사주에 비겁의 기운이 약하기 때문이다. 물론, 비겁이 강하다고 해도 다들 도박을 하는 것은 아니다. 그런데 가능성은 높다. 특히 남의 것을 빼앗고 경쟁하려는 겁재가 강하면 더욱 그렇다.

"맞나 틀리나, 우리 내기할까?"

위의 말을 입에 달고 사는 사람이 있다면 그런 겁재의 성향이 강한 것이다. 겁재의 뜻은 '위협할 겁(劫)'에 '재물 재(財)'이니 재물을 위협한다는 뜻인데 주어가 없으니 내가 재물을 위협당해 빼앗길 수도 있고, 반대로 빼앗아 올 수도 있다. 그러한 환경 속에 놓여져 있다는 것을 말해준다. 많은 역술인들이 겁재가 운으로 들어오면 조심하라고 한다. 하지만 늘 뺏기는 것만이 아니고 때로는 빼앗아 올 수도 있다. 겁재의 음과 양, 긍정과 부정, 장점과 단점을 다같이 보아야 한다.

그런데 도박은 예외다. 재물을 잃을 가능성이 더욱 크다. 왜냐하면 저 도박판은 겁재가 강한 이들의 집합체이기 때문이다. 승부가 끝나면 패는 까볼 수 있지만, 각각의 사주는 까볼 수 없다. 누구의 겁재가 더 강한지는 알 수 없다는 의미다.

그러한 이유로 저 도박판에는 음양이 균형잡힌 정인, 정관, 정재가 강한 사람이 있기 어렵다. 특히 안정성을 추구하는 정재는 더욱 그럴 것이다. 겁재, 편인, 상관, 편관, 편재가 강한 이들이 모이니 단순히 겁재가 강한 것만으로는 승부가 나지 않는다. 편인은 몰래카메라, 투시안경, 밑장빼기, 짝퉁카드 등으로 잔머리를 굴리며 속임수를 쓸 수 있다. 배짱이 좋고 담력이 강한 상관은 허접한 패를 들고 태연스럽게 블러핑을 할 수 있다. 따고 잃는 것보다 도박이 주는 재미에 더 집착하는 편재는 올인을 과감하게 외칠 수도 있다. 이렇게 겁재만 강하다고 해서 이길 수가 없는 곳이 도박판이다. 직장이 전쟁터고, 사회가 지옥이라면 저 곳은 지옥 속에서도 극강의 아귀와 나찰이 몰려 있는 아수라장(阿修羅場)일 것이다.

그곳에서 돈을 딴다는 것은 무척 힘들다. 그리고 그런 지옥 같은 아수라장에서 빠져나온다는 것은 더욱 힘들다. 타짜에 나오는 '고니', '아귀', '평경장' 등은 그런 아수라장을 지배하는 절대자들이다. 웹툰 '신과 함께'에서 나오는 당신을 구해줄 지장보살 같은 이는 현실에서 보기 드무니 지옥에는 처음부터 발을 디디지 않는 것이 좋다. 새로운 초보자가 돈을 딴다는 초심자의 행운은 물론 있을 수 있다. 그렇지만 어쩌면 그 초심자의 행운마저도 아귀와 나찰들이 깔아놓은 밑밥일 수도 있다. 늪과 같아서 한걸음 디딘 순간 서서히 늪과 동화되어 갈 것이다. 빠르게 영혼이 병들고, 잔고가 털리며, 대출금이 얽매여 오고, 사채업자가 그림자처럼 따라붙으며 가정이 파탄나게 된다.

평범했지만 소중했던 예전의 일상으로 다시 돌아가기 힘들게 될 것이다.

영화 '타짜' 스틸컷 2

(어이, 승우 형, 말이 좀 심한 거 아니오?)

6. 식신(食神)-이번에는 맛으로 승부한다!

식신(食神)은 일간이 생하는 오행 중에 음양이 같다. 양이면 양, 음이면 음으로 일치하니 다양성은 떨어지지만 대신 집중력이 좋다. 식신은 항상 상관과 같이 놓고 비교해야 이해가 쉬운데, 십신을 떠나서 식신과 상관은 음양이기 때문이다.

내가 생하는 오행이지만 공성의 별이며, 무의식의 발현이자, 타인이 없으면 빛날 수 없는 상관과는 달리 수성의 별이며, 자의식의 발현이며, 자신의 행복과 만족을 추구하는 식신과는 차이가 크다. 음양의 차이이기 때문이다. 자신이 좋아하는 분야에 몰입하고 탐

닉하여 깊게 빠져 들어가는 성향으로 전문가가 될 수 있다. 따라서 오타쿠의 기질도 가진다. 오늘은 식신을 잘 쓸 수 있는 분야 중에서 요리에 관한 이야기를 하고자 한다.

요리를 잘하려면 무엇이 필요할까? 필자도 개인적으로 요리를 좋아한다. 월지와 년지가 자(子)수의 식신이고 사주 내 화 기운(관성)이 전혀 없는 차가운 사주라서 아마도 본능적으로 살기 위해서 화기를 가까이 했나 보다. 처음으로 라면을 끓여 먹었던 것이 6살이니 40년이 넘는 시간을 화기와 함께했다. 불길을 보는 것이 좋았고, 불길의 따뜻함이 좋았다. 1대운 계축대운에는 너무 추우니 어릴 때부터 따뜻한 밥, 따뜻한 국이 아니면 밥을 먹지 않을 정도였다. 그런데 놀랍게도 명리학을 배우기 전에 나는 이미 식신(食神)을

영화 '식신'

알고 있었다. 말 그대로 밥의 신, 요리의 신이 아니던가! 주성치의 영화에 열광하며 그의 모든 작품을 봤다. 그중에서도 식신은 나에게 더 각별하게 다가왔다. 본능적인 월지 식신의 이끌림이었을까?

식신은 단순히 요리를 잘하는 분야가 아닌 다양한 감성을 담고 있다. 식신은 내가 생

하는 것이니 교육, 재배, 양육 등의 키우고, 기르는 것이 담겨 있는데 진정한 요리사는 그 재료 역시 최고의 재료, 신선하고, 건강한 재료를 추구하게 된다.

야채를 직접 키우고, 장류를 담그고 숙성시키며, 돼지나 닭 등도 특별한 먹이를 먹이며 키우기도 한다. 최고의 음식에 쓸 최고의 재료를 재배하고 키우는 것 역시, 식신의 감성에 들어간다. 목 일간이 화 식신을 보면 그 화려한 불꽃과 열기에 매료된다. 중국요리가 특히 불길의 강도를 강하게 하는 불맛을 즐기는데, 목 일간의 식신이 잘할 수 있다. 화 일간의 토 식신도 역시 한 요리한다. 특히 미(未)토를 식신으로 가지고 있는 사람은 요리에 특출한 감각과 재능을 보여준다. 未土의 글자의 의미가 여름에서 가을로 넘어가는 전환기의 土로 뜸을 들이는 것을 의미한다. 밥이나 국을 끓이다가도, 잠시 불을 약하게 하며 숨을 죽이는 뜸을 들이는 시간이 필요한데, 그것이 未土의 시간이다.

필자의 사주에는 편인이 3개나 있어 자아 이탈을 잘하고 가끔씩 스스로를 객관화시켜 보는 성향이 나타나는데 그래서인지 학창시절부터 무협지, 판타지 소설을 좋아했다. 그런데 신기하게도 '내 안의 카리스마에 관하여-명리 혁명 심화편'에 나오는 식신의 카리스마를 자랑하는 김용의 소설 『천룡팔부』의 소림사 허죽이나 영화 〈신용문객잔〉의 어린 칼잡이가 모두 주방 출신이라는 점에 주목한다. 절대고수는 주방에서 배출되는 것일까?

'천룡팔부' 허죽 스틸컷

(천룡팔부의 허죽이다. 허주라는 글자에 ㄱ 하나 찍으면 허죽이 된다.)

'신용문객잔' 요리사

(신용문객잔의 숨은 고수 어린 주방장이다. 이 소년이 절대고수 견자단의 손과 다리를 발라버리게 된다.)

요리에 가장 중요한 것은 맛이지만, 가장 기초적인 것은 정성이다. 재료에 대한 정성, 다듬기, 불의 온도와 양념의 농도를 미세하게 조정한다. 디테일이 빛나는 순간이고 순발력, 다양한 재료를 적재적소에 안배하고 조합하는 전체를 보는 능력도 중요하다. 허주가 무협지, 판타지 속의 고수는 아니지만 그래서 칼을 잡으면 왠지 정신이 맑아지고 활력이 솟아난다.

사람을 죽이거나 다치게 하는 살인(殺人)의 도(道)가 아닌 생명을 먹이고 키우고 살리는 활인(活人)의 도(道)가 흐르기 때문이 아닐까? 다음의 사진들은 사주상담을 하고 책을 집필하면서도 가끔씩 시간 날 때마다 칼을 잡고 만들어 본 음식들이다.

(늘 해먹는 음식이라서 눈 감고도 5분이면 만들 수 있다는…)

김치볶음밥

(여름내 줄기차게 먹었던 냉면, 육수는 풀○○, 계란, 고기, 깨소금 등 고명으로 멋을 부려봤다. 이왕이면 다홍치마라.)

물냉면

비빔국수

(비빔국수도 좋아해서 많이 만들어 먹는데, 냉면, 비빔국수에는 항상 열무 김치가 들어가니 종종 담가먹는다.)

싱싱한 낙지

(지 여사는 낙지 킬러다. 고령이신데도 앉은 자리에서 낙지 2마리는 해치우신다. 이가 나보다도 더 좋으신 것 같다.)

멍게와 낙지

(칼질은 나의 몫이다. 칼을 잡을 때마다 서극의 영화 '칼(刀)'이 생각난다. 나는 전생에 무사였을까? 아니면 주방장?)

낙지볶음   샐러드

(명리학을 시작한 이래로 고기를 잘 안 먹게 된다. 왜 그런지는 모르겠다. 대신 해산물과 야채를 즐겨 먹게 되었다.)

쭈꾸미와 샐러드로 차린 저녁식사

(과정의 소중함이 있기에 완성의 기쁨도 더 큰 것 같다.)

다들 맛점, 맛저하시길….

늘 식신(食神)의 사랑과 은총이 함께하기를….

7. 슬라이딩 도어즈-선택이 쌓여 미래의 당신을 만든다

"헉헉! 부장님! 거의 다 와 갑니다. 죄송합니다."

예전에는 천간과 지지에 없으면 다들 없다고 했다. 지장간(地藏干) 속에 재성이 있는데도 "어, 너는 무재(無財) 사주야" 하곤 했다.

지장간은 지지 속에 감추어진 천간의 글자로 속마음, 잠재의식을 의미한다. 눈에 보이지 않는 자연의 흐름을 읽는 것이 명리학인데, 다들 눈에 보이는 것에만 집착했다. 사실 그들의 눈에 보인다는 천간, 지지도 실제로 볼 수 있는 것은 아닌데 말이다.

지장간에만 있다는 것은 여기, 중기에 있다는 뜻이다. 지장간을 살펴보면 3개의 천간의 글자가 있는데, 여기(餘氣), 중기(中氣), 말기(末氣)가 된다. 특히 말기는 정기(正氣)라고도 하는데 한 달 기준으로 가장 많은 날을 차지하고 있어서 체(體)로서 중요한 역할을 하고 지지의 글자를 대표하게 된다.

지장간 중기라면 중기는 사회적인 활동인 용(用)을 의미하니 잘 쓸 수 있고 영향력이 약하지 않다. 단지, 진술축미(辰戌丑未)의 중기는 천간의 머문 기간이 한달 기준일 때 3일로 짧으므로 영향력이 약하다. 사회적인 활동을 줄이고 축적해 놓은 체를 활용하면서 살아가는 것이 현명하다는 것을 의미한다. 진술축미는 방합을 마무리하는 고지의 글자로 삶에서 노인을 의미하니 노인이 사회적인 활동이나 일을 많이 하면 몸이 상하니 줄이라는 의미다.

한편 지장간 여기는 왕지를 제외하면 전체적으로 잘 쓰기가 어렵다. 여기, 중기, 말기는 출근 전, 출근해서 일하는 모습, 퇴근 후의 모습으로 쉽게 설명할 수 있는데 일어나 출근하여 회사에 도착하기 전까지의 정신 없는 모습을 여기로 생각하면 된다. 정신이 없지는 않지만 집중해서 쓰기가 쉽지 않다. 그런데 효율적으로 쓸 수는 있다. 한두 시간

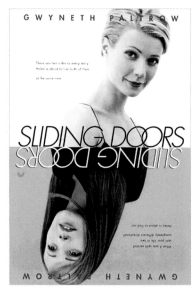

영화 '슬라이딩 도어즈'

일찍 일어나서 여유 있게 식사를 하고 잠시나마 독서나, 자기계발의 시간을 갖는 것을 의미한다. 운동도 좋다. 비겁이 증가된다. 독서나 공부도 좋다. 인성이 증가된다.

많은 분들이 여기를 잘 쓰지 못한다. 출근 전이니 집중해서 쓰기가 어렵긴 하다. 그래도 짜투리 시간과 같은 여기를 잘 활용한다면 남들보다 앞서가는 경쟁력이 될 것이다.

아침 일찍 일어나 중국어 학원에서 공부를 하고 깔끔하고 댄디한 모습으로 출근하는 박 대리! 전날 진창 마신 술 냄새를 풍기면서 헐레벌떡 시간에 쫓겨서 회사로 달려가는 우리의 허 대리! 자!

10년 후 아니, 5년 후의 이들이 모습은 어떻게 달라질까? 그것은 여러분의 판단에 맡기겠다. 지금의 선택과 결정이 쌓여 당신의 미래를 만들어간다. 인생은 뭐다? 슬라이딩 도어즈.

8. 곡성-절대 현혹되지 마라

'절대 현혹되지 마라'는 2016년 개봉한 영화 〈곡성〉에 나오는 카피이다.

외지인의 등장 이후 시작된 의문의 사건들, 그리고 들끓는 소문을 통해 그 원인이 외지인이라는 의심을 품게 되는 경찰 '종구'. 자신의 딸이 피해자들과 동일한 증상을 보이자 절박해진 그에게 목격자 '무명', 무속인 '일광'이 나타나 전하는 이야기는 의심을 확신으로 바꾸며 혼돈을 가중시킨다는 내용으로 영화를 보고 나서도 긴가민가, 누가 악마이고, 선인가 혼돈스러웠다.

영화 '곡성'

사주명리학도 그렇다. 서점에 비치된 많은 명리 서적을

보면서 느끼는 것이지만, 초학자들에게는 그 많은 서적들이 화려한 커버와 절대선일 것 같은 제목을 뽐내며 유혹하고 있다. 선택은 초학자들의 선택이지만, 때로는 잘못된 선택으로 인해서 아주 먼 길을 돌고 돌아갈 수도 있는 중요한 선택의 기로다.

이것은 단순히 초학자들만의 고뇌도 아니고 소위 5년, 10년, 더 오랜 시간 명리를 수양하는 역술인이라면 누구나 느낄 수 있을 것이다. 그것은 사주감명에서 오는 실수나 오류와 관련이 있다. 명리학의 체계가 아직 명확하지 않고, 형충회합파해 및 지장간의 분석이 정립되지 않았기 때문이다.

또한 한해의 시작을 입춘으로 볼지, 동지로 볼지, 12신살과 공망의 기준을 년지로 볼지, 일지로 볼지 등이 확립되지 않았기 때문이다. (공망을 간명에 쓸지, 안 쓸지도.)

누구나 사주감명을 하다가 안 맞을 수도 있고, 오류가 생길 수 있는 구조다. 강하게 단정적으로 감명하는 사람이라면 더욱 심한 딜레마에 빠질 수 있다.

'어디서부터 잘못된 거지?'

'왜 배운 대로, 이전의 감명의 경험으로 말했는데 상담자는 아니라고 하지?'

'혹시 저 사람이 자신의 생년월일시를 잘못 알고 있는 것이 아닐까?'

많은 생각들이 스쳐갈 것이다. 누구나 그런 경험이 생긴다면 자기가 배우고 써왔던 이론이나 관법을 점검하게 되고, 이를 보충하기 위해 다른 선생의 수업을 듣거나, 서적을 구입해서 보고 동영상을 들으면서 찾으려고 한다. 또는 육효, 육임, 타로, 자미두수 같은 점학으로 보완되지 않을까 다른 쪽으로 활로를 찾으려고 한다. 현업 역술가에게 이러한 실수나 오류는 치명적이기 때문이다.

허주도 마찬가지다. 마치 그 사람의 모든 것을 꿰뚫어보듯이 술술 감명을 해나가다가도 가끔 디테일한 부분(시험, 입시, 소송) 등에서 예측이 빗나가면 마음이 무거워지고, 뭔가 빠진 것이 있나 다시 점검해 보다가도 원인을 찾을 수 없을 때는 깊은 고뇌와 상념에 빠지게 된다.

한동안 신살 관련의 서적과 동영상을 밤낮없이 보면서 그 디테일의 오류를 찾으려 하기도 하고, 다시 공망 등을 살펴보기도 하였다. 또는 자원(字原), 자의형상(字意形象), 물상론 등도 뒤적여보기도 했다. 초기의 선생님이 자평진전의 격국용신을 중요하게 강조하신 분이라서 공망, 신살 등의 기본적인 것을 배우긴 했지만 감명에 잘 쓰지 않아서 허주 역시 쓰지 않았는데, 다시 미친 듯이 서적이고 동영상을 보고 들으며 오류의 원인을 찾으려고 했다. 한 달, 두 달… 5개월이 훌쩍 지나고 나서야 깨달았다.

음양, 오행, 천간지지, 12운성, 12신살의 이해가 여전히 부족하고 배움이 모자랐음에도 이쪽에서 더 깊은 수행과 해법을 찾으려고 하지 않고 마치 이쪽은 완벽한데, 다른 쪽에서 부족함이 있지 않을까, 헤매고 있었음을….

여러 선생님들의 신살, 물상론, 공망 관련 서적을 읽다가 해법이 음과 양에 있음을 새삼 느끼게 되었다. 음과 양은 사주의 본질이고 기초이며, 막힐 때는 자연을 바라보며 그 흐름을 느껴야 하는 것을 조급함으로 인해 잠시 망각했었다. 정확한 감명을 해야 한다는 강박관념에 메인을 잊고 지엽적인 것에 몰두했었다. 다시 돌고 돌아 陰과 陽이다.

그래도 몇 달간 탐독했던 신살이나 자원(字原), 공망, 물상론 등이 도움이 안 된 것은 아니다. 모든 것은 존재의 의미가 있고 쓸모가 있다. 단지 무엇을 우선해야 하고 단단히 다져야 하는지를 깨달았을 뿐이다. 몇 달의 시간이 헛되지는 않았다. 기초와 본질에 좀더 충실할 때, 나의 실수와 오류의 해답을 찾고 앞으로도 있을 오류를 줄일 수 있지 않을까 하는 생각이 들었다.

"절대 현혹되지 마라."

9. 마이너리티 리포트-궁합에 관하여

카페에 많이 올라오는 문의나 상담 중에 많은 부분을 차지하는 것이 남녀간의 궁합일 것이다. 명리학이 음양을 공부하는 학문이고 음양의 조화가 중요하기 때문에 남녀 궁합 문제는 명리학의 중요한 이슈다.

실제로 사주상담 시 가장 어려운 것이 첫째가 자녀상담이고, 둘째가 궁합이다. 이미 서로 뜨겁게 사랑하고 결혼까지 염두에 두고 있는 남녀의 궁합이 안 좋게 나왔을 때, 어떻게 상담을 해드려야 할까?

두 분의 궁합이 괜찮으니 잘 사실 거라고? 두 사람이 결혼하고 아이 낳고 살아가다가 불화가 생겨 이혼을 하는 데까지 오랜 시간이 걸릴 테니 일단 괜찮다고 말해 두자고? 안 좋다고 말하면 분위기 싸해지니 일단 위기를 모면하자고? 많은 역술가분들이 고민을 하는 장르일 것이다.

사실을 말하자니 분위기 싸해져 불편해지고, 좋은 편이라고 둘러대자니 역술가로서 양심에 걸린다. 필자의 경우는 사실대로 담백하게 말씀드리는 편이다. 그것은 나에게 어른들이 흔히 하는 덕담을 들으러 온 것이 아니기 때문이다. 오히려 두 사람의 궁합의 문제점을 미리 알고 대처하는 것이 좀 더 현명한 일일 것이라고 알려준다. 역술인에게 궁합에 대해 안 좋은 이야기를 들었다고 사랑하는 이와 이별을 한다면 어차피 그 커플은 이미 이별의 전조를 느끼고 있었을 것이다. 그걸 궁합으로 확인한 것뿐이니 일종의 확인사살일 뿐이다.

서로의 궁합이 좋지 않다는 것은 위기라고 볼 수 있는데, 현명한 커플들은 위기의 순간에 더 협력하고 사랑이 더 굳건해진다. 역술가는 그냥 이유없이 궁합이 좋은 편이 아니라고 말하지 않는다. 조목조목 두 사람이 추구하는 마음과 성격, 기질 등을 대비하고 현실에서의 어려움을 설명해준다. 대운에서 비겁운이나 식상운이 왔을 때, 어떤 변화가 올 것을 알려주고 어떤 점이 안 좋은가를 궁합 당사자들이 스스로 수긍하고 공감해야 변화를 시도할 수 있는 것이다.

사주도 그렇지만 궁합을 보는 것도 역시 상대방에 대해 조금 더 이해하고 알아가는 과정인데, 본인의 성향과 기질 중에 부부생활을 저해하는 요인이 무엇인지를 알고 스스로 개선할 것을 궁합은 알려준다. 미리 알아 대비하고 조심하는 것과 예고 없이 부딪치고 충돌하면서 느끼는 것과는 다르다. 부딪치고 충돌하는 것은 일종의 충(沖)인데, 충이 지나가도 모든 충은 감정에 앙금을 남긴다. 전혀 없었던 일이 될 수가 없는 것이니 그것을 미리 예방하는 것이 좋다고 본다.

정말 두 사람의 궁합이 최악이고 양가에서도 두 사람의 결혼을 반대하고 있다면 결혼 전에 5~6개월 동거를 해볼 것을 권한다. 사실 결혼을 해서 같이 살면 연애시절에는 몰랐던 상대방의 사생활과 성향을 알 수 있다. 즉, 같이 살아봐야만 알 수 있는 점이 반드시 있다는 것이다.

옛날에는 감히 말할 수 없는 옵션이지만, 현대에서는 가능하고 해볼 만한 개운법이라 생각한다. 결혼해서 이혼하느니, 동거를 해

보고 나서 결혼생활이 맞을지 아닐지를 아는 것이 좀 더 현명한 것이 아닐까 생각해본다.

어떤 분은 또 이렇게 말씀하신다.

"선생님! 우리는 연애를 오래 해서 서로를 다 알아요."

다 안다고? 본인 자신도 본인을 모르는데? 상대방을 다 안다고? 과신이고 연애의 맹점인 것 같다. 다 알아서 결혼하는 게 아니라 결혼해서 서로를 좀 더 알아가는 과정이란 걸 모르는 것 같다. 최근에 회원분이 궁합을 봤는데, 남친이 바람둥이 사주라서 고민하는 글을 보았는데 마침 궁합에 관한 칼럼을 쓰던 중이라 그 질문에 눈길이 갔다. 그래서 다음과 같은 답변을 달아주었다.

영화 '마이너리티 리포트'

"바람을 필 수도 있고 안 필 수도 있지만 그건 미래의 일이고 호감을 느끼고 끌리는 것은 현재이니 현재에 충실하시는 게 좋겠습니다. 궁합이 안 좋아서 이별하는 것이 아니라 인연이 끝나서 이별하는 것입니다."

영화 〈마이너리티 리포트〉처럼 현재의 톰 크루즈에게 미래의 살인죄를 씌울 수는 없다. 미래는 변하며 달라지는 것이니까.

10. 백 투 더 퓨처-시간여행을 꿈꾸는 그대에게

Q: 34세 남자입니다. 제 사주에는 년지에 자(子)가 있고 일지에 오(午)화가 있어서 자오(子午)충이 됩니다. 자오충은 충중에서 가장 세고 강하다고 하니 걱정입니다. 자오충이 되는 거 맞는 거죠? 사주를 알게 되니 불안해서 잠이 안 옵니다.

A: 자오충이 되는 것 맞습니다. 또한 지지의 6개의 충중에서 가장 강한 충이 됩니다. 이는 子수는 겨울의 대장이고, 午화는 여름의 대장인 왕지의 글자이니 음양의 차이가 가장 크기 때문에 충의 여파도 가장 큽니다. 지지는 내가 살아가는 현실이며 무대가 되고, 시공간에서 천간이 시간의 개념이라면 지지는 공간의 개념이 됩니다. 년지는 초년, 월지는 청년(미혼시절), 일지는 중년, 시지는 노년이 됩니다. 년지와 일지는 초년 시절의 나와 중년시절 현재의 나와의 만남이 됩니다.

현대과학은 늘 발전하고 진일보하고 있으니 곧 시간을 거슬러

가는 타임머신도 발명될 것으로 보인다. 현재의 내가 타임머신을 타고 초년시절로 넘어간다면 자오(子午)충의 모습이 나타나게 된다. 그러한 모습은 영화 속에서도 종종 나타나곤 한다.

영화 〈백 투 더 퓨처〉의 마이클 제이폭스는 타임머신을 통해서 20년 전의 아빠를 만나게 되고 나쁜 친구들에게 당해서 고통받고 있는 아빠를 도와준다. 또한 그에 따른 놀라운 사건, 사고를 경험하게 된다. 그것이 자오충의 모습이 아닐까 한다.

현실에서는 子수와 午화가 떨어져 있으니 자오충은 생기지 않지만 곧 타임머신이 생겨서 과거의 여행이 가능하다면 생길 것으로 본다. 우리 모두 곧 도래할 시간여행의 미래를 준비해야 할 것 같다. 다들 시간여행을 한두 번은 꿈꾸지 않았는가? 이제는 미래에 대한 근심은 잠시 내려놓고 편안한 꿈꾸며 타임머신을 타고 꿈나라에서 초년시절로 가보는 것은 어떨까?

영화 '백 투 더 퓨처II'

8장

명리, 다가오는 미래를 체감하라

1. 자연에 비법(秘法)은 없다

명리 강의를 듣는 분들에게 늘 이러한 이야기를 들려준다. 자연에 비법(秘法)은 없다. 그 모습과 흐름, 순환만이 있을 뿐이다. 자연의 일부인 사람의 삶에도 비법은 당연히 없다. 그래도 사람들은 뭔가 특별한 뭔가가 있을 거라는 생각을 한다. 명리를 이야기하면서 자꾸 비법과 비기를 넌지시 비추며 고액의 대가를 요구하는 사람이 있다면 사기꾼일 가능성이 높다.

그런데 정말 비법은 없다. 영국의 물리학자 뉴턴은 사과나무에서 떨어지는 사과를 보면서 만유인력의 단서를 깨달았다. 그런데 사과는 그 이전에도 떨어졌다. 역사상 최초로 뉴턴 앞에서 생겨난 일이 아니라는 것이다. 뉴턴에게는 만유인력 발견의 중요한 단서로 작용했던 일이 누군가에게는 대수롭지 않은 흔한 일이 되었는데,

이는 고찰과 사색이 부족하여 아직 모르는 것뿐이다. 마치 뉴턴 이전의 사람들이 그러했던 것처럼….

자연은 늘 인간에게 좋은 단서를 제공하고 영감을 주지만 그것을 느끼고 그로 인한 발상과 영감을 얻는 이는 극히 제한되어 있다. 이는 자연을 관찰하고 열린 생각을 하는 것이 부족했기 때문이다. 4개의 기둥(四柱)과 8개의 글자(八子)는 자연의 모습을 글자로 형상화해 놓은 것뿐이다. 그래서 그 본질을 느끼고 깨닫기 위해서는 글자를 보는 것이 아니라 그 글자에 담겨 있는 자연의 모습을 살펴야 한다. 선승이 달을 가리키면 달을 봐야 하지, 손가락을 보는 우를 범해서는 안 되는 것이다. 자연은 감추고 숨기는 것이 없으니 자연을 살피고 고찰하며 사색을 하면 그 안에 답이 있는데 막상 자연은 도외시하고 글자만을 살핀다. 그로 인한 어지러움이 있다.

농사를 짓는 농부나 산에 사는 자연인들이 오히려 자연을 더 잘 이해하고 느낄 수 있다. 이는 자연과 함께 호흡하고 동화했기 때문이다. 자연을 정복하려고 하고 저항하려는 이들은 자연으로부터 배우는 것이 없을 것 같다. 자연을 정복하려는 자도, 자연에 저항하려는 자도 역천자(逆天者)의 모습일 뿐이다. 우리는 알고 있다. 역천자의 말로를….

3월의 어느 날 목련꽃과 벚꽃이 만발한 산책로를 걸으면서 봄의 향취를 마음껏 느꼈다. 꽃은 그 만개(滿開)의 시간이 참으로 짧기에 더욱 화려하고 애잔하다. 오늘도 목련꽃과 벚꽃이 만발한 양재천 산책로를 거닐면서 그들이 들려주는 자연의 이야기를 듣는다. 겨울을 인내하고 잘 견뎌온 꽃들에게 찾아온 제왕(帝旺)의 모습을….

화무십일홍(花無十一紅), 짧기에 더욱 화려하고 눈부시며, 눈물겹다.

2. 겨우살이의 봄, 여름, 가을, 겨울

겨우살이라는 식물이 있다. 겨우살잇과의 상록 관목. 높이는 40~50cm이며, 잎은 마주나고 긴 타원형이다. 이른 봄에 작고 노란 꽃이 가지 끝에 피고 반투명한 공 모양의 열매는 가을에 누런 녹색으로 익는다. 줄기와 잎은 약용한다. 참나무·오리나무·버드나무 따위에 기생하는데 한국, 일본, 중국, 대만, 아프리카, 유럽 등지에 분포한다.

보통 약초꾼들이 겨울에 높은 나뭇가지 위에서 채집하지만 꼭 겨울에만 존재하는 것은 아니다. 여름에도, 가을에도 존재한다. 약초꾼들은 여름철의 겨우살이는 채집하지 않고 그냥 놔두는데 이는 약성이 적기 때문이다. 여름에는 병(丙)화의 계절이라 계(癸)수도 상승 확산하면서 따라 올라간다. 줄기와 가지 끝까지 수분을 공급하여 무더운 여름에도 가지 끝까지 싱싱하다. 여름철의 겨우살이는 이렇게 계수의 영향으로 수분을 듬뿍 담고 있어서 약성이 떨어진다. 마치 위스키나 소주에 물을 많이 희석하면 본래의 위스키나 소주의 맛이 희석되는 것과 같다.

하지만 겨울철에는 임(壬)수의 계절이므로 수 기운도 응축하면서 아래로 아래로 하강하게 된다. 나무에 붙어 기생하며 나무의 영양분을 흡수하는 겨우살이에도 수분이 빠지고 영양분만 남게 된다. 위스키나 소주의 원액처럼 액기스만 남게 됨을 의미한다.

그제서야 약초꾼들은 철사 끈을 신발에 묶어 올라가거나 간이 사다리를 만들어 나무에 올라 겨우살이를 채집한다. 겨우살이의 약성이 좋아지므로 당연히 겨울철의 겨우살이는 가격을 높게 받

겨우살이

을 수 있다. 겨우살이의 모습도 이렇게 여름철과 겨울철의 모습이 다르고, 그 가치도 달라지게 된다. 여름철 丙화를 따라 올라가는 수는 癸수의 모습이고 겨울철 내려오는 것은 壬수의 모습이 된다. 자연은 이렇게 서로의 역할과 활동 시기가 분명하여 서로 침범하지 않는다.

3. 누군가에게는 백신, 누군가에게는 암덩어리

명리 혁명 심화편 출간을 마치고 다소의 망중한을 즐기고 있는데, 유튜브를 살펴보다가 오래전에 봤던 EBS 〈극한직업〉을 다시보게 되었다. 차가버섯을 채취하는 약초꾼들의 익스트림한 삶의현장을 그리고 있었다. 옛날에는 호기심으로 봤지만 세월이 지나서 다시 보니 감회가 새롭고 그 장면들이 남다르게 느껴진다. 차가버섯은 자작나무에 기생하는 버섯인데 추운 지방, 고산지대에서기생하는 것이라 채취가 쉽지 않고, 약효가 뛰어나서 건재(마른 것)기준 1kg에 대략 120만 원에 팔리는 고가의 약용버섯이라고 한다.차가버섯을 끓인 물은 시간이 오래 지나도 상하지 않는다는 강한항균성분을 지니고 있다.

아시는 분들은 아시겠지만 버섯은 기생식물이다. 특히 나무에기생하는 많은 버섯들은 나무의 영양분을 빨아먹고 살기 때문에버섯이 10년, 20년 오래되고 상품가치가 높을수록 나무는 점차 고사해 가게 된다. 약초꾼들이 나무에서 버섯을 채취하면 나무는 다시 살아갈 기력을 얻게 된다.

나무에게는 버섯 그 자체가 암 덩어리인 셈이다. 오랜 세월에 걸쳐 나무를 병들게 하고 결국에는 죽게 만든다. 나무의 입장에서는약초꾼들이 그야말로 자신의 생명을 구하는 백신이고 의사인 셈이다. 또한 그렇게 채취된 차가버섯, 상황버섯 등의 약용버섯은 약재로 바뀌어서 또다시 누군가의 생명을 살리는 역할을 하니 자연의 순환에 경이로움이 느껴진다.

'극한직업' 캡처

차가버섯

우리의 사주팔자에서는 어떠할까? 칠살(七殺)이라고 이름도 섬뜩한 편관은 일간(나)을 심하게 극하는 기운이라 원국에 있거나 운에서 편관이 들어오면 다들 긴장하고 걱정하지만 내 사주 속의 편재에게 일간(나)은 어떤 모습일까? 입장을 바꿔 생각하면 편재에게 일간(나)은 편관이 된다. 편재가 자식의 자리인 시주에 있다면 나는 자식을 심하게 극하는 존재이고 일지에 편재가 있다면 배우자에게, 월주에 편재가 있다면 부모에게 나는 편관과 같은 존재가 될 수 있다.

인간은 어쩔 수 없이 자기 중심으로 생각하는 존재지만 가끔은 역지사지(易地思之)하여 자식, 배우자, 부모의 입장에서 생각해본다면 내 주변의 소중한 존재인 그들을 조금 더 이해하고 배려할 수 있지 않을까 생각해본다. 인간, 차가버섯, 자작나무의 관계처럼 말이다.

4. 고수에겐 놀이터, 하수에겐 전쟁터

세상에는 앞서가고 리드하는 사람들이 있다. 20 vs 80의 법칙을 기억하는가? 20%의 앞서가고 리드하는 사람들과 80%의 팔로워들로 세상이 구성되었다고 한다. 20%의 리더도 음과 양이 존재하니 드러난 리더와, 감추어진 리더로 나뉘어질 것이다. 80%의 팔로워 중에서도 특이하게 언팔로워를 하는 소수의 사람들이 존재하는데 이들이 충(沖)과 형(刑)을 당하는 경우로 종종 명리 서적이나 강의에 사례로 올라오게 된다.

전쟁터에 투입된 하수(下手)들은 앞날을 예측할 수 없다. 총알에 눈이 없으니 어디서 날아올지 모르고, 언제 맞을지 모른다. 그래서 늘 불안하다. 전쟁터의 군인들이 각자 애인의 사진, 속옷, 머리카락 등 부적을 지니려는 것은 그러한 불안감을 떨치기 위함이다. 본인들이 할 수 있는 것은 거의 없다. 서로 찌르고 쏘고, 죽이는 지옥 같은 악다구니 속에서 생존을 위해 발버둥칠 뿐이다. 일반인들이 안 좋은 상황에서 고가의 부적을 품고, 굿을 하며, 영적인 존재에 의지하려는 것과 다름이 없다.

고수(高手)들은 앞날을 예측할 수 있다. 따라서 유리한 전쟁에는 지휘관으로 참여할 수 있고, 불리한 전쟁에는 후방의 깊숙한 곳이나 외국으로 피할 수 있다. 또는 전쟁이 기회가 될 수 있다. 위기가 기회라고 하지 않던가? 전쟁 중에 큰 재산을 모으거나 권력에

협조하여 대기업으로 성장하기도 한다.

체스판의 말은 체스를 두는 사람의 실력에 따라서 죽을 수도 살 수도 있는 것이다. 하수는 체스판의 말이다. 고수는 체스를 두는 사람이 된다. 80%의 사람들은 체스판의 말의 모습으로 살아간다. 20%의 사람들은 체스를 두는 사람의 모습으로 살아간다. 체스를 두는 사람은 흥미롭고 즐거운 유희지만 체스판의 말은 생사를 알 수 없는 전쟁터가 된다. 이겨서 살 수도 있지만 장렬하게 전사하거나 어처구니 없는 실수로 순삭할 수 있는 것이다.

자신의 타고난 성향과 기질(사주팔자)을 제대로 파악하고 시시각각 변하고 움직이는 흐름들(대운, 세운)을 잘 해석하여 활용한다면 체스판의 말들을 움직이는 고수가 되지 않을까 생각해본다. 이것이 우리가 명리학을 배우려는 큰 이유 중 하나이다.

(체스판의 말로 살아갈 것인가? 체스를 두는 사람으로 살아갈 것인가?)

5. 예측할 수 있는 것을 예측하라!

예전에 육효의 전문가인 한 선생님이 그런 이야기를 하셨다. 육효점을 쳐서 비가 올지, 안 올지를 알 수 있다는 이야기였다. 그러면서 끈덕지게 나에게 육효를 배워볼 것을 권유했다. 당시에는 명리학에 집중하고 싶어서 웃으면서 사양했지만, 지금도 그러한 생각에는 변화가 없다. 그리고 이런 생각이 들었다.

'비가 올지 안 올지는 일기예보를 보면 되는 거지, 그것까지 점을 쳐야 할까?'

타로, 육효, 육임, 자미두수, 주역점, 기문둔갑, 매화역수 등은 널리 알려진 점학(占學)들이다. 점으로 YES, NO를 결정한다. 합격 vs 불합격, 승소 vs 패소, 재회 vs 이별 등등 그런데 사람들은 점을 왜 보는 걸까? 아마도 미래에 대한 궁금함이 큰 이유일 것이다. 사주명리를 통해서 나의 사주를 보니 대략적인 그림이 그려졌다. 일지 축(丑)토로 편인인데, 시지도 丑토이니 아마도 노년의 시주의 시절에도 지금처럼 명리학을 계속할 것 같다. 내년이 무오(戊午)대운으로 상승, 확산하며, 여름처럼, 낮처럼 드러난 글자이니 그러한 환경 속에서 할 것이다. 점차 이름이 알려지고, 노출됨을 의미한다.

미래가 궁금한 것은 허주도 마찬가지지만 큰 그림 속에 진행 방향을 인지하고 나니 미래의 어느 날의 날씨, 어느 날의 온도는 궁금하지 않게 되었다. 또한 늘 가지고 다니는 가방에 포켓우산을 넣고 다니니 비가 올지, 안 올지도 궁금하지 않다. 비가 오면 우산을 꺼내서 쓰면 될 뿐이다. 전에 어떤 수강생이 스마트폰의 배터리가 부족하다고 나에게 충전기가 있냐고 물어보셨는데, 종종 그런 일이 생기니 충전기도 품목 안에 들어가게 되었다. 요즘은 편의점에서도 충전 서비스를 하지 않으니 막상 밖에서 배터리가 떨어지면 당황하게 된다. 세상에 전기가 없는 곳은 없으니 충전기를 지참하면 아무 걱정이 없다.

건강은 2년 단위로 종합검진을 받고 있다. 항상 술을 줄이고 운동을 늘리라는 조언을 받고 있는데, 코로나 시국이 끝나면 운동시간을 늘려갈 생각이다. 예측 가능한 것들은 대략 정해져 있다. 우리는 늙을 것이고, 병에 걸려 아플 수 있다. 이는 누구도 피해갈 수 없는 팩트이니 정기적으로 건강을 체크하는 것이 마땅할 것이다. 종합검진받는 비용을 아끼려다가는 오히려 악화된 병으로 인해 더 큰 돈이 나갈 수도 있기 때문이다. 자신에게 맞는 적절한 보험을 가입하는 것도 같은 이치다.

살다 보면 맑은 날이라 안심했다가도 소나기가 올 수 있고, 실수로 덜 충전된 폰을 들고 나올 수도 있다. 누구나 사람은 방심하거나, 실수할 수 있다. 신(神)이 아니기 때문이다. 그런데 늘 가방에 우산과 충전기를 지참한다면 어려움을 극복할 수 있는 것이다.

습관을 들이면 어렵지 않고, 자연스러운 일이 된다. 그런 자연스러운 습관들이 순간순간 찾아오는 위험과 어려움을 넘어갈 수 있게 해줄 것 같다.

'예측할 수 있는 것을 예측하라.'

허주가 군이 점학(占學)을 공부하지 않는 이유다. 그리고 너무 세밀하게 점을 쳐서 미래를 알아본다면 참 재미없을 것 같다. 미래에 대한 두근거림이 사라질 것 같기도 하다.

6. 기록은 기억을 지배한다

뭔가 영감이 떠오르거나, 단상이 생각날 때면 곧바로 PC로 들어가서 일기장에 글을 남긴다. 그 글은 불완전한 것일 수도 있고, 미완성일 수도 있다. 그럼에도 남기는 것은 시간이 지나면 그때의 단상이, 영감이 사라질 수 있기 때문이다.

그러므로 허주명리학 카페나, 기타 사주카페에 올라가는 대다수의 칼럼들은 초벌이 아니라 두 번 구운 재벌인 셈이다. '기록은 기억을 지배한다'는 2002년 캐논의 디카 익서스 V2의 카피 문구인데 내게 가슴에 와닿았고 인상 깊었다. 필자는 金水가 강한 사람이라 기본적으로 과거 회고적인 성향을 가지게 된다. 또한 丑토가 많으니 기억의 창고를 여러 개 가지고 있는 모습이다.

축(丑)토에는 경(庚)금과 을(乙)목이 입묘된다. (새로운 12운성기준) 나에게 庚금은 겁재이자 중년 시기이고, 乙목은 편재이자 초중학 교 시절을 의미하는데 그 시기의 기억이 남다르다. 2000년대 초반 당시에 유행하던 아이러브스쿨로 중학교 동창들을 졸업 후 15년 만에 만나게 되었는데, 과거의 학창시절의 이야기로 시간 가는 줄 몰랐다.

'서진○ 영어쌤, 윤○현 교장쌤, 마돈나 음악쌤, 살레시오 수련관 의 추억들, 봄소풍의 남자 1반과 여자 15반의 공개 미팅, 고등학교 올라가는 시험인 연합고사에서 실수로 5분 일찍 마침종이 울려서 난리가 났던 추억의 단상들…'

그렇게 한동안 수다를 떨면 주위의 동창들이 희한하다는 표정 으로 나를 쳐다본다. 그 의미는 어떻게 15~16년 전의 일들을 거의 다 기억하고 있느냐는 표정이다. 이는 내가 기록을 하기 때문이었 다. 그날의 상념, 그날의 느낌, 그날의 사건들을 일기장에 기록하 다 보면 더 오랜 시간 기억에 남게 된다.

丑토 속에 입고가 되는 庚금은 辛금 일간에게는 겁재가 되고, 乙목은 편재가 된다. 그리하여 나의 丑토 속에는 겁재와 편재의 단상들이 잘 입고되어 있다. 인터넷 검색 중에 봤던 인상적인 사 진, 그림, 명문장들 역시 캡쳐하여 보관하는 습관이 있는데 이것이 명리칼럼을 쓰는 데 큰 도움이 된다.

글을 쓰는 것에 관심이 있는 회원분들이 어떻게 하면 글을 잘 쓰는가에 대해서 물어보면 좋은 글이건, 낙서건 꾸준히 글을 쓰고 책을 읽어볼 것을 권해드리고 있다. 입력(인성)이 있어야 출력(식상)도 잘할 수 있을 것이다.

칼럼에 잘 어울리는 문구나, 그림, 사진, 카툰 등을 평소에 저장해 놓고 필요할 때 쓴다면 메시지의 전달력이 좋아지게 될 것이다. 언제부터 본격적으로 글을 쓰고 이미지를 저장했는가 하면 2002년 지하철 광고판에서 봤던 캐논의 '기록은 기억을 지배한다'라는 카피에 기인한 바가 크다. 크게 공감하고 그것을 실천하기로 했다. 진술축미(辰戌丑未)를 입묘(體), 입고(用)라고 하는데 꼭 형충으로만 열리고 닫히는 것이 아니다. 형충으로 열리고 닫힌다는 것은 그 창고의 열쇠를 내가 아닌 타인 (運)이 가지고 있다는 것이니 어쩌면 슬픈 일 일 수도 있다. 내 팔자의 주인공은 나 자신이니 그 열쇠를 내가 가지고 있으면서 수시로 필요할 때마다 열고 닫는 것이 좋을 것 같다. 또한 진술축미의 토에서 가장 변화가 적고, 작고 단단하게 응축되어진 토가 丑토이니 기억이 변형이나 변질도 적을 것이다. 마치 냉동실에 있

캐논 디지털 카메라 광고 '기록은 기억을 지배한다'

는 음식이 잘 상하지 않고 원형을 보관하는 것으로 이해하시면 쉽겠다. 나의 대운이 드러나는 여름의 시기인 巳午未로 흘러가니 냉장고 속에 오랜 세월 잘 보관된 기억과 기록을 꺼내어 지금 이렇게 칼럼을 쓰고 있는 것 같다.

(기록은 기억을 지배하고, 오늘의 허주는 내일의 허주를 지배한다.)

7. 어머님은 짜장면이 싫다고 하셨어!

1998년도 외환위기에 발표된 God의 노래 '어머님께'에 나오는 가사이다. 노래의 내용을 보면 가난하지만 자식들과 힘들게 살아가시는 모습을 그렸는데 짜장면 한 그릇을 시켜놓고 자식을 더 먹이려고 본인은 짜장면이 싫다고 하신다는 내용이라 당시에 많은 사람들의 가슴을 울컥하게 만들었다.

그런데 어쩌면 저 말은 진실일지도 모른다. 짜장면, 짬뽕의 기름진 중국음식을 못 드셨을 수도 있다. 글루텐 불내증처럼 밀가루 음식이 체질에 안 맞거나 입맛에 안 맞는 경우가 그러하다. 가난한 사람도 자기 취향이 있기 마련이다. 5월이 되니 어버이날이 어김없이 돌아온다.

부모님은 어느새 노년기의 시주(時柱)를 살고 계실 수가 있을 것이다. 시주는 어떤 시기일까? 초년의 년주와 다름이 없다. 년주의 어린 시절 부모님에게 경제적, 심리적으로 의존했듯이 시주의 시절은 자식에게 의존해야 하는 시기가 된다. 우리나라 속담에 '나이가 들면 다시 어린애가 된다'는 이야기와 같은 맥락이 된다.

부모님을 생각해서 보내드린 효도관광이 노년을 살고 있는 부모를 더 고생시킬 수 있다. 부모님을 생각해서 보내드린 각종 영양제와 보약이 오히려 체질에 안 맞아 건강을 상하게 할 수 있다. 내 생각대로, 내 계획대로의 효도가 아닌 부모님의 마음과 취향에 맞춘 효도를 하는 것이 좋을 것이다.

> 子游問孝, 子曰: "今之孝者, 是謂能養. 至於犬馬, 皆能有養, 不敬, 何以別乎?"(자유문효, 자왈: "금지효자, 시위능양. 지어견마, 개능유양, 불경, 하이별호?") 자유가 효에 대해 묻자 공자가 말했다. "오늘날 효라고 하면 물질적인 봉양만을 생각하기 쉽다. 그러나 이런 것들은 개나 소도 다 한다. 공경하지 않는다면 개나 소와 뭐가 다르겠느냐?"
>
> - 논어, 위정편

물질적인 봉양만큼이나 정신적인 봉양도 중요하다. 물질적인 것이 양(陽)의 모습이면 정신적인 것은 음(陰)의 모습이 된다. 음과 양의 균형이 생기면 활력과 생기가 넘치게 된다. 나이가 들면 어린아이처럼 상처받기가 쉬우니 부모님의 마음까지 케어해주는 효도가 필요할 것 같다. 어린 시절에 부모님이 내 말을 경청해주면 행복했듯이, 부모님의 이야기를 잘 들어주는 것만으로도 좋은 효도가 될 것이다. 부모가 내 말을 무시하고 안 들어주어 서운했듯이, 부모님의 말을 내가 무시하고 안 들어주면 서운함이 쌓일 수 있기 때문이다. 장례식장에서 목 놓아 서럽게 우는 자식일수록 생전에 효도를 못한 경우가 많으니 지금이라도 살아계실 때 잘하는 게 좋겠다.

8. 내정법(來情法)이 필요할까?

내정법(來情法)이라는 것이 있다. 뜻을 풀이해보면 올 래(來) 뜻 정(情)으로 역술가를 찾아온 내방객이 왜 왔는가를 맞추는 법이라는 뜻이다. 사주 명리학의 분야는 아니고 일종의 명리학에서 파생된 점학이라고 보면 될 것이다.

내정법에 대해 가르치는 대학도 있고, 명리를 오래하신 분들 중에는 쓰시는 분도 꽤 된다고 한다. 찾아온 상담자가 왜 왔는지, 무엇이 궁금해서 왔는지 알아내어서 선수를 친다는 기법이니 상당히 흥미로울 수 있다. 일종의 기선제압을 한다는 것이다.

찾아간 역술인이 고수인지 쭉정이인지 모를 경우에 찾아온 방문 목적을 먼저 이야기해준다면 믿고 따른다는 것인데, 허주도 내정법을 알고 있다. 그리고 100% 적중률을 자랑한다. 그것은 상담자에게 왜 왔는가? 무엇이 궁금한가를 물어보는 것이다. 비싼 돈을 지불하고 온 상담자가 거짓을 할 이유는 없으니 100% 확실한 것이다. 군이 어렵게 왜 찾아왔는가를 따로 배울 필요는 없을 것 같다. 기선을 제압하고 역술인이 상담을 지배한다고? 그런 상담은 그야말로 꽝이다. 상담이라는 말을 붙이기에 민망한 것이다.

상담은 상담자와 역술인이 대등한 위치에서 눈높이를 맞추며 고민을 듣고, 공감하면서 조언을 주는 것이다. 더 좋은 것은 상담자가 스스로 해답을 찾을 수 있게 암시를 주고, 영감을 북돋아주는 것이 가장 좋다. 상당수의 경우, 자신이 답을 알고 있는데, 확신이 없는 경우가 많기 때문이다. 역술인은 확신에 용기를 북돋아주면 된다. 그러한 대화가 오가는 곳에서 기선제압이 뭐가 필요할까? 마치 상담자와 역술인이 한바탕 전쟁을 치루는 것도 아닌데 말이다.

역술인에 대한 믿음은 본격적인 질문에 들어가기 전에 사주팔자 속에 상담자의 성향과 기질, 초년, 청년시절의 모습(부모와의 관계, 학업) 등을 대략적으로 설명해주면 충분할 것이다. 시간을 아낀다고, 다음 손님을 받겠다고 거두절미하고 질문부터 받고 질문에 답변만을 해주면 당연히 상담자는 이것이 맞을까? 저 역술인은 실력이 있을까? 의문이 드는 것은 당연하다. 좋은 상담에는 거기에 걸맞은 충분한 상담시간의 부여가 필수적일 것이다.

내정법 수업을 열심히 듣고 있다는 후배 역학인의 이야기를 듣고 문득 그런 생각이 들었다. 맞추면 도사 소리 듣고 상담을 주도할 수 있지만, 틀리면 처음부터 흰소리, 뻘소리 한다고 불신을 줄 수 있다. 그래도 이 친구는 어지간히 도사 소리를 듣고 싶었나 보다.

앞의 내용처럼 조언을 건넸지만 우이독경이다. 여전히 내정법(來情法)의 고수가 되겠다고 하니 조언을 거기서 멈추었다. 귀가길에 여러 가지 생각들이 스친다. 그냥 에너지 낭비하지 말고 상담자에게 방문목적을 물어보는 것이 좋지 않을까 생각해본다. 사람이 살아가면서 쓸 수 있는 에너지는 총량이 있으니 남은 에너지를 음양오행, 천간지지의 공부에 쓰는 것이 더 효율적일 것 같다는 생각이 들었다.

9. 혼잡(混雜)하거나 혹은 멀티(Multi)하거나

고서에서는 사주에서의 혼잡을 좋지 않게 본 것이 사실이다. 관살혼잡, 식상혼잡, 인성혼잡, 재성혼잡 등이 그렇다. 혼잡의 모습이 선명하게 드러나고 남들이 알 수 있는 것은 천간에 혼잡되어 있을 때 그렇다. 천간은 드러난 마음이니 내 마음 나도 모르기 때문이다.

"쟤는 늘 이랬다 저랬다 그래."
"저 사람은 왜 이 일했다가 저 일하고 도대체 뭐하는 사람이야?"

고대사회에는 직업이나 하는 일이 단순했고, 관성(자신이 소속된 울타리)도 단순했기 때문에 이것저것 섞여 있는 관살혼잡과 식상혼잡을 좋지 않게 보았고, 그것은 당대의 시대상황을 반영한 것이니 맞다고 본다. 인성은 원래 행동을 하기 전에 생각을 하는 기운이라 느린 편인데, 혼잡되어 있으니 더 느려지고 선택을 못하는 결정 장애를 가져올 수도 있다. 내 돈(정재)도 좋고, 공공재(편재)도 좋다는 것은 좀 도둑 놈 심보 같기도 하다.

그런데 현대에서는 조금 다르게 생각해볼 여지가 있다. 왜냐하면 인간의 삶이 굉장히 다양해졌고, One job이 아닌 Two job의 삶을 사는 경우도 있기 때문이다. 요즘 방송에서 유행하는 일종의 부캐놀이이기도 하다.

회사에서는 평범한 김 대리인데 인터넷 공간에서는 유명한 인플루언서가 될 수도 있다. 회사에서는 따박 따박 월급(정재)을 받지만, 온라인 공간이나 주식 등으로 별도의 수입(편재)을 챙길 수도 있다. 관성은 나를 보호하고 통제하는 울타리인 직장도 되는데, 상당히 유능하고 실력 있는 전문가가 이쪽 저쪽에서 스카웃을 받아 더 좋은 직장으로 옮겨가는 모습도 해당되기 때문이다. 행정적이며 안정적인 정관의 직장이나 특수행정, 기술, 리스크 관리, 단시간의 프로젝트를 수행하는 편관의 직장도 잘할 수 있다.

혼잡을 나쁘다의 개념으로 끝내는 것이 아니라, 내게 있는 혼잡을 어떻게 쓸까를 고민하면 좋을 것 같다. 허주도 사주에 壬수 상관, 子수 식신이 있다. 그래서 이것저것 다양하게 손대볼 수 있다. 명리학뿐만 아니라, 타로, 육임, 육효, 기문둔갑, 자미두수, 내정법,

관상, 손금, 풍수, MBTI 등등….

그런데 필자에게는 가장 중요한 원칙이 있다. 내가 쓸 수 있는 에너지는 총량이 있고 그 총량을 내가 효율적으로 써야 한다는 명제를 늘 생각하기 때문에 명리학에만 집중하고 있다. 남들 다하는 타로(타로는 초급시절에 조금 배웠다), 점학, 풍수, 관상 등에 관심이 없지는 않지만, 그것은 내 안의 에너지를 효율적으로 쓰지 못하기 때문이다. 명리학을 20대에 시작했으면 했겠지만, 40대에 시작했고, 남은 20~30년에 명리학의 전체를 규명하고 양지의 학문으로 반석에 세우기에는 20~30년도 너무 짧은 시간인 것 같다. 남은 시간이 짧기에 한 가지만 하고 있다. 한편으로 내 사주의 식상은 강의할 때와 글의 소재, 표현법, 대중의 기호에는 상관을, 꾸준히 오랜 세월 카페나 블로그를 관리하고 책을 시리즈물로 출간하는 데는 식신을 쓰고 있다.

누군가는 상관을 써야 할 때 식신을 쓸 수 있고, 또는 식신을 써야 할 때 상관을 쓸 수 있다. 이것이야말로 뒤죽박죽으로 부정의 의미를 담은 혼잡의 모습이다.

상관을 상관답게, 식신을 식신답게 잘 쓴다면 혼잡이 아닌 긍정의 개념인 멀티플레이어의 모습이 될 수 있겠다. 겨울의 해자축(亥子丑) 세운에서는 임(壬)수 상관을, 여름의 사오미(巳午未) 세운에서는 계(癸)수 식신을 더 잘 쓸 수 있겠다. 그러한 의미에서 재성혼잡도 마찬가지다. 식상활동의 결과물인 재성을 불경기 등 수성의 시기에는 정재를, 호황기 등 공성의 시기에는 편재를 쓰면 어떨까? 물론 쉽지는 않다. 내 몸을 잘 단련하여 능력치를 최대한 쓴다면 최고의 플레이어가 되고 대스타가 될 것이다. 마음을 단련하여 쓰는 것도 이에 못지않게 어렵다. 천간의 정인, 편인의 인성혼잡도, 정관, 편관의 관살혼잡도 삶에 혼선을 주고 어려운 것은 사실이지만 어떻게 보면 멀티플레이어로 삶을 살아갈 수 있는 단서가 된다.

이는 대운의 흐름에 따라 새로운 12운성을 적용하면 어떤 글자를 쓰면서 사는 것이 유리한지를 알 수 있을 것이다. 새로운 12운성은 내가 있어야 할 자리, 즉 포지셔닝과 나아가야 할지, 물러서야 할지의 공성과 수성의 시기를 살필 수 있기 때문이다.

여러 가지가 섞여서 어지럽다는 부정의 의미인 혼잡으로 힘들어할 것인가? 아니면 여러 가지가 섞여 있지만 이를 구분하고 나누어서 때에 맞게 적용하는 긍정의 의미인 멀티(Multi)로 다양한 변화를 즐기면서 살 것인가? 그것은 여러분의 몫이다.

사주팔자의 주인공은 여러분이기 때문이다.

10. 각성과 깨달음이 찾아오는 시간

역사를 살펴보면 인류 역사를 바꿀 만한 그러한 깨달음이 있었다. 예수가 광야에서 헤맨 40일의 시간이 그렇고, 싯달타가 보리수

나무 아래서 6년 동안의 참선이 그러했다. 작게는 목욕탕 속의 탈레스가 부력을 느낀 것도, 뉴턴이 사과가 떨어지는 것을 보고 만유인력을 생각한 것, 에디슨이 수천 번의 실패 끝에 전기를 발명한 것이나, 플레밍이 푸른 곰팡이에서 수많은 생명을 구한 페니실린을 발견한 것이 그렇다.

크건 작건 때때로 깨달음이 우리에게 찾아온다. 그 시기에 대해서 한번 언급하고자 한다. 사주를 살펴보면 한 두 가지 오행이 특별히 강한 사주들이 있다.

당연히 없는 오행에 대한 부족함과 아쉬움을 느끼면서 살아가는데 한편으로는 남들보다 강한 기운이 모여 있으니 그것이 경쟁력이 될 수도 있다. 병(丙)화 일간에 비겁이 강한 사주가 있다면 천간에 임계(壬癸)수, 지지에 해자축(亥子丑)의 대운이 흐를 때 깨달음을 얻을 수 있다. 병(丙)화는 상승하고자 하고 퍼져 나가는 기운이다. 관계가 넓어지고 많아지는 현상을 겪게 되는데 현실을 살아가는데 천간지지 수 기운이 들어오면 이것이 덧없음을 알게 된다. 현실(화)을 살아가다가 과거(수)를 돌아보게 되고, 반성하게 된다. 상승, 확산의 기운으로 위만 바라보다가, 아래를 돌아보게 되고 나보다 약한, 낮은 이들을 생각하게 된다. 뜨거운 사막과 대초원에 우기가 시작되니 바짝 마르고 죽어가던 것들이 생기를 되찾게 된다. 수 기운이 원국에 없거나 미약한 경우에 해당된다.

임(壬)수 일간에 비겁의 기운이 강한 사주가 있다면 천간에 병정

(丙丁)화, 지지에 사오미(巳午未)의 대운이 흐를 때 각성의 시간이 찾아온다. 병(丙)화가 한난조습의 난(暖)이라면 임(壬)수는 한(寒)이 된다. 따뜻한 날씨에는 변화가 가속되지만 차가운 날씨에는 변화의 속도가 느리다. 亥子丑의 시기가 냉장고 속의 음식이 잘 변질되지 않는 경우라면 巳午未의 시기는 전자레인지 속의 음식처럼 빨리 뜨거워지고 쉽게 변하는 것으로 생각해보면 쉽게 이해할 수 있다.

壬수가 비겁다자라면 현실감이 없고 과거지향적인 모습이 된다. 변화를 추구하나 속도가 느리다. 배움을 즐거워하나 적용에는 어려움을 가진다. 그럴 때 천간지지에 화 기운이 들어오면 균형감이 생기고 속도가 생기며 외부로 확산이 되며 드러나게 된다. 숨은 재야의 고수가 세상에 드러난 모습이며, 얼음이 녹아서 물로 흘러가듯이, 그동안 축적되었던 것들의 대방출이 시작되니 변화의 속도와 상승이 놀랍다. 화 기운이 원국에 없거나 미약한 경우에 해당된다.

갑(甲)목 일간에 비겁이 강한 사주가 있다면 천간에 경신(庚辛)금, 지지에 신유술(申酉戌)이 들어오는 경우, 경(庚)금 일간에 비겁이 강한 사주에 있다면 천간에 갑을(甲乙)목, 지지에 인묘진(寅卯辰)이 들어오는 경우도 마찬가지다. 천간은 드러난 마음, 생각, 의지라면 지지는 현실이며 무대가 같다. 천간만 들어온다면 생각에 변화는 있지만, 현실은 예전과 크게 다르지 않을 수 있다. 지지만 들어온다면 현실의 모습에는 변화가 있지만, 마음으로는 승복하지 못하니 무척 힘들 수 있다.

그러므로 천간지지의 대운에 같이 들어오는 것이 좋다. 마음은 변했는데, 현실이 그대로면 힘들다. 현실은 변했는데 마음이 예전과 같다면 역시 괴롭다. 천간의 극(剋)이나 지지의 충(沖)은 당신에게 의식의 전환과 생활의 변화를 요구한다. 운은 군왕과 같으니 거절할 수 없으며 따라야 한다. 일부 자기 고집으로 따르지 않다가 극심한 스트레스와 고통에 시달리거나, 현실의 기반들이 박살나는 것을 우리는 종종 뉴스를 통해서 보게 된다.

깨달음과 각성은 의식과 현실의 변화에서 찾아오게 된다. 오래 공부하다 보면 문리(文理)가 터지고 단계를 넘어가게 되듯이 천간의 극이 필요하고 필요는 발명의 어머니라는 말처럼 현실에서 간절하게 갈구하고 바라는 바가 있어야 한다. 깨달음과 각성은 천간극, 지지충과 같이 늘 어려움과 고통을 동반한다. 쉽게 들어온 것은 쉽게 나가기 마련이다.

천간은 하늘이고, 지지는 현실이다.
하늘에서의 뜻이 땅에서도 이루어지게 될 것이다.

11. 나의 편인(偏印)!

내 사주에는 편인이 많다. 웬만큼 많은 것이 아니라 참 많다. 지지에 2개나 되는 축(丑)토가 신(辛)금 일간인 나에게는 편인이 된다. 시간에는 기(己)토가 편인이 되는데, 월지 자(子)수에서 제왕의 모습이고 축(丑)토에서 쇠지이니 기세가 당당한 모습이다. (새로운 12운성 기준)

그런데 신(辛)금 일간한테는 편인이지만, 겁재 경(庚)금에게는 정인이 된다. 편인이 강한 이가 상대방에게 깊게 빠지고, 때로는 집착하게 되는 것도 나보다는 겁재를 더 챙겨주려는 성향 때문이다. 허주도 나를 위해 쓰는 것에는 인색하지만, 겁재에게는 인정 있고 넉넉하게 퍼주니 늘 인간관계의 셈법에는 마이너스 인생이 된다. 하지만 어떠랴! 장부상에는 적자지만 마음이 뿌듯하고 행복해지는 것을…. 덕분에 지인들에게 호구 소리 듣는 것은 어쩔 수가 없다.

사랑은 받기도 하고 주기도 하지만, 받는 것을 더 좋아하는 사람도, 주는 것을 더 좋아하는 사람도 있는데 허주는 후자에 해당된다. 뭔가를 주고 나누려면 있어야 하니 주기 위해서 돈을 번다. 사주의 구성이 이와 같지 않다면 아무리 나누고 베풀려고 해도 실천하기가 쉽지 않을 것이다. 그런 사주에게 선행과 적선을 강요하는 것은 좋아 보이지 않는다. 그러한 운이 들어올 때 자연스럽게 베풀게 될 것 같다.

신축(辛丑)년 복음세운이 오니 비견과 편인에 대한 많은 상념에 빠지게 된다. 辛금 비견은 나와 코드가 맞는 내 육친이기도 하다. 어머님, 누님들, 매형들, 조카들…. 이들에 대해 미처 못 챙겨준 것에 대한 미안함과 아쉬움이 든다. 명리학에 몰두하느라 다소 무심했다는 생각이 든다.

세운으로 지지의 丑토 편인이 들어오니 丑토가 하나가 더 생겼다. 운은 군왕과 같으니 올해의 현실은 丑토가 지배하게 될 것이다. 겨울의 토인 丑토는 하강하고 응축된 기운이 모여 있는 고밀도의 토를 의미한다. 응축의 절정이고 끝자락이니 이제 곧 이곳에서 양의 기운이 용수철처럼, 스프링처럼 튀어나오게 될 것이다. 그것이 인(寅)목이 된다.

한편 십신으로는 편인이 되는데 편인의 성향으로 생각이 꼬리에 꼬리를 물게 된다. 정인이 자의식을 의미한다면 편인은 무의식의 세계를 대변한다. 가장 편안한 자세로 누워 눈을 감으니 무의식의 공간 속에서 글자들이 솟구쳐 나온다. 천간의 4글자와 지지의 4글자가 공간 속을 자유롭게 유영하면서 서로 합을 하기도 하고(子丑합), 서로 생해주며(辛壬-금생수), 서로 극하기도 하는(己壬-토극수) 장면들이 눈앞에서 영화처럼 펼쳐진다. 이렇게 옹기종기 모여 있는 사주팔자를 멀리서 지켜보는 무오(戊午)대운이 있다. 자신이 만들어 낸 Summer Field(여름의 공간)에서 원국의 글자들이 아옹다옹, 티키타카하는 모습을 지긋하게 관조하는 것 같다.

세운으로 들어온 丑토는 마음이 급한 나를 잡아준다. 그리고 속삭인다. 2022년 임인(壬寅)년 봄이 오기 전에 더 준비하라고, 서두르지 말라고, 개구리가 도약하기 전에 무게중심을 뒤로하며 기운을 모으듯이, 신축(辛丑) 복음세운을 그렇게 쓰라고 속삭인다. 엎드려 신음한다는 의미의 복음(伏吟)을 기쁜 노래를 부른다는 복음(福音)으로 바꿔보라고 한다. 여름 환경 속에 찾아온 인묘진(寅卯辰)은

辛금 일간에게 록왕쇠의 모습이며 재성의 기운이니 엄청 바빠지고 찾는 이들이 많을 테니 체력도 보충하고, 실력도 점검하라는 Tip을 준다.

세계적 베스트셀러 '연금술사'

진실로 바라면 온 우주의 기운이 나를 도와준다고 했던가? 천간은 드러난 마음이니 숨길 수도 감출 수도 없는 것 같다. 나누고 베푸는 子수 식신과 기존의 틀을 바꾸려는 壬수 상관, 그리고 辛금 비견에게는 엄격하지만, 庚금 겁재에게는 한없이 따뜻한 편인 己토의 영향으로 명리학계에, 그리고 우리의 사회에 선한 영향력을 남기고 싶다는 생각이 든다.

나의 편인(偏印)!
온 우주가 나의 편인 이유다.

12. 다가오는 미래를 체감하라!

미래를 주도하는 가치는 어떤 것일까? 이는 큰 흐름이니 사주 명리학의 대운과도 같다. 대운을 거스르는 것은 역천자이니 반드시 망하게 될 것이다. 대운을 따르는 것은 순천자이니 반드시 흥하게 될 것이다.

공정의 시대가 왔다

조국사태를 통해서 본 사회지도층의 입시 관련 편법과 아빠, 엄마 찬스는 촛불집회에 나왔던 수많은 젊은이들을 민주당으로부터 돌아서게 만들었다. 이는 국민의 힘도 다를 바가 없을 것이다. 여당은 양이고 야당은 음이니 덜 드러났을 뿐이다. 현대는 식상의 시대이면서 비겁의 시대이기도 하다.

식상활동을 하면서 많은 비겁을 가진 이들이 힘을 갖게 된다. 연예인, 인플루언서, 유튜버, 맘카페 운영자, 블로거 등 많은 비겁들의 지지를 받는 이들의 목소리가 커지는 세상이다. 옛날 같았으면 떼로 몰려다니고 정관(국가)에 반하는 목소리를 낸다고 역적으로 몰려서 목이 날아갔을지도 모른다. 음과 양이 바뀌듯이, 세상도 그렇게 변하고 바뀐다. 장관, 국회의원의 관성의 힘으로 아빠 찬스, 엄마 찬스의 인성의 힘으로 이루는 여러가지 편법에 비겁과 식상들이 분노하는 이유다. 과거 오프라인에서 집회나 시위로 모였던 비겁들이, 이제는 온라인이라는 다양한 공간 속에서 분노를 공유하며 공정을 외치고 있다.

투명의 시대가 왔다

네가 알고, 내가 알고, 하늘이 알고, 땅이 안다고 했던가? 옛날이야기다. 현대는 네가 알고, 내가 알고, 하늘이 알고, 땅이 알고, 블랙박스가 알고, CCTV가 알고, 스마트폰의 카메라가 알고, 녹음기가 기억하고 있다. 전국의 많은 차량에 장착된 블랙박스는 범죄수사에 중요한 단서가 된다. 공공기관에서 설치한 CCTV가 2019년 기준 148만 대가 되는데, 민간에서 설치한 것까지 합치면 수 백만 대가 넘어가게 될 것이다. 국민의 생명과 안전을 지키는 파수꾼이 될지, 일거수 일투족을 감시하는 소설 『1984』의 '빅 브라더'의 눈이 될지는 그것을 관리하는 사람(정부)에게 달려 있을 것이다. 또한 정부를 감시하는 국민의 눈에 달려 있을 것이다.

2006년 이후로 연쇄살인범이 사라진 것은 이러한 CCTV의 확대가 결정적인 것이다. 한두 번은 몰라도 세 번째부터는 반드시 잡히게 되니 그렇다. 소매치기도, 아리랑치기(술취한 취객의 금품을 강탈하는)도, 거리의 유실물을 슬쩍하는 일도 사라졌다. 반드시 걸리고 잡히게 되기 때문이다. 봄, 여름, 가을, 겨울 계절은 변함없이 바뀌지만, 대한민국의 대운은 사오미(巳午未) 여름처럼 환하고 투명하게 드러난 모습인 셈이다. 세상을 잠깐은 속여도, 영원히 속일 수는 없다고 했지만 이제는 그 잠깐도 속이기 어려운 세상이다. 투명하고 당당하게 사는 것이 대운의 흐름에 맞을 것 같다.

소통의 시대가 왔다

권위는 중요하지만 권위주의가 사라지는 시대를 의미한다. 서로의 팔자가 다르듯이, 틀림이 아닌 서로의 다름을 인정해야 하는 시대를 의미한다.

그러려면 소통해야 한다. 정부는 국민과, 사장은 직원과, 부모는 자식과, 선생은 학생과 서로의 다름을 인정하고 협의하는 것을 의미한다. 현대에는 독불장군은 필요치 않고, 권위주의, 가부장제도도 시대에 뒤떨어진 옛것이 되었다. 꼰대와 라떼로 표현되며 앞으로 사회의 주역이 될 젊은이들의 비웃음과 조롱거리로 몰락하게된 것이다.

역술인도 마땅히 이러한 시대의 흐름을 따르는 것이 맞다. 주도하지는 못하더라도 따라가는 것이 맞다. 유튜브나, 사주카페, 블로그의 공개로 예전의 폐쇄적인 모습보다는 많이 좋아졌음을 느낀다. 이제는 제본된 책을 비법서라고 하며 300만 원, 500만 원에 팔고, 구입한 사람은 알음알음 지인들에게 50만 원에, 30만 원에 넘기는 구태는 없어졌을 거라고 생각한다. 인성의 분야이고, 비공인된 편인의 학문이지만 점차 공인의 학문인 정인의 학문으로 흘러갈 것이다. 이는 큰 흐름이니 누구도 거스를 수 없을 것이다. 단지 좀 더 빠르거나 늦어지는 속도의 차이만이 존재할 것 같다. 소통해야한다. 선생과 학생뿐만 아니라 선생들끼리도 소통하면서 오랜 세월 자신이 연구한 심득을 나누고 토론하며, 숙고하다 보면 서로 발전하게 된다. 명리학을 대표할 만한 공식적인 학회와 단체가 없다는 것은 이 분야가 얼마나 폐쇄적이고 음지 속에서 각자의 밥벌이에 몰두했는지를 알 수 있다. 예전 광고에 나왔던 신당동 마복림 할머니가 말한 '내 떡볶이의 소스 비법은 며느리도 몰라'의 문구는 시대에 뒤떨어진 것이라 생각된다. 자신의 왕국에서 문을 닫고 쇄국정책을 쓴다면 세상과 소통하지 못하는 고립을 면치 못할 것이다.

역술인은 자신과 상담자의 대운만이 아닌 시대의 대운을 읽어야 한다. 그리고 시대의 대운을 주도하는 프레임을 파악해야 한다. 역천자가 되길 원하지 않는다면 말이다. 허주가 생각하는 시대의 대운, 미래의 주도적인 메시지는 **'공정'**, **'투명'**, **'소통'**이다. 사주명리학계도 위의 3가지 프레임 안에서 작동하게 될 것이다.

외우기만 하는 학습법이 명리학을 망쳤다. 선생의 가르침을 합리적 의심없이 무조건 수용하는 학습법이 명리학을 망친 것이다. 가르치는 학생들과 질문과 답변으로 스스로 생각하는 힘을 길러주고 언제든지 질문하고 자신의 견해를 말할 수 있는 통로를 만들어 놓으면 좋을 것이다. 학생들은 대부분 성인들이니 알고 있다. 선생님이 질문 받는 것을 좋아하는지 싫어하는지를…

싫어하거나 귀찮아하면 스스로 입을 닫고, 열심히 노트하며 기계적인 암기에 빠져 성장 속도가 느려지게 될 것이다. 같은 학생들이라도 삶의 흔적과 배운 것이 다르니 각기 다른 출발선에서 출발하게 된다.

누구는 느리고(한-寒), 누구는 빠르다(난-暖). 누구는 잘 섞이고(습-濕), 누구는 어울리는 것이 어렵다(조-燥). 각자 팔자가 다르니 세심하게 살펴서 학생에게 맞는 학습법과 코칭을 하면 좋을 것 같다. 탈무드의 이야기처럼 인내심이 없는 자는 선생의 자격이 없으니 성장이 느리고, 질문이 엉뚱하더라도 소통하면서 스스로 답을 찾을 수 있게 해주면 좋을 것이다. 물고기를 잡아주는 것이 빠르지만, 물고기를 잡는 법을 알려준다면 스스로 먹고 살아감에 문제가 없을 테니 말이다. 자신의 밥그릇이 아닌 학생인 제자의 밥그릇을 챙겨주는 선생이라면 존경하지 말라고 해도 존경을 받을 것 같다는 생각이 든다.

13. 이가 없으면 잇몸으로라도 버텨야 한다

사람이 살아가는 데는 필요한 것이 많다. 나를 낳고 키워주며 가르치는 부모도 필요하고, 취직하고 자기 일을 하려면 그 분야의 지식 및 자격증이 필요하니 그것을 인성(印星)이라고 한다.

부모의 보호를 떠나서 하나의 구성원으로 홀로서기를 하려면 일을 해야 한다. 몸을 쓰든, 머리를 쓰든 자신이 잘하는 것이 있어야 한다. 노래를 잘하면 가수로, 미술을 잘하면 화가로, 스포츠맨, 연예인들은 자신이 잘하는 것을 쓰면서 살아간다. 그것을 식상(食傷)이라고 한다. 재성(財星)은 내가 살아가는 데 필요한 돈이기도 하지만 큰 의미에서는 식상활동의 결과물이다. 그리고 나의 식상활동의 결과를 예측하고 계산할 수 있는 능력을 의미한다. 재성이 없다면 많은 식상활동이 예측이 안 되고, 다른 방향으로 흘러서 결과물을 얻지 못할 수 있다. 고흐가 그렇게 많은 좋은 작품을 그렸지만 생전에 팔린 작품은 많지 않다고 한다. 그것도 형편없는 가격에 말이다. 노력대비 결과물이 떨어지는 것은 제대로 된 타깃층을 정하지 못한 까닭인데, 시류에 영합하지 않고 묵묵히 자신의 세계를 추구하니 이는 재성의 부재에 기인한다.

우리는 태어나면서 누구나 관성(官星)의 울타리 속에서 살아간다. 국가, 가정, 학교, 직장이 그렇다. 국가가 없는 사람, 가정이 없는 사람, 학교를 안 다닌 사람은 드무니, 일반적으로 관성은 직장으로 많이 설명된다. 관성이 없다는 것은 직장에서 나를 필요로 하지 않는다는 것이다. 능력이 있고, 없고의 문제가 아니다. 능력이 뛰어나도(식상) 조직이나 직장(관성)에서 쓰기에 적합하지 않다면 쓸 수 없기 때문이다. 식상은 관성을 극하는 기운이니 조직의 룰에 잘 따르기가 쉽지 않기 때문이다. 그로 인한 어려움이 있다.

한편으로 비겁(比劫)이 없다면 외로움을 느낀다. 선배나 선생도 있고(인성), 직장(관성)도 있고, 후배들, 제자들(식상)도 아내(재성)도

다 있지만 비겁이 없다면 나와 공감하고 편하게 친구처럼 지낼 이가 적다는 의미이니 군중 속의 고독을 느낄 수 있다.

이렇듯이, 음양을 오행으로 나누고, 오행을 다시 음양으로 나눈 십신은 사람이 살아가는 데 모두 필요한 존재인 것이다. 그런데 사람들의 사주를 펼쳐보면 이러한 십신 중에 일부가 없는 경우가 많이 발생한다. 그리고 없음에 대한 아쉬움과 회한을 느낄 수가 있는 것이다. 그래서 운으로 내게 없는 십신, 오행이 들어오기를 기다린다.

명리학을 공부하는 사람들은 그것을 희신(喜-기쁠 희 神-귀신신)이라고 하는데 나에게 도움이 되는 기쁜 기운이라는 뜻이다. 혹은 용신으로 알고 있는 사람들도 많다. 용신(用神)의 의미는 '쓸 용'자로 내가 쓰는 기운인데 없는 것을 쓸 수 없으니 용어의 혼돈에서 깨기를 바란다.

사주에 재성이 없다면 반대편의 인성이나 비겁이 강해질 수 있다. 재성의 반대편에 있는 인성과 비겁은 재성과 서로 음양 관계를 이룬다. 사주팔자에는 일간을 포함해서 8글자밖에 들어가지 못하니 10개의 십신을 다 채울 수도 없거니와 한 두 가지의 기운이 몰려 있는 경우도 많기 때문이다. 허주에게는 없는 십신, 오행이 있는데, 목(木)이 없고, 화(火)가 그러한데 재성과 관성이 된다.

목화는 대표적인 양 운동을 하는데, 이것이 없으니 전적으로 음 운동에 특화된 사주가 된다. 삶을 살아가면서 다음과 같은 모습으로 나타나게 된다. 목의 재성이 없으니 식상활동의 결과물을 잘 도출하기가 어렵다. 그리고 만들어낼 결과물을 예측하기 어려우니 구체적인 목적이나 목표 없이 식상활동을 하기 쉽다. 남자에게 재성은 여자이기도 한데, 이 여자, 저 여자에게 잘해주고 베풀지만 그 결실을 맺기가 쉽지 않다. 총이나 화살이 많지만 이곳, 저곳 쏘아대는데, 과녁이 뚜렷하게 보이지 않으니 헛수고하기 십상이다.

화는 관성이 되는데, 관성을 대표하는 직장생활, 조직생활에 잘 맞지 않는다. 식상이 강해서 밖에 나가서는 계약을 따오고, 높은 실적을 올리지만, 내부에서의 상사와의 인간관계가 쉽지 않다. 허주도 8년의 직장생활을 통해서 그런 경험을 했는데, 밖에서의 전투에서는 승리하지만, 내부에서의 권력다툼에는 늘 깨지는 모습이 된다. 관성이 없다는 것은 직장생활을 하더라도 인연이 짧다는 것을 의미한다. 또한 식상이 강하니 회사의 여러 가지 모습이 마음에 들지 않아 고치려고 하니 상부와의 충돌이 생긴다.

그렇게 20대와 30대를 보내왔다. 음이 강한 사주라 가끔은 사람들에게 지치고, 사회에 지칠 때 문을 잠그고 불을 끄면서 어둠 속에서 몇날 며칠을 나오지 않고 이런저런 생각으로 보내기도 했다. (지 여사는 혹시 내가 극단적인 선택을 할까 걱정되어 문을 부수고 들어오신 적도 있었다.)

가지지 못한 것에 대한 아쉬움과 회한, 이리저리 직장에서 정착하지 못하는 두려움은 내가 혹시 사회부적응자가 아닐까, 미래에 처자식을 굶기게 하지 않을까 하는 불안과 공포로 다가오기도 했다. 그리고 40대가 되었고 시절 인연과 조상들의 배려로 인해 사주 명리학을 본격적으로 배우게 되면서 예전에 품고 있던 고민과 답답함에 답을 찾게 되었다.

내가 갖지 못한 것에 집착하고 쫓아다니기 보다는 내가 잘할 수 있는 것을 하는 것이 좋다는 것을…. 신기루처럼, 무지개처럼 쫓아다니다가는 잡기도 어렵거니와 내가 가진 소중한 십신들이 슬퍼한다는 것도 느끼게 되었다. 이가 없으면 잇몸으로 버텨야 한다. 무오(戊午)의 화 기운 가득한 인성과 관성이 흐르고 있으니 타인의 관성이 아닌 나의 관성을 만들기 시작했다. 허주명리학회, 사주카페, 사주블로그가 허주의 관성이 된다. 몇만 명의 큰 관성은 아니지만 내 힘으로 하나하나 만들어 간 소중한 관성이 된다. 물론 이것은 나만의 노력으로만 되지는 않는다. 운이 도왔기 때문이다. 그리고 운은 사람으로부터 온다고 했으니 많은 회원들의 덕분이기도 하다.

재성은 대운으로 들어오지 않으니 어쩔 수 없이 세운의 인묘진(寅卯辰)을 최대한 활용할 수밖에 없다. 짧게 와서 지나가기에 너무도 소중하다. 식상탱크를 가진 허주에게 인성으로 간신히 막아놓은 물이 흘러갈 수로가 생긴 모습이고, 육친으로는 재성이니 나의 소중한 반쪽을 만날 수 있는 기회가 된다. 한 번 지나가면 다시 9년 뒤에나 찾아오니 놓치고 싶지 않고 200%, 300%로 활용하고 싶다.

무관(無官)이라는 것은 관성이란 울타리에서 자유로운 것인데, 이

것에는 가정도 해당된다. 미혼 시절 연애는 하더라도 내가 책임을
져야 할 가정을 꾸리는 것에 내가 처자식을 잘 먹여 살릴 수 있을
까? 하는 왠지 모를 불안감이 있었는데 이는 직장의 불안함과 젊
은 나이에 요절하신 아버님에 기인한 것이기도 하다. 이제 대운으
로 관성대운의 환경 속에 있으니 나만의 소중한 작은 관성, 가정을
만들고 싶다는 생각이 든다. 사주카페, 사주강의, 사주감명, 책의
출간 등으로 점차 관성과 인성이 커져가고 안정화되어 가고 있으
니 더욱 그런 것 같다.

가끔씩 칼럼에서 개인사를 언급하는 것은 자신의 일을 제3자의

허주 사주 만세력

입장에서 담담하게 언급할 수 있는 자기객관화의 십신, 편인의 영향이 큰 것 같다. 여러 차례 허주는 도사도, 신선도 꿈꾸지 않는다고 했으니 신비주의 TTL 소녀가 될 생각은 없다. 『동의보감』을 저술한 허준의 스승 유의태는 반위(위암)로 죽은 자신의 시신을 제자 의술의 성장을 돕기 위해 해부용으로 내어놓았다고 전해지는데 가히 그분의 뜻이 높고 고결하니 허주도 따르고 싶다. 원국의 글자인 인성과 식상은 평생 나와 함께 가지만, 운으로 들어온 관성과, 재성은 운이 다하면 끝날 것이다.

훗날 하늘이 나를 부를 때, 세상에 남기고 가는 것은 열댓 권의 명리 서적과 생전에 나누고 베풀었던 적선(積善)과 선행(善行)이면 족할 것이다.

4년간의 집필,
그리고 그 뒷이야기

학창시절 방과후 문구점으로 달려갔던 기억이 있다. 월간 만화였던 『소년중앙』을 구입하기 위해서였는데 그런데 사실 본편보다 별책부록이 더 좋았기 때문이다. 만화 매니아였던 허주는 신문수 작가의 『로봇 찌빠』나 이우정 작가의 『갈기 없는 검은 사자』를 무척 좋아했었다. 좋아하는 한 가지에 몰입하는 편인(偏印)의 성향이였을까? 대학 때에도 메인인 『아이큐 점프』보다 별책부록인 『드래곤볼』이 더 좋았다. 감질나게 조금씩 나오는 탓에 출간날짜를 손꼽아 기다리기도 했다. 명리 혁명 3부 센세이션에 드래곤볼의 이미지를 넣은 것은 그 시절의 추억 때문이다.

1부 기초편(20편)과 2부 심화편(10편)에 에피소드의 이름으로 칼럼을 수록한 것은 별책부록에 열광했던 기억의 오마주와도 같다. 눈치를 채셨겠지만 책들의 컬러에는 오행의 색깔을 담고 있다. 1부가 木으로 녹색, 2부가 火로 적색, 그리고 3부가 土로 황색이 된다. 앞으로 출간될 4부가 백색, 5부가 흑색으로 오행의 색을 맞추게 될 것이다.

원래 4부작으로 계획되었지만 5부작으로 변경된 것은 목화와 금수 사이에 토를 넣었기 때문이다. 양 운동을 음 운동으로 전환하면서 많이 느려지는 천간의 무기(戊己)토와 계절과 계절 사이에서 전환을 도와주는 지지의 진술축미(辰戌丑未)의 토에서는 코너길과 같고 변화의 시기이니 속도를 줄이고 주변을 살펴야 한다. 즉, 서둘러서는 안 되고 느려짐을 의미한다.

기초편부터 심화편까지 木火의 시기를 숨 가쁘게 역동적으로 지나왔는데 토에서 한 호흡 쉬어가는 타임을 가지기로 했다. 이는 앞으로 가야 할 金水의 롤러코스터처럼 가파르게 내려가는 시기가 곧 도래하니 차분하게 준비하기 위함이다.

음양을 바라보는 정확한 기준인 새로운 12운성, 사람의 생애주기에 맞추어 보는 근묘화실관법, 새해의 기준을 동지로 정하고 동지와 입춘 사이에 태어난 약 550만 명의 사주를 동지세수로 사주를 보고 감명하는 법, 이허중 선생 전에는 있었지만 화토동법에 밀려서 사라진 수토동법의 부활, 더욱 음으로 깊어지고 치열하게 이론의 전개와 그간 정리한 임상사례를 선보이면서 기존 이론의 문제점과 모순을 제시하며 본격적인 명리 혁명의 깃발을 올리게 될 것이다. 도약을 위해서는 힘을 모으고 응집하는 재충전의 시기가 필요한데, 신축(辛丑)일주인 허주에게 복음인 신축(辛丑)년에 출간하게 됨은 그러한 의미를 담고 있다.

명리 혁명 센세이션 '다가오는 미래를 체감하라'는 2018년부터 2021년까지 허주명리학카페 및 블로그, 40여 개의 온라인 커뮤니티에 올려져 약 4,000만의 조회수와 댓글을 받은 약 1,000개의 칼럼 중에서 104개를 선별하여 수록한 것이다. 각 칼럼 하나하나 자식같이 귀하지 않은 것이 없지만 분량상 모두를 수록할 수 없으니 선별하는 데 고심하지 않을 수 없었다.

이 중에서 '밤이 깊을수록 별은 빛난다'는 친애하는 설강독조 선생님의 칼럼인데 읽으면 읽을수록 진한 인생의 맛이 우러나오는 좋은 글이라 특별히 허락을 받고 독자님들께 올리게 되었다. '스승님께서 말씀하시길…'은 달빛연필의 스승님에 대한 글인데 이 글을 읽고 그분이 허주의 마음속의 스승님이 되었다. 글이 올려진 카페에서 강퇴를 당해서 연락할 길이 없어서 허락을 받지 못하여 고민하다가 수록했는데, 정말 따뜻하고 감동적인 글이라 많은 분들이 보셨으면 하는 바람에 출처를 밝히고 올리게 되었다(달빛연필 선생님이 보시거나 선생님을 아시는 분은 꼭 연락 주시길 바란다).

메인보다 더 재미있고 기억에 오래 남는 최고의 별책부록이자, 인생의 나침반이자 내비게이션과 같은 느낌으로 독자들에게 다가가며 명리학계의 센세이션(Sensation)으로 회자되길 바라며 타이틀롤을 정해보았다. 착하고 성실하게 살아온 당신에게 인생을 지혜롭게 살아가는 방법을 알려줄 단 하나의 책!

　센세이션이라는 제목처럼 세상을 놀라게 하는, 큰 반향과 돌풍을 일으키는 책으로 오랜 세월 기억되길 희망한다.

2021년

여전히 햇살이 따사로운 9월의 어느 날

虛舟 拜上

세상의 강을 건너는
그대 자신의 배를
빈 배로
만들 수 있다면
아무도 그대와
맞서지 않을
것이다~
아무도 그대를 상처
입히려
하지 않을
것이다~